W0313199

l'idiot-roi

J'AI LU

SCOTT BAKER

l'idiot-roi

traduit de l'américain par Jacques Chambon

Éditions J'ai Lu

Ce roman a paru sous le titre original :

SYMBIOTE'S CROWN

à la mémoire de Walter Scott Underwood

1

Sa peau, craquelée et squameuse comme des écaillures de stuc, pendait en lambeaux sur ses muscles mous. Un petit survêtement de velours bleu dissimulait son ventre boursouflé et ses côtes saillantes, cachait la minceur d'allumette de ses membres, masquait ses articulations enflées. Il respirait à petits coups, car respirer lui faisait mal, tout comme bouger lui faisait mal, mais il était habitué à la douleur. Elle avait été la compagne de toute sa vie.

Du fauteuil d'enfant en acajou taillé main fixé au siège avant droit de la voiture de sport de sa mère, il fixait d'un œil morne, sec, dépourvu d'intérêt, l'autoroute visible à travers le pare-brise de plastique. Agé de quatre ans et quelques mois, il offrait l'apparence d'un être asexué – apparence qui n'avait rien à voir avec la plasticité virginale d'un enfant, mais faisait plutôt songer à l'hermaphroditisme exténué d'un vieillard en train de se ratatiner dans la mort. Il était très menu pour un enfant de quatre ans, et très calme.

Le monologue éraillé que lui débitait sa mère lui écorchait les oreilles, incompréhensible, irritant, impuissant malgré tout à percer son apathie. Sa peau le démangeait, mais il avait depuis longtemps renoncé à faire l'effort de se gratter.

– Nous sommes presque rendus, Amber. Presque chez nous, mon chéri, à l'abri de tous ces méchants messieurs et ces méchantes dames qui essayaient de t'enlever à moi pour te bourrer de tous leurs poisons... Regarde! Encore un daim, Amber! Je ne savais pas qu'il y en avait autant aussi près de Chicago, et toi? Et ils sont herbivores, HER-BI-VO-RES, exactement comme les lapins. Est-ce que tu aimerais avoir un petit lapin comme compagnon de jeu quand nous serons à la maison?

Sans attendre une quelconque réponse, elle déboucha un bidon de plastique transparent et s'octroya une petite ration d'eau de source. Puis, tendant le bras vers Amber, elle porta le bidon à ses lèvres. Quelques gouttes parvinrent à sa bouche, mais la majeure partie de l'eau se répandit sur son visage.

Sa mère reboucha le récipient et le reposa à ses pieds. Plongeant la main dans un sac en papier posé par terre, elle en ramena un unique grain de riz complet cru, qu'elle mit dans sa bouche et mâcha longuement et patiemment avant de l'avaler.

– Ils essayaient de te rendre comme eux, ces pauvres imbéciles, de te démolir, comme ils m'ont presque démolie, mais ils ne remettront plus jamais la main sur toi, je veillerai sur toi et tu auras contre eux plus de chances que je n'en ai jamais eu.

C'était une grande femme maigre, au teint plombé, au visage buriné par la fatigue, mais il lui restait encore beaucoup de la beauté qui, une dizaine d'années auparavant, avait fait d'Angela Mallory le mannequin le plus couru des années 1990. Il y avait vingt-sept heures qu'elle était au volant, ne s'accordant un répit que lorsque sa voiture électrique avait besoin d'être rechargée, et elle avait déjà passé deux jours sans dormir quand elle avait localisé Amber et l'avait repris à l'hôpital de Los Angeles, où on avait placé son enfant après le lui avoir retiré.

Elle tendit la main pour caresser les cheveux fins, sans couleur, de son fils...

Quand la chaussée se trouva soudain bloquée par tout un troupeau de daims qui se bousculaient en bramant. Elle braqua frénétiquement à gauche, franchit la bande centrale et coupa la trajectoire d'un camion arrivant en sens inverse.

La femme mourut sur le coup, la nuque brisée, mais l'enfant était toujours vivant quand la police retira son petit corps de l'épave, les jambes en bouillie.

– Je m'appelle Willard Bronson et je représente la Baja Continental Life, la compagnie d'assurances de Miss Mallory, dit l'homme en costume rayé rouge et blanc façon bâton de sucre d'orge. Nous avons encore quelques questions concernant la déclaration d'accident.

– Asseyez-vous, Mr Bronson. (D'un geste, l'employé invita l'agent d'assurances à prendre place sur un fauteuil à côté de son bureau.) Que puis-je faire pour vous ?

Bronson jeta un coup d'œil à ses notes.

– Naturellement, vous devez comprendre que je représente une compagnie attachée à bien des égards aux vieilles traditions et que la police de Miss Mallory se trouve annulée si elle était sous l'influence de drogues quelconques au moment de l'accident. Entendons par là médicaments délivrés sur ordonnance, stimulants, euphorisants, alcool – bref, toutes drogues, légales ou illégales, pouvant entraîner des troubles de l'esprit. Or, d'après le rapport d'accident, quand vous avez « cérébrosondé » Miss Mallory – il prononça le mot avec un dégoût soigneusement étudié – vous avez découvert qu'elle avait eu de sérieuses hallucinations juste avant sa mort et que celles-ci étaient probablement à l'origine de son accident. Jusque-là nous sommes bien d'accord ?

– Oui, bien sûr, mais... euh... votre ordinateur n'a-t-il pas déjà vérifié tout cela pour vous ?

– Nous n'utilisons pas d'ordinateur. C'est chez nous un principe sacré, vous comprenez. Il y a un très grand nombre de gens qui sont de notre avis et qui sont heureux de payer un petit supplément pour que leurs affaires soient traitées par des hommes et non par des machines sans âme.

– Je vois. (L'employé fronça les sourcils, consulta son écran.) Ma foi, nous sommes pratiquement certains qu'Angela Mallory a vu surgir un troupeau de daims sur sa route et qu'elle s'est déportée sur la voie opposée pour les éviter. Si vous le désirez, je peux demander à l'ordinateur de recréer la scène pour vous.

– Je crains que ce ne soit contre la politique de notre compagnie. Nous nous fions uniquement aux témoignages humains et à la parole écrite.

– Vous savez, je ne vous répète que ce que l'ordinateur me dit.

– C'est encore dans la ligne de notre politique. Vous et moi sommes tous deux des êtres humains et je peux peser vos mots et vos expressions de façon à juger par moi-même si je peux ou non vous croire, mais qui pourrait déceler les mensonges d'une machine ? Il vaut mieux traiter avec les hommes qui travaillent avec les machines.

– En tout cas, l'ordinateur estime à pratiquement zéro la probabilité de la présence d'un troupeau de daims sur l'autoroute.

– Et pourtant, vous niez que notre cliente ait pu se trouver sous l'influence d'une drogue ?

– L'autopsie n'a révélé aucun signe de drogues, illégales ou autres. Et vos autopsies sont des plus méticuleuses.

– Comment, alors, expliquez-vous ces hallucinations ?

L'employé se sentit soudain fatigué.

– Par son manque de sommeil et le fait qu'elle souffrait d'un cas avancé de pellagre.

– De pellagre ? (L'agent d'assurances parut un instant déconcerté dans ses vêtements voyants d'une autre époque.) Ne s'agit-il pas de cette maladie qui atteignait souvent les Noirs avant que les épidémies mélaniques ne déciment la plupart d'entre eux ?

– Non. Vous parlez ici d'anémies pernicieuses. La pellagre est une maladie provoquée par manque de vitamines. La niacine, pour être exact. Et parmi les symptômes caractérisant un cas avancé – comme l'était certainement celui d'Angela Mallory, ainsi que l'a montré l'autopsie – on observe un délire et des hallucinations du genre de celles qui accompagnent la schizophrénie. L'ordinateur estime que ce que l'on connaît de l'état de Miss Mallory suffit à rendre compte de son accident, sans qu'il soit nécessaire d'aller chercher quelque drogue inconnue que pour quelque raison tout aussi inconnue l'ordinateur n'aurait pas réussi à dépister.

– Je crains, Mr Mallory, que la clinique n'ait confirmé que votre neveu souffrait de xérophtalmie (c'est pourquoi ses yeux sont si ternes), rachitisme, béribéri, pellagre, scorbut – soit de presque toutes les maladies connues dues à un manque de vitamines – plus de kwashiorkor. Ce qui signifie une carence massive de protéines et de calories. Et nous ne devons pas oublier les multiples fractures de ses jambes. Avec des soins intensifs nous pouvons à la rigueur réduire ou compenser la plupart des effets du manque de vitamines, mais il est trop tard pour réparer les dommages que le kwashiorkor a fait subir à son cerveau, et je crains qu'il ne puisse jamais atteindre la taille ni la force qu'il aurait été en mesure d'espérer s'il avait été convenablement nourri.

– Jusqu'à quel point sera-t-il retardé? demanda Alfred.

– Impossible de le dire. En dépit de ses aberrations, le Q.I. de votre sœur avoisinait le niveau du génie – absorbée par le rapport de la clinique, l'infirmière ne remarqua point la grimace rapidement réprimée d'Alfred Mallory – aussi devrait-il avoir quelque avantage génétique par rapport à la victime moyenne du kwashiorkor. N'empêche que vous aurez beaucoup de chance si son Q.I. dépasse soixante-dix et s'il apprend un jour à contrôler son corps comme il faut. Oui, beaucoup de chance.

– Les facteurs traumatiques rendent difficile toute affirmation, déclara l'assistante médicale à Alfred, mais – pour dire les choses brutalement – il risque fort d'être un crétin, Mr Mallory. Vous êtes toujours sûr de vouloir l'adopter?

– Il n'a personne d'autre au monde. Son père a

quitté ma sœur pour se faire transférer sur Diamond. Amber est rigoureusement seul, et c'est tout de même le fils de ma sœur.

– Naturellement. Eh bien, sa succession vous versera onze cents dollars par mois (je parle en Nouveaux Dollars, bien sûr) jusqu'à ce qu'il atteigne sa majorité – seize ans dans le Michigan, n'est-ce pas ? – et je pense que vous pouvez espérer une allocation supplémentaire du Gouvernement Fédéral lorsqu'il sera scolarisé. Si vous voulez bien signer ici... et ici... et ici... Très bien. Merci beaucoup, Mr Mallory.

★

– Quand pourrons-nous le ramener à la maison ? demanda Alfred.

– Je crains que nous ne puissions pas encore vous donner de réponse, biaisa le directeur de la clinique. Dans l'état qui est le sien, il faudra un temps anormalement long pour que ses jambes guérissent. Combien ? Dieu seul le sait. Mais c'est une affaire de plusieurs mois, à tout le moins. Nous veillerons à ce que vous receviez un compte rendu régulier de ses progrès ici, et nous serons en mesure de vous communiquer la date de sa sortie suffisamment à l'avance pour que vous ayez le temps de tout préparer pour son arrivée. Je vous recommanderais vivement de louer une infirmière professionnelle pour faciliter sa transition de la clinique à votre domicile, mais naturellement la décision finale vous appartient.

– Non, je suis d'accord avec vous. Ça me paraît une excellente idée.

Ils se levèrent et échangèrent une poignée de main. Une fois seul dans l'ascenseur, Alfred Mallory sourit en songeant qu'avec Amber en plus de Jane pour l'occuper, Inez ne risquait guère de vouloir un autre enfant. Un enfant avait déjà gâté irréparablement sa silhouette et il n'avait pas envie de voir la jolie femme qu'il avait épousée se transformer en une grosse mère truie comme tant d'autres femmes de son âge.

Surtout si elle devait encore mettre au monde des enfants comme Jane. Alfred se savait joli garçon et il avait épousé Inez pour sa beauté; comment un tel couple avait-il pu engendrer une enfant aussi malingre, affligée par surcroît d'un visage pareil à un masque aztèque... Il grimaça.

Puis il reprit son sourire. Onze cents dollars par mois représentaient une jolie somme. Il en resterait bien un peu, même après avoir nourri les deux gosses dessus et payé l'école spécialisée et les frais médicaux d'Amber.

Sans compter que Joseph Mallory, le père d'Alfred, n'avait pas besoin de savoir que son fils tirait profit de son apparente charité.

Et Amber bénéficierait de toutes les attentions que méritait le fils de la petite sœur chérie d'Alfred.

2

C'était une matinée d'été claire, inhabituellement chaude, et Alfred, Inez et Jane prenaient leur petit déjeuner sous la véranda. Construite tout en longueur, de façon à ce que chaque pièce ait vue sur le lac Huron, leur maison était divisée en deux parties inégales par la véranda encastrée en son centre. L'une comprenait deux chambres à coucher et une salle de bains reliées par un bout de couloir; l'autre abritait le salon, le coin repas et une petite cuisine. Cette maison ne devait servir à l'origine que de résidence d'été, et bien que la véranda eût été équipée de contre-fenêtres et de radiateurs, elle ne pouvait servir que de débarras durant les hivers de Drummond Island, où le thermomètre descendait à moins cinquante. Mais à la fin du printemps, en été et au début de l'automne, elle tenait lieu de salle à manger supplémentaire.

– Jane, dit Inez d'un ton ferme, arrachant sa fille à

l'intense concentration qu'elle apportait au problème consistant à séparer les grains de raisin des céréales dans son bol.

Alfred ne leva pas les yeux de son exemplaire de *L'Islander.*

– Jane, te souviens-tu de ta tante Angela?

– La jolie dame que papa disait tellement...

– Oui, l'interrompit Inez à la hâte. (Alfred n'aimait pas s'entendre citer par sa fille.) Eh bien, ta tante est morte il y a quelque temps et son petit garçon va venir habiter avec nous. Il sera ton frère.

Jane réfléchit un instant, très peu certaine que l'idée lui plaisait.

– Quel âge il a? demanda-t-elle.

– Quatre ans.

– Et comment il s'appelle?

– Amber.

– C'est un nom idiot pour un garçon.

– Sa mère était une idiote.

– C'était une sale garce, lâcha Alfred sans lever les yeux de son quotidien qu'il parcourait d'un air furibond.

Les éditoriaux de son père l'irritaient régulièrement, et vu qu'il y avait bien trop peu de nouvelles dignes de ce nom pour justifier un journal local à Drummond Island, chaque numéro de *L'Islander* n'avait pratiquement à offrir que des photos, des planches de poissons et les éditoriaux de son père. Le numéro de ce matin conspuait les mœurs relâchées que les touristes en vacances, « notamment un certain couple de Chicago qui n'a pas besoin d'être nommé mais dont nous sommes heureusement débarrassés », étaient en train d'introduire dans l'île cet été.

– C'est pour lui qu'on construit la nouvelle pièce? demanda Jane quand il fut clair que son père n'en dirait pas davantage.

– Oui.

– Et pourquoi elle est plus grande que ma chambre à moi?

– Amber est très malade. Sa mère a été très méchante avec lui et il aura besoin d'une infirmière pour m'aider à le soigner jusqu'à ce qu'il aille mieux.

– Il aura donc cette chambre pour lui tout seul?

– Je pense.

– C'est pas juste. Je suis plus vieille que lui.

– Il est parti pour rester malade très longtemps.

– Combien de temps?

– On ne sait pas.

– Alors comment tu sais que ce sera longtemps?

Alfred expédia son journal par terre.

– Cesse de questionner ta mère et finis tes céréales! ordonna-t-il.

Jane se mit lentement à remélanger les raisins au reste de son petit déjeuner, mais son père aboya : « Tout de suite! » et après un rapide coup d'œil à son visage congestionné, elle s'empressa de manger.

Après le petit déjeuner, quand Alfred eut pris le bateau pour aller à son travail, Jane demanda à sa mère :

– Est-ce que je pourrai jouer avec lui?

– J'en doute, dit Inez. Pas avant qu'il ne soit complètement guéri. Et même à ce moment-là je ne pense pas que tu t'amuseras beaucoup avec lui. Sa mère l'a rendu complètement idiot. Et maintenant va jouer dehors.

Elle embrassa Jane et se replongea dans son programme d'holovision – *Blanche Neige et Casanova déguisé en nain,* la dernière comédie érotique en provenance de Detroit – s'oubliant dans les rayonnantes images tridimensionnelles. Jane sortit jouer jusqu'à l'heure de son programme scolaire préparatoire.

La maison des Mallory se dressait au-dessus d'une petite baie sur la face sud-ouest de Drummond Island, assez près d'Espanore Island pour qu'Alfred pût se rendre sans problème à l'Institut de Transfert Dimensionnel, où il travaillait comme ingénieur électronicien, par bateau en été et par snowmobile en hiver. A la fin de l'automne et au début du printemps, quand la glace était trop dangereuse pour sa snowmobile, il empruntait le véhicule effet-sol de la compagnie, mais il préférait de beaucoup la liberté que lui donnait son propre véhicule.

La maison d'Alfred avait été construite au début des années 1970, alors que le bois était encore relativement bon marché, mais à présent, quelque trente ans plus tard, avec les normes de construction de Drummond Island qui étaient parmi les plus strictes et les plus archaïques de l'Amérique du Nord (exigeant par exemple du bois pour des travaux qui partout ailleurs se faisaient en plastique), le prix d'un nouveau bâtiment était quelque chose d'incroyable. Si la banque qui administrait la fortune d'Amber n'avait pas consenti à payer la nouvelle chambre, Alfred n'aurait jamais pu se permettre de la faire construire, mais quoi qu'il en fût, il était parvenu à conclure avec un entrepreneur de la grand terre un marché qui devait en principe lui permettre de détourner à son profit une partie des fonds administrés par la banque. Malheureusement, un tel arrangement l'avait obligé à traiter avec un entrepreneur à l'honnêteté plus que douteuse, ce qui lui créait à présent des problèmes.

– Je suis désolé – l'inspecteur à la construction, un vieillard tors qui devait bien avoir quatre-vingt-cinq ans, était absolument catégorique – mais ce travail ne respecte pas les normes. Il va vous falloir enlever ça et le remplacer.

– Mais, Mr Gantry, protesta désespérément Evans, l'entrepreneur, cet enduit isolant...

– La loi l'interdit ici. Vous devriez le savoir; vous avez déjà construit des maisons dans la région. Et tant que je serai inspecteur à la construction, il vous faudra respecter les normes à la lettre. Vous me referez donc ça.

– Mais, Mr Gantry, se plaignit faiblement Alfred, intervenant pour la première fois dans la conversation, mon fils adoptif et son infirmière doivent emménager dans cette pièce dans moins d'une semaine. C'est un enfant retardé, gravement malade, et nous n'avons aucun autre endroit où le loger. Il faut *absolument* que cette chambre soit finie d'ici là.

– Ce n'est pas mon affaire, répliqua l'inspecteur. Je

ne suis là que pour veiller à ce que la loi soit respectée.

– Vous avez besoin de combien de temps pour tout refaire à la satisfaction de monsieur? demanda Alfred à Evans.

– Probablement dix jours au minimum. Et encore, en faisant faire à mes ouvriers des heures supplémentaires; je serai peut-être même obligé d'en embaucher un ou deux de plus pour que tout soit terminé aussi vite.

– Mais je n'ai pas dix jours devant moi. Je n'en ai que six.

– Arrangez-vous tous les deux, trancha l'inspecteur. Comme je vous l'ai dit, ce n'est pas là mon affaire.

Sur ce, il grimpa dans sa voiture et quitta les lieux.

– Quel connard! s'exclama Evans dès que l'inspecteur fut parti. Si seulement j'avais eu le temps de rentrer les panneaux et de les peindre, il n'y aurait vu que du feu.

– Mais pourquoi diable courir un tel risque, aussi? voulut savoir Alfred. Vous savez bien comme il est. Vous avez déjà construit des maisons par ici.

– Et je m'en suis toujours tiré. Gantry est vieux; en général, il n'y regarde pas de si près. Cet enduit isolant est meilleur de toute façon; on l'utilise partout depuis vingt ans. Mais avec Gantry et tout ça, vous pouvez faire une croix sur l'argent que vous comptiez tirer de cette affaire. Ce travail ne nous rapportera plus rien à l'un comme à l'autre. J'aurai même de la chance si je n'en suis pas de ma laine.

– Ça va, excusez le retour de manivelle, concéda Alfred à regret. Mais comment on va s'en sortir pour la chambre? J'en ai besoin dans six jours.

– Impossible. Dites à l'hôpital de garder le gosse encore une semaine.

– Je ne peux pas. J'ai déjà touché l'argent pour son entretien et payé pour son infirmière. Sans compter que si la banque et mon père voient que je suis incapable de prendre soin de lui comme j'ai promis de le faire...

– C'est votre problème, pas le mien.
– Peut-être, mais c'est de votre faute. Alors, qu'est-ce que je fais du gosse et de son infirmière?
– Logez-les avec votre fille.
– La chambre de Jane n'est pas assez grande.
– Alors prenez votre fille avec Inez et vous.
– Inez n'aimera pas ça.
– Et alors? Ça vous sauvera la mise, non?

La nouvelle infirmière d'Amber, Mary Sorenson, une blonde mince, mais d'apparence robuste, d'une trentaine d'années, arriva un mardi en début d'après-midi. Alfred était encore à son travail à Espanore et y resterait jusqu'à 5 heures et demie, mais il s'était arrangé pour avoir son mercredi libre afin de pouvoir accueillir Amber à l'aéroport. Jane était à sa leçon de natation. Inez se retrouvait donc seule à la maison pour recevoir l'infirmière.

Ce n'était que le matin même que Mary avait reçu la lettre d'Alfred décrivant l'arrangement de fortune dont elle aurait à s'accommoder durant sa première semaine de travail (Evans avait été trop optimiste dans ses évaluations) et elle était un peu inquiète; mais après avoir constaté que le berceau auto-nettoyant et son système de contrôle étaient en état de fonctionner et que sa propre installation serait supportable pour une semaine, elle se détendit.

– Votre mari ne m'a pas donné beaucoup de détails dans sa lettre et je craignais, voyez-vous, d'avoir à nettoyer l'enfant et à changer ses langes et ses draps au milieu de la nuit...

– Naturellement, dit Inez. Mais bien que les ouvriers nous aient fait faux bond, nous avons acheté tous les jouets et le reste du matériel que vous nous aviez conseillés. Le bac à sable est derrière la maison à un endroit ensoleillé que vous pouvez voir de la véranda et, ma foi...

– Je suis sûre que tout ira très bien, lui affirma l'infirmière. Mais je crains qu'il ne reste une question d'importance qu'il va nous falloir régler aussi vite que possible. Je veux parler de la question du temps durant lequel vous allez avoir besoin de mes services. Il avait d'abord été entendu que je travaillerais ici jusqu'au 6 août, mais dans sa dernière lettre, votre mari mentionnait la possibilité que vous me demandiez de rester jusqu'au début septembre. Mais cela restait assez vague...

– Vous êtes *donc* en mesure de travailler chez nous jusqu'en septembre?

– On m'a fait une autre offre, mais je ne l'ai pas encore acceptée. Vous désirez donc que je reste?

– C'est un peu compliqué. Personnellement, je le souhaite, mais pas Alfred. En septembre l'enfant doit entrer à cette école spécialisée que dirige la Confrérie de la Lumière Prismatique près de Cedarville... vous en avez entendu parler?

– Bien sûr. Quiconque a travaillé dans cette région avec des enfants retardés susceptibles de recevoir une éducation connaît cet établissement. Il a une excellente réputation, quoi qu'on puisse penser personnellement des... euh... des vues plutôt puériles que défendent les membres de la Confrérie.

– Je suis d'accord avec vous. Mais c'est peut-être pourquoi ils réussissent si bien avec les enfants. En tout cas, Alfred voudrait que je puisse m'occuper toute seule de l'enfant dans trois semaines, c'est-à-dire d'ici la fin de votre engagement tel qu'il avait été d'abord fixé. Maintenant, à parler franchement, l'idée de cette adoption vient d'Alfred – il s'agit de l'enfant de *sa* sœur, après tout, et j'ai déjà Jane – et tout en étant d'accord sur cette adoption, tout en étant sûre qu'avec le temps j'apprendrai à l'aimer comme s'il était mon propre enfant – exactement comme j'aime Jane – eh bien, je continue de penser que trois semaines n'est pas un temps suffisant pour développer l'attitude adéquate.

Le sourire ouvertement dépourvu de sincérité d'Inez agaçait Mary.

– Il ne faut que de la patience et de la compassion, dit-elle.

– Oui, bien sûr, mais – le sourire satisfait et le visage empâté d'Inez irritèrent de nouveau Mary – voyez-vous, je n'éprouve pas encore pour lui les sentiments d'une mère. Et comment le pourrais-je? Je ne l'ai vu qu'une fois, et il était alors sur un lit d'hôpital. Ce n'est pas que je manque de compassion, mais ni Alfred ni moi ne sommes portés à la patience, et, bref, j'ai simplement besoin de plus de temps pour m'accoutumer à l'idée d'avoir à m'occuper d'un enfant retardé.

– Si c'est ainsi que vous ressentez la chose – l'infirmière s'efforçait de vider sa voix de toute expression – vous avez probablement raison. L'enfant pourrait sans doute faire son profit d'un supplément d'attentions. Et vous avez raison, un enfant retardé représente *certainement* une grosse responsabilité, admit-elle, se forçant à l'objectivité. Aussi, si votre mari n'y voit pas d'inconvénient, je resterai quelques semaines de plus. Ce sera toujours un peu de temps loin de la ville dont je pourrai profiter, et le décor est vraiment magnifique par ici.

– Certes, approuva Inez, bien qu'elle-même n'eût jamais été particulièrement impressionnée par le charme rustique de Drummond Island.

Alfred et Mary réceptionnèrent Amber à l'aéroport le jour suivant. Minuscule et maladif d'aspect, les jambes arquées des suites du rachitisme en dépit des appareils de contention, ses cheveux sans couleur en bataille, sa peau pâle couverte de rougeurs, l'enfant était peu disposé à se séparer de l'infirmière qui le ramenait de la clinique de Chicago. Il se mit à pleurer dès qu'elle l'eut déposé sur le siège arrière de la voiture d'Alfred et il continua tout le long du chemin jusqu'à la maison des Mallory. Recroquevillé contre la portière, le plus loin possible des deux adultes, il ignora obstinément les sourires et les paroles de réconfort de Mary et refusa toutes les douceurs qu'elle lui offrait.

« Bordel, il va être dur à vivre », songeait Alfred.

Mary aida l'enfant à sortir de la voiture devant la maison et le conduisit par la main, sans défaillir, jusqu'à la porte. Ses pas n'étaient que légèrement maladroits en dépit des appareils orthopédiques qui emprisonnaient ses jambes, mais il eut de la difficulté à franchir les trois petites marches qui menaient à la porte.

Une fois dans le salon, il affronta Inez et Jane, qui l'attendaient, avec l'air d'un animal effrayé. Jane pensa qu'il ressemblait à un nain, à quelque chose de laid qui n'avait rien d'humain. Elle se demanda ce que sa mère avait bien pu lui faire. Et si sa mère à elle décidait de lui faire la même chose? Elle entrouvrit les lèvres pour demander ce qu'Amber avait fait pour que sa mère l'ait puni de si terrible façon, mais elle eut peur de parler.

Amber continuait à sangloter.

– Il n'est probablement pas habitué aux étrangers, dit Mary après avoir essayé vainement de le calmer. Pourquoi ne pas me laisser quelques instants seule avec lui? Ensuite vous pourrez revenir l'un après l'autre en lui laissant le temps de s'habituer progressivement à vous.

Toute la famille défila de bonne grâce.

Jane fut la dernière à reparaître, rappelée du nouveau bac à sable, avec son sable multicolore, quelque deux heures plus tard. Un doigt sur les lèvres, l'infirmière introduisit la fillette de cinq ans dans le salon.

Alfred et Inez étaient assis dans leurs fauteuils habituels, en train de regarder Amber avec des expressions alternativement ennuyées et peinées, tandis que celui-ci essayait d'empiler trois cubes de couleur vive l'un sur l'autre. Quand sa tour s'écroula, l'enfant jeta un cube rouge en direction du mur et se remit à pleurer. Il n'avait pas remarqué l'arrivée de Jane.

Jane resta un moment silencieuse, se contentant de l'observer comme il frappait un cube vert et jaune de son petit poing, le faisant glisser de quelques centimètres sur le plancher.

Puis elle se dirigea vers le placard où on l'autorisait à ranger ses jouets et en sortit sa poupée préférée.

– Amber a fait quelque chose de si affreux que sa mère lui a flanqué un coup de marteau sur la tête et l'a cassé en petits morceaux, confia-t-elle à voix basse à la poupée en la serrant tout contre elle. Et quand sa mère a essayé de recoller les morceaux, elle ne les a pas tous retrouvés. Voilà pourquoi il est si petit et si stupide et si laid.

Amber gazouillait joyeusement dans son coin, sa colère oubliée, tout en empilant de nouveaux cubes. Cette fois la tour, qui en comptait cinq, ne s'écroula point.

La sonnette retentit, un double carillon assourdi. Alfred alla ouvrir la porte et invita d'un geste ses parents, Joseph et Paula Mallory, à entrer dans le salon. Le vieil homme aux traits rudes aida sa frêle épouse, que rongeait un cancer, à s'asseoir sur le sofa, puis il prit place à ses côtés.

– Comment te sens-tu, mère? demanda Alfred.

– Aussi bien qu'on peut l'espérer, dit Joseph, répondant pour elle. Ni plus mal ni mieux.

– Je suis heureuse que ça n'aille pas plus mal, dit Inez.

– Merci, lui retourna Paula.

– Hello, Amber! lança Joseph d'une voix tonitruante qui fit sursauter l'enfant.

Celui-ci se remit à pleurer. Paula grimaça, ouvrit la bouche pour dire quelque chose, puis se ravisa.

– Il ne sait pas faire autre chose que pleurer? demanda Jane d'un air méprisant.

Son père lui lança un regard mauvais mais ne dit rien.

– Ne pensez-vous pas qu'il est peut-être temps pour lui d'aller dormir un peu? s'enquit timidement Inez. Enfin, je veux dire, je ne m'y connais pas du tout en matière de...

– Non, vous avez raison, dit Mary. Je vais le conduire dans notre chambre et rester avec lui jusqu'à ce qu'il s'endorme.

« C'est ma chambre! » pensa violemment Jane comme l'infirmière emmenait Amber.

– Jane, pourquoi n'irais-tu pas jouer dehors dans ton nouveau bac à sable? suggéra Alfred. (Quand la fillette eut quitté les lieux, il dit à ses parents :) Les gens de l'hôpital évaluent son âge mental à un peu plus de deux ans et son Q.I. à environ soixante, encore qu'ils pensent que les effets traumatiques de l'accident et la tendre affection que lui a toujours portée Angela pourraient bien masquer une petite part de son intelligence.

– Mais Angela croyait bien faire... commença timidement Mrs Mallory mère.

– En affamant son enfant, mère? interrogea Alfred, les yeux tournés vers son père. Il va nous falloir garder Miss Sorenson pour nous aider jusqu'à ce qu'il entre à l'école cet automne. Et il faudra du temps pour venir à bout du mal qu'Angela lui a fait. Même si ses intentions étaient bonnes.

– Nous devons regarder un peu plus loin que l'avenir immédiat, déclara Joseph. Cette école, c'est très bien pour l'instant, mais il sera un jour un homme, et un homme a besoin d'un métier. Je ne veux pas que mon petit-fils vive de la charité publique. J'avais dans l'idée de créer un poste pour lui au journal... Comment sera-t-il une fois devenu adulte?

– C'est trop tôt pour le dire. Il sera maladroit, bien sûr, et il ne dépassera probablement pas le niveau primaire.

– Si je me débarrasse de mon système automatique à l'expédition pour le remplacer par un système à commande manuelle... Il sera capable de lire, non?

– Un peu. Probablement pas beaucoup.

– Très bien. Ça fait quarante ans que tout le monde est automatisé, mais je devrais bien pouvoir trouver quelque part une vieille machine à adresser et un vieux clicheur. Et si je ne peux pas, je les ferai faire... Mais nous avons des années pour travailler là-dessus. Pour l'instant, je suis préoccupé par cette Confrérie de la Lumière Prismatique.

– Des excentriques, admit Alfred. Mais absolument pas dangereux. Bien au contraire. Et très doués avec les enfants. Vous ne trouverez pas dans tous les Etats-Unis une école pour enfants retardés récupérables capable de rivaliser avec la leur. Ils ont tout un système de supervision par ordinateur qui leur permet de suivre chaque enfant à chaque minute.

– Es-tu certain qu'il est récupérable? demanda Paula.

– Quasi certain, répondit Alfred.
– Mais ce... cette espèce de service religieux bidon auquel ils se livrent avec je ne sais quel machin, là... objecta Joseph.
– Sans danger. Et parfaitement légal. Ne vous inquiétez pas; j'ai vérifié tout ça de près. En tout cas, ils ne se servent pas de leur machine sur les gosses. Je m'en suis bien assuré. Et saviez-vous qu'aucun membre de leur organisation – leur organisation locale, c'est-à-dire – ne s'est *jamais* fait arrêter pour quelque chose de plus grave qu'une contravention?
– Non, je l'ignorais. C'est pour moi un soulagement d'entendre cela. J'ai l'impression que tu as fait une enquête des plus approfondies, et je crois que le mieux est de m'en remettre à ton jugement en la matière. Encore que je doive m'avouer légèrement surpris de te voir te donner tant de mal pour la famille après ce qu'Angela nous a fait subir à nous tous en nous reniant. Peut-être avions-nous tort de placer en elle toutes nos espérances.
Inez gardait une expression respectueusement attentive, mettant à profit toute la capacité de contrôle que lui avait donnée son ancien entraînement de mannequin pour ne pas trahir l'excitation qu'elle ressentait à l'idée d'un éventuel rétablissement des droits d'Alfred à l'héritage du vieux. « Il est encore trop tôt pour avancer quoi que ce soit », se raisonna-t-elle, mais son cœur bondissait dans sa poitrine. Peut-être que son mariage la conduirait finalement au succès qu'elle en avait attendu.
« Il va nous falloir faire semblant d'aimer ce petit monstre », pensait Alfred avec dégoût.
La semaine suivante Jane dormit dans la chambre de ses parents, se réveillant chaque fois qu'ils se lançaient dans une discussion ou dans un de leurs ébats amoureux sans amour, régulièrement dérangée à un moment ou à un autre par les pleurs ou les cris d'Amber dans la chambre à côté. Maintenant que le rideau d'apathie qui séparait l'enfant du monde s'était déchiré, il était perpétuellement grognon, irrité ou effrayé – irrité par son impuissance à agripper de ses

petites mains maladroites les bords de plastique lisses de son berceau, effrayé par les chocs que lui communiquait ce même berceau chaque fois qu'il perdait le contrôle de sa vessie ou de ses intestins, effrayé par le noir et terrifié par les cauchemars où il revivait l'accident, la collision et la douleur sans fin qui lui sciait les jambes.

Jane était ulcérée de cette prise de possession de sa chambre – sa chambre à elle! – par son frère adoptif. Et bien qu'elle eût tôt fait d'apprendre qu'elle serait sévèrement punie si elle se permettait de dire de telles choses, elle approuvait intérieurement ses parents chaque fois qu'étant bien sûrs de ne pas être entendus par l'infirmière ils gémissaient sur le petit monstre imbécile, hideux, contrefait et pisse-au-lit qu'était le fils d'Angela.

3

Mary se réveilla aux doux accents de Vivaldi, ouvrit les yeux sur de glorieuses cascades de lumière dorée. A deux mètres d'elle, Amber dormait tranquillement, incapable d'entendre la musique diffusée par les mini écouteurs implantés sous la peau de la jeune femme, insensible aux projections holographiques qui dansaient autour de sa tête. Il était 7 heures du matin en ce douzième jour de son séjour chez les Mallory.

Elle retint un instant dans son esprit le rêve d'où elle avait été tirée, puis, ne lui trouvant aucune signification particulière, elle le laissa s'effacer. A Detroit, elle s'y serait attachée plus longtemps, le réservant pour en discuter au petit déjeuner, mais Alfred et Inez avaient beau se targuer de leur cosmopolitisme, ils ne se préoccupaient pas de consacrer une partie de leur premier repas de la journée à se raconter leurs rêves.

Des souvenirs de la nuit précédente flottaient dans sa conscience et elle se surprit à froncer les sourcils.

Non qu'Alfred fût physiquement peu séduisant ou incompétent au lit, bien au contraire, mais elle regrettait que les mœurs médiévales de Drummond Island l'eussent dissuadée de chercher un partenaire sexuel plus à son goût.

Une fois hors du lit, elle jeta un coup d'œil automatique sur les écrans de contrôle qui montraient le salon et la salle à manger. Comme elle s'y attendait, elle était la seule debout.

Elle pénétra dans la cabine de la douche et laissa les vibrations ultrasoniques nettoyer son corps et ses cheveux. Elle s'était douchée après qu'Alfred l'avait quittée pour rejoindre Inez, bien sûr, mais il s'était écoulé presque huit heures depuis, et comme toujours à son réveil, elle se sentait comme souillée par les résidus accumulés du sommeil.

Alfred et Inez furent réveillés par un chœur d'une vingtaine d'anges en robes de satin vert qui chantaient des cantiques. Les anges avaient tous des ailes dorées, des yeux verts assortis à leurs robes, et de délicates peaux blanches. Des auréoles flottaient au-dessus de leurs têtes. Bien que tous parussent de sexe féminin, l'un d'eux chantait d'une voix de basse râpeuse à la façon des nègres.

Alfred maudit le psychodécorateur qui lui avait pris si cher pour cette séquence mensuelle de scénarios-réveils holographiques taillés sur mesure. C'était donc, *ça* qui était censé stimuler sa créativité inconsciente? C'était donc *ça* qui était censé le mettre d'attaque pour la journée?

Inez, elle, aimait bien les anges.

Jane fut réveillée par Dingo Duck, comme elle l'était chaque matin d'aussi loin qu'elle se souvînt, et comme chaque matin depuis au moins un an et demi, sa première réaction fut d'embarras : Dingo Duck n'était plus de son âge. Mais on lui avait promis une nouvelle séquence pour son anniversaire, et elle n'avait plus que quinze jours à attendre.

Jane fit sa toilette toute seule dans sa cabine douche, puis elle examina quels effets lui avaient été préparés. Comme tout le monde, elle ne possédait qu'un unique vêtement, mais celui-ci était transformable à l'infini, capable de changer de forme, de couleur, de texture et de taille. Ce jour-là, elle était désolée de constater qu'il s'était transformé en costume de cow-boy fantaisie avec bottes façon cuir et hauts talons – non que ce costume fût tellement vilain en soi, mais le tissu, qui paraissait de satin, ne cessait de changer de couleur sous ses yeux, passant de l'orange électrique à un mélange de petits points lavande, beige et blanc, puis s'assombrissant en un bleu profond barbouillé de taches blanches irrégulières. Elle répugnait à enfiler l'habit, mais elle n'osa pas être en retard pour le petit déjeuner.

C'était une belle journée qui s'annonçait et Inez avait décidé de servir le petit déjeuner sous la véranda. Ses cheveux se dressaient au-dessus de sa tête en un cône d'argent et de jade, et elle était vêtue d'un collant intrégral de ce qui semblait être du vison jaune canari.

« Elle ne se rend pas compte du tas de graisse qu'elle commence à se payer? songea Alfred. « Elle ressemble à un cornet de crème glacée velue. » Lui-même était vêtu à la façon d'un croquemort anglais du dix-neuvième siècle – il aimait s'habiller en noir; il trouvait que cela faisait ressortir sa complexion ténébreuse – tandis que Mary avait choisi de s'affubler de ce qui ressemblait à un sari en papier d'argent et guipure écarlate.

Au cours du repas Inez repéra un gros serpent brun qui se chauffait au soleil sur l'embarcadère.

– Un serpent, dit-elle en le montrant du doigt à Mary. J'espère qu'il mangera quelques-uns de ces satanés crapauds. La façon dont ils s'écrasent sous les pieds quand on marche dessus...

– Qu'est-ce que c'est comme serpent? s'enquit Mary.

– Un serpent d'eau, proposa Jane.

– Vous savez, je n'avais jamais vu de serpent ni de crapaud avant de venir ici, expliqua Mary. En liberté s'entend. J'en ai vu dans les zoos, bien sûr, et je trouve formidable que les daims viennent jusque dans votre propriété.

Elle mit en marche l'enregistreur électro-encéphalographique dans le berceau d'Amber, écouta une seconde la tonalité, puis ferma le contact, satisfaite qu'il fût toujours endormi. Elle avala une autre cuillerée de céréales.

– Il n'y a pas que les daims, dit Inez. Les voisins aussi. Pour braconner.

– N'empêche, dit Mary, que je trouve formidable que vous ayez tous ces animaux en liberté autour de vous. Même les crapauds, j'aime bien ça.

– Au Moyen Age, dit Alfred en levant les yeux de son exemplaire de *L'Islander*, les gens croyaient que les crapauds avaient des bijoux cachés derrière leur front et qu'on pouvait utiliser ces bijoux comme remèdes contre n'importe quel poison.

– Ah bon? dit Mary.

– Alfred connaît un tas de trucs comme ça, dit Inez. Autrefois, il voulait être écrivain.

– Non. Ma défunte sœur... Non. Peut-être que je vous raconterai ça une autre fois. Ou plutôt, Inez vous racontera. Je ne veux pas penser à ça. Plus jamais.

Il inclina la tête et reprit la lecture de l'éditorial qui l'avait énervé un instant plus tôt.

Jane brisa le silence qui venait de s'installer.

– Maman, demanda-t-elle, tu voudrais pas me faire avoir les mêmes vêtements qu'hier? Jamais personne n'a été obligé de porter des vêtements qui changent de couleur.

Durant ces paroles, son costume de cow-boy, de vert pomme qu'il était, vira à l'acajou sombre, et ses bottes tournèrent au jaune.

– Je trouve que cela te va très bien, dit Inez. Pas vous, Mary?

– Mais je veux pas...

– Non! éclata Alfred en lâchant son journal pour fusiller sa fille du regard. Qu'est-ce qui ne te va pas dans cette tenue?

– J'suis pas comme les autres enfants qui...

– Parfaitement. Pas comme les autres enfants. Tu es

ma fille, et pas n'importe quelle petite idiote de Drummond Island. Et c'est mon affaire de veiller à ce que tu sois habillée comme il faut. C'est autant de bon argent que l'ordinateur m'a rogné pour cette séquence en couleurs, et tu la porteras, et avec plaisir!

– Alfred, intervint Inez, est-ce qu'elle ne pourrait pas la garder pour une autre fois et porter une séquence plus ordinaire pour aujourd'hui?

– Non. Elle va me faire le plaisir de porter cette séquence et elle va me faire le plaisir de la porter aujourd'hui. Point final.

– Alfred, dit Mary précipitamment, vous avez le temps de me parler un peu de votre travail à l'Institut? Je suis complètement ignorante en matière de transfert dimensionnel.

– Pourquoi vous adresser à moi? réclama-t-il tout en observant Inez. Je m'occupe d'électronique là-bas, mais question mondes de rechange, je n'y connais rien. Père a refusé de m'aider à poursuivre mes études et je n'ai pu obtenir les diplômes nécessaires pour concevoir et faire de la recherche. Ce qui me laisse pour tâche de construire ce que les gens pourvus de diplômes plus coûteux me disent de construire. Je ne suis guère qu'un factotum amélioré : ils ne me disent pas tout.

– Alfred! se récria Inez. Ne l'écoutez pas, ajouta-t-elle en se tournant vers Mary. Il lui arrive parfois d'avoir de ces crises d'auto-dénigrement, mais il est ingénieur électronicien, pas simplement électricien ou...

– Foutaises. On me traite comme le réparateur holo. Pire. Comme un plombier.

– Alfred! Ce n'est pas vrai!

« Et maintenant le coup de la sincérité, décida-t-il. Histoire de la culpabiliser. »

– Je suis désolé, dit-il. Ce n'est pas si terrible. Voyez-vous, Mary, le transfert dimensionnel est un phénomène entièrement neurochimique. La seule raison pour laquelle vous êtes là en train de bavarder avec moi, c'est que vous vous percevez comme telle – et que vous avez une perception innée, génétiquement déterminée, de vous-même comme partie du système écologique de ce monde. Est-ce que cela rend les choses plus claires?

– Je n'en suis pas sûre. Je veux dire que je ne suis pas sûre de comprendre ce que vous dites.

– Bon. A l'Institution, nous changeons la réalité des gens en changeant leur perception consciente et inconsciente de la réalité.

– Vous voulez dire que tout ce que j'ai à faire, c'est de croire *vraiment* que je suis quelque part ailleurs et – pouf! – je disparais dans un nuage de fumée?

– Faux. Ce que vous estimez être vous, votre esprit ou quoi que ce soit d'autre, n'a pas grande importance. Disons que c'est le petit bout de la pointe du sommet de l'iceberg. Ce sont vos perceptions au niveau cellulaire qui comptent, et le seul moyen de changer ces types de perceptions passe par la neurochimie. Dont j'ignore tout. Je construis seulement les bidules auxiliaires.

– Pas de nuage de fumée?

– Et vous ne disparaîtriez pas non plus. Votre corps fait partie de la réalité de tout un chacun. Il reste en arrière, mort, tandis que votre conscience se fabrique un nouveau corps dans quelque pays de cocagne étranger. Et de la façon dont vont les choses, ils finiront par me demander de les aider à se défaire des corps à mes moments perdus. A titre bénévole, bien sûr : encore un divertissement extra-professionnel pour les employés.

Amber jouait dans le bac à sable, creusant des trous dans le sable multicolore, en faisant des pâtés ou le laissant couler entre ses doigts. Mary l'observait de la véranda.

– Est-ce que vous prenez des holo-actis? demanda Inez à Mary. Si je ne vous ai pas encore posé la question, c'est parce que je ne vous connaissais pas assez, et que, euh, les gens d'ici n'approuvent pas tellement la chose. Même Alfred ne sait pas que j'en prends très souvent. Mais maintenant que j'ai appris à mieux vous connaître et que nous sommes appelées à passer pas mal de temps ensemble, j'ai pensé qu'il valait mieux que je sache votre opinion sur la question.

– J'en ai effectivement fait l'expérience, bien sûr, reconnut l'infirmière. Seulement une fois ou deux, bien que ça commence à avoir beaucoup de succès à Detroit. Mais je n'ai pas tellement aimé l'effet que ça m'a fait et je doute que j'en reprenne un jour. Surtout quand j'ai à m'occuper d'un enfant.

– Naturellement, approuva Inez. Croyez bien que je ne vous proposais rien de tel. Mais ça vous dérangerait si j'en prenais moi-même aujourd'hui? A effet minuté, bien sûr – vous n'aurez pas à vous préoccuper de la préparation du déjeuner. Vous comprenez, c'est le jour de mon programme favori. Il ne passe qu'une fois par mois et je n'ai jamais manqué un épisode. Je suis la reine Elisabeth, ajouta-t-elle.

– La reine vierge? s'étonna Mary. En voilà une surprise. Je n'aurais jamais cru que c'était votre genre.

– C'est que vous ne connaissez pas cette émission, se défendit Inez. Je... la reine a eu un certain nombre de liaisons. Elle devait garder le secret dessus, c'est tout.

– Allez-y, l'encouragea Mary à contrecœur. Je ne dirai rien à votre mari. Mais comment ferez-vous quand vous serez toute seule pour vous occuper d'Amber?

– Je ne prendrai des holo-actis que lorsqu'il sera à l'école, promit Inez.

Elle préleva deux petites capsules rouges dans une boîte à pilules noires et les avala sans eau. Quelques minutes plus tard, elle était Elisabeth Tudor, reine d'Angleterre.

Mary garda un œil sur elle. Certaines personnes sous actis devenaient mauvaises si quelque chose venait les déranger.

Alors qu'il était au travail, ce même jour, un technicien traita Alfred d'électricien amélioré. Ce n'était pas la première fois. Alfred lui envoya son poing dans la figure.

Cela s'était passé comme il songeait à la dernière histoire qu'il eût écrite. Celle qui avait remporté le prix Bennet. Le prix qu'il avait été obligé de rendre quand Angela avait convaincu les juges que c'était elle le véritable auteur de l'histoire qu'il avait soumise au jury.

Personne n'avait cru à ses dénégations.

– Maman, est-ce que je peux revoir mon programme? J'y ai rien compris.

– Mais non. Tu n'es pas idiote; je suis sûre que tu as suffisamment compris. Dépêche-toi de finir ton assiette, j'ai une émission dans cinq minutes.

Dès que Jane eut fini de manger, Inez l'envoya jouer dehors avec d'autres enfants du voisinage, lui recommandant bien de ne pas revenir avant l'heure du dîner. Puis Inez absorba neuf capsules d'actis et retourna à son holovision. Pour être cette fois Judy Osborne, policewoman noire dans le New York des années 1980, juste avant que l'archevêque de l'Eglise du Christ Blanc ne lâche le premier des virus mélaniques. Le feuilleton devait suivre sa carrière jusqu'à son élection de premier maire noir de la Cité de New York, mais le présent épisode la montrait aux prises avec une clinique qui faisait le trafic de faux traitements contre le cancer.

Jane fit irruption dans la pièce d'un pas mal assuré. Son costume de cow-boy était d'un noir terne, toutes couleurs envolées. Une seule de ses multiples contusions apparaissait sur son visage, mais sa narine droite était bordée de sang séché.

– Maman, maman!

Elle secoua désespérément le bras d'Inez, à demi aveuglée par ses larmes et trop enfoncée dans sa propre détresse pour prendre garde à la lourde immobilité de sa mère.

Dehors dans la cour, Mary était assise au bord du bac à sable, en train de regarder Amber enterrer son train miniature dans le sable.

– Train dessous, dit Amber en souriant.

– Ils m'ont battue et ils m'ont fait tomber par terre... Maman! Jane tira plus fort sur le bras de sa mère, la faisant enfin revenir à elle et à son environnement.

La première réaction d'une personne sous actis quand sa transe est brisée, c'est une rage aveugle, meurtrière.

Mary entendit les cris de Jane et, encore plus fort, au point de les couvrir, les hurlements de rage d'Inez. Elle se précipita vers la maison. Jane était recroquevillée par terre, les mains levées dans un geste visant à se protéger le visage, tandis qu'Inez la rouait de coups de pied.

– Laissez-la tranquille! cria Mary en essayant d'écarter Inez de sa fille.

Inez frappa l'infirmière au visage et au ventre avant que Mary pût lui saisir les mains. Les yeux exorbités, le visage congestionné et déformé, Inez essaya de mordre les mains de son adversaire, mais Mary réussit à les garder hors de sa portée. Puis Inez se mit à lui donner des coups de pied dans les tibias. L'infirmière accentua sa prise sur les poignets d'Inez, tenant tête à la douleur, attendant.

Soudain les traits d'Inez se vidèrent de toute expression. Mary la laissa s'affaler sur le plancher.

Le second effet d'une transe holo-actis brisée, c'est la perte de la conscience.

Abandonnant Inez, le visage impassible, sur le plancher, Mary aida Jane à se remettre debout et l'emmena avec elle dans sa chambre. L'infirmière prit la fillette dans ses bras et la tint contre elle jusqu'à apaisement de ses sanglots.

– Que t'est-il donc arrivé? s'enquit Mary d'une voix douce.

– Maman m'a battue à coups de pied...

Jane se remit à pleurer. Elle saignait du nez.

Mary épongea le sang avec un mouchoir.

– Oui, mais avant ça? Pourquoi l'as-tu dérangée?

– Jimmy m'a poussée pendant que Bobby était à quatre pattes derrière moi, alors je suis tombée pardessus Bobby et je me suis cogné la tête sur un caillou, et alors ils se sont tous mis à me donner des coups de pied et quand j'ai voulu me relever, Jimmy m'a refait tomber par terre...

– Pourquoi voulaient-ils te faire du mal?

– Je connaissais pas les règles du nouveau jeu parce que maman a pas voulu me laisser revoir le programme, alors Jimmy a dit que j'étais trop bête et trop moche pour faire quelque chose comme il faut, exactement comme mon idiot de frère, alors j'ai dit que c'était pas mon frère... C'est pas mon frère! C'est pas mon vrai frère!

– Non, approuva calmement l'infirmière. Amber n'est pas vraiment ton frère.

– Je le déteste! Ils disaient que si, qu'il était vraiment mon frère, et que j'étais exactement comme lui, et qu'il fallait pas croire que je pouvais leur mentir, et alors Jimmy m'a poussée...

– Je ne te trouve ni bête ni moche. Je t'aime bien, l'interrompit Mary.

– Je suis tellement bête et tellement moche! (Jane lança un regard méfiant à Mary.) Tu mens. Papa dit que je suis ça. Et maman m'a donné des coups de pied. Elle me déteste.

– Ta mère était en colère pour autre chose. Elle ne te déteste pas vraiment, dit Mary tout en se rendant compte que ses paroles ne faisaient aucun effet sur Jane. Pourquoi ton père a dit ça, au fait? questionna Mary.

– Je sais pas. Il dit tout le temps ça. Et maintenant maman me déteste.

Jane fut incapable de se maîtriser davantage. L'infirmière la consola comme elle put.

Quand Alfred revint d'Espanore (« Et ne remettez pas les pieds ici tant que vous n'aurez pas trouvé le moyen de faire bon ménage avec vos collègues »), Mary le conduisit devant le corps inconscient d'Inez et lui expliqua ce qui s'était passé.

– Pas question que je continue à travailler ici si une alerte de ce genre doit encore se produire, dit-elle. Et franchement, si je devais laisser l'enfant dans une maison où...

– Où se genre d'incident a des chances d'arriver, vous alerteriez les autorités et veilleriez à ce qu'il soit placé dans un autre foyer?

– Exactement.

– Et vous feriez bien. Mais donnez-nous encore une chance. Je vous certifie que pareille chose ne se reproduira plus. Je prendrai bien garde à ce qu'Inez ne recommence plus *jamais,* à ce qu'il n'y ait plus *aucun* danger de ce genre... Le problème, ce n'est pas Inez, c'est les holo-actis, et si je lui dis de ne plus en prendre, elle m'obéira. Elle fait toujours ce que je lui dis.

L'avait-il convaincue? Si jamais cette affaire parvenait aux oreilles des curateurs...

– Comment va Jane? demanda-t-il. Elle n'a pas mal?

– Non, heureusement. Elle dort à présent.

– Vous ne croyez pas qu'on devrait la conduire chez un docteur?

– Je ne pense pas que ce soit nécessaire. Mais si je n'avais pas été là...

– C'est vraiment une chance que nous vous ayons. Et ça ne se reproduira plus jamais.

Dehors, dans le soleil de l'après-midi déclinant, Amber enterrait le train qu'il venait de déterrer pour la dix-neuvième fois.

– Train dessous, dit-il joyeusement. Mon train dessous.

4

– Tu ne te rappelles même pas comment on ouvre une portière? s'étonna Inez, un instant amusée par le spectacle d'Amber en train de s'escrimer en vain sur le cadran et les boutons du verrou de sécurité. (Un instant, car son amusement eut la vie courte.) Si tu continues à me faire perdre mon temps, je ne réussirai jamais à te trouver un gâteau pour ta petite fête, menaça-t-elle. Tu comprends? Tant pis, laisse-moi ouvrir!

Elle se pencha par-dessus le siège et écarta les doigts tâtonnants d'Amber des trois cadrans et cinq boutons. Tout ça était trop compliqué pour lui, mais sans problème pour Inez : la portière s'ouvrit.

Amber s'extirpa laborieusement de la voiture rouge et mit pied sur l'esplanade arc-en-ciel d'où partaient les chemins de couleurs différentes conduisant aux divers dômes de l'école. La portière se referma et la voiture rouge s'élança silencieusement dans l'allée vierge de toute neige, disparaissant derrière une congère dès la première courbe.

La neige s'élevait en talus de plus de deux mètres cinquante de haut de chaque côté du chemin jaune menant au dôme d'Amber. Il serra bien fort le sac de caraprotes que Mary lui avait envoyé pour son anniversaire et s'engagea dans l'allée. Comme les routes et la petite place, l'allée était chauffée pour ne pas laisser prise à la neige, mais dans les couches immédiatement supérieures de l'atmosphère la température avoisinait les moins trente. La tenue d'Amber, toutefois, était thermorégulée, et son visage et ses mains avaient été traités au vaporisateur anti-froid. Le vent lui arrivait dans la figure, mais seuls ses globes oculaires, non traités, sentaient le froid et il battait souvent des paupières pour les réchauffer.

Il atteignit le dôme jaune. A côté du rectangle blanc anonyme de la porte, un bouton rouge était encastré dans le mur. Amber le pressa avec une ferveur nuancée d'un rien d'anxiété. Et si rien ne se passait?

– Hello, Amber, dit la porte de sa grosse voix amicale.

Il se détendit. Aujourd'hui serait comme tous les autres jours; l'accès ne lui serait pas refusé.

– Hello, porte, répondit-il. Je peux entrer, s'il te plaît?

– Quel jour est-on aujourd'hui? contra la porte.

Mais ses questions ne tracassaient plus Amber. C'était toujours des questions auxquelles il pouvait répondre.

– C'est le jour de mon anniversaire, dit-il.

– En plein dans le mille, gloussa la porte. Et quel âge as-tu ?

– Six ans.

– Encore dans le mille, Amber, dit joyeusement la porte. Très bien.

Six sonneurs de trompette en manteau rouge apparurent sur la surface de la porte. Ce n'était que des images en deux dimensions qui n'avaient pas l'air aussi vrai que les hologrammes, mais quand elles portèrent leurs trompettes à leurs lèvres, le son triomphant de leur salut d'anniversaire fit frissonner le garçonnet.

« Joyeux anniversaire, Amber! » lui lancèrent-elles en abaissant leurs instruments et en lui faisant signe de la main du fond de leur monde bi-dimensionnel. Tout en continuant d'agiter leurs mains et de sourire, elles se fondirent dans un brouillard transparent et disparurent, rendant la porte à son anonymat.

Au bout de quelques secondes la surface opaque de la porte commença à se faire d'une translucidité chatoyante. Bien qu'il n'eût jamais pu décrire le phénomène, Amber savait ce qui allait se passer – pour y avoir maintenant assisté une centaine de fois – mais le fait d'être prévenu ne faisait qu'ajouter à son plaisir. Il contempla la porte. Et ça commença.

Comme si quelque chose montait vers lui du fond d'une eau qui n'aurait pas été bleue mais blanche... d'abord invisible, puis sous les espèces d'une légère touche de gris dans les profondeurs laiteuses, une ombre en train de prendre lentement forme, de devenir plus distincte à mesure qu'elle grossit, de se colorer en approchant de la surface ensoleillée... il voit maintenant qu'elle est jaune, d'un jaune pâle qui se fait de plus en plus éclatant à mesure qu'il se rapproche de la surface, où il attend, fasciné...

Et voici qu'une colonnette d'or ouvragé, bien plus petite qu'il ne l'aurait soupçonné, mais si délicate qu'il ne peut en détacher ses yeux, s'élance hors de l'eau blanche, rayonnant dans l'air cristallin, brillant de l'éclat d'un soleil nouveau-né, encore que cet éclat soit doux, bien loin de l'aveugler comme il commence à fondre, flot d'or liquide jaillissant vers lui en gerbes féeriques, ni flamme ni métal mais les deux à la fois, et chaque éphémère splendeur, chaque forme vivante n'est que la chrysalide d'où une créature encore plus splendide va émerger...

Et puis, juste comme Amber en arrive à être las de tant de merveille, son flamboiement commence à diminuer, non à la façon de quelque chose qui meurt mais qui devient de moins en moins perceptible, et comme le chat du dôme qui se pelotonne pour dormir, la forme, après un ultime soubresaut, se stabilise, devenant un bouton de porte d'or exquisément ouvragé, juste à la bonne hauteur pour qu'Amber puisse le saisir.

Pour Mary, qui avait accompagné Amber lors de ses premières visites à l'école, le fait de savoir que ce qu'elle voyait n'était qu'une porte de plastique à mémoire qui faisait surgir un bouton de porte de sa substance infiniment malléable avait rendu le phénomène banal à ses yeux. Alfred avait apprécié la complexité de la programmation qu'impliquaient les transformations de la porte tout en étant consterné par ce que cela représentait d'argent gaspillé. Mais pour Amber le bouton de porte était une chose vivante, et le fait qu'il pouvait le manipuler pour ouvrir la porte n'enlevait rien à sa fascination.

– Hello, bouton de porte, dit-il.

– Hello, Amber, répondit le bouton de porte. Joyeux anniversaire!

L'ordinateur central avait pourvu l'objet d'une voix manifestement masculine, mais mélodieuse, en accord avec sa massive élégance.

– Tu peux entrer à présent, ajouta le bouton de porte.

Amber le saisit, le fit délicatement tourner, puis il poussa la porte et pénétra à l'intérieur du dôme.

– Bonjour, Amber, et joyeux anniversaire!

Une voix humaine cette fois, chaude et comme liquide en dépit de la soigneuse articulation qui détachait clairement chaque syllabe : la voix de frère

Perceval, le professeur d'Amber. Vêtu comme à l'ordinaire des pantalons gris argenté et de la longue tunique arc-en-ciel des membres de la Confrérie, c'était un homme mince, à la peau étrangement foncée, avec un long visage doux et des yeux lumineux. Il souriait.

Derrière lui se tenaient les sept autres élèves de la classe.

– Joyeux anniversaire, Amber! lancèrent-ils en chœur sur un signe du professeur.

Amber leur rendit timidement leur sourire et tendit son sac de caraprotes.

– La tumeur ne semble pas avoir grossi depuis votre dernière visite, annonça le spécialiste à Paula Mallory. Avec de la chance, vous pouvez lui dire adieu.

– Elle est du genre bénin, alors?

– On n'est jamais sûr qu'une tumeur soit vraiment bénigne. Et avec ce genre particulier de croissance, on ne sait jamais. *Mais*, pour autant qu'on puisse en juger, elle n'est pas activement maligne.

– Vous ne pouvez pas... procéder à l'ablation, la brûler au laser ou autre chose...

– Non. Pas sans qu'une bonne partie de votre cerveau en pâtisse. Et tant que vous avez cessé d'être menacée, ce n'est pas la peine de risquer votre vie. Ce qui serait le cas avec une intervention chirurgicale.

– Mais... savoir que j'ai ça là, à l'intérieur de moi, comme quelque chose qui attendrait...

– Certaines recherches actuelles dans le domaine de la recombination de l'ADN pourraient *bien* aboutir à des techniques qui seraient d'une grande aide dans votre cas. Et on commence à avoir de meilleurs résultats grâce aux nouvelles approches de la chimiothérapie. Peut-être qu'avec le temps...

Inez aimait rouler en pleine campagne, où il n'y avait personne, où elle pouvait mettre la voiture en pilotage automatique et contempler les talus de neige immaculée qui scintillaient de chaque côté de la route, n'exigeant rien d'elle, ne lui offrant que ce qu'elle choisissait d'accepter, glacés mais si propres...

Tout le monde, sauf Amber, était déjà coiffé d'un de ces bandeaux qui permettaient à frère Perceval et à l'ordinateur central de surveiller la fréquence et l'amplitude des ondes cérébrales des enfants. Amber prit le bandeau que frère Perceval lui tendait et le glissa autour de sa tête, l'ajustant soigneusement à ses tempes. L'appareil se mit à émettre une lueur violette qui signalait son excitation.

– Aujourd'hui, dit frère Perceval à la classe, c'est l'anniversaire d'Amber. Aujourd'hui, nous ferons tout ce qu'Amber voudra.

Amber réfléchit un instant.

– Je voudrais faire un gâteau, décida-t-il. Mais un gâteau pour emporter à la maison.

– Moi aussi, je veux faire un gâteau!

– Moi aussi!

– Très bien, dit frère Perceval. Aujourd'hui nous ferons les boulangers-pâtissiers. Mais dans une boulangerie-pâtisserie, tout le monde ne fait pas cuire des gâteaux. Il y a des gens qui font autre chose, comme du pain ou des sablés. Il faut aussi quelqu'un pour disposer la marchandise dans la devanture afin que les clients puissent la voir. Il faut aussi quelqu'un pour vendre les gâteaux, le pain et les sablés aux clients, ce qui veut dire qu'il nous faut aussi des clients.

– Amber, tu veux faire un gâteau, n'est-ce pas? Très bien. Qui d'autre veut faire un gâteau? Pourquoi pas toi, Jenny? Et toi, Robert? Très bien! Qui veut s'occuper du pain et des sablés? Michelle? Parfait! Et pour disposer les gâteaux et les sablés dans la devanture? Toi, Eddie? Bon. Et maintenant, qui est-ce qui voudrait vendre les produits? Amber? Bien sûr...

– Qu'est-ce qui te tracasse, Amber?

– Il faudrait que je rapporte mon gâteau à la maison, dit Amber, son bandeau indiquant l'intensité de son désir.

– Ne t'inquiète pas, le rassura le professeur. Nous ne

vendrons pas ton gâteau *à toi.* Mais ça ne te fait rien qu'on vende les autres, n'est-ce pas?

Amber fit non de la tête.

– Et maintenant, Kevin et Roberta, est-ce que ça vous plairait d'être des clients et d'acheter les gâteaux, les sablés et le pain?

Roberta semblait indécise mais Kevin dit :

– Non! Moi, je veux conduire un train.

– Moi aussi! dit Roberta.

– Que diriez-vous d'un petit fourgon de livraison? proposa frère Perceval.

Roberta tourna un regard interrogateur vers Kevin.

– D'accord, dit Kevin.

– Très bien. Vous pourrez conduire chacun votre tour le camion qui livrera la farine, les œufs, le lait et le sucre à la boutique. Entendu? Bon! Et quand vous aurez été payés de votre travail, vous pourrez venir dépenser l'argent au magasin. Okay? Parfait!

– Prêt, ordinateur? demanda subvocalement frère Perceval dans le microphone implanté dans sa gorge.

– Encore trois minutes, lui répondit l'ordinateur par l'entremise d'un mini récepteur radio dont l'avait doté une autre intervention chirurgicale.

Frère Perceval tint les enfants occupés dans l'antichambre durant les trois minutes requises par l'ordinateur pour achever de transformer le plastique à mémoire de l'intérieur du dôme en une boulangerie-pâtisserie.

Vu que les élèves plus âgés devaient se rendre à terre pour leur école, Drummond Island ne possédait qu'une école primaire. Et comme, en dépit de la richesse de quelques résidents de fraîche date comme Joseph Mallory (dont, après tout, l'installation définitive remontait à moins de vingt ans), la plupart des habitants de l'île étaient aussi pauvres que profondément conservateurs, cette école était des plus vieux jeu. Les appareils pédagogiques étaient antiques et rarement mis à contribution; l'holovision était du modèle standard que l'on trouvait chez les particuliers, non seulement impropre à l'usage de cassettes, mais encore en panne depuis maintenant plus de trois ans; il n'y avait qu'un projecteur de cinéma; et pas d'ordinateur. Les sept professeurs étaient de vieilles gens qui s'étaient réfugiées dans la sécurité d'une école isolée pour éviter d'avoir à se préoccuper des révolutions successives qui étaient intervenues dans les méthodes d'enseignement depuis le temps de leur formation dans les années cinquante ou soixante du siècle précédent.

Jane s'agitait à son pupitre, incapable de fixer son attention sur la vieille dame qui alignait des chiffres et des symboles mathématiques au tableau noir. Jane était la plus mauvaise élève de la classe et elle en avait parfaitement conscience, comme elle était consciente de sa désespérante laideur : une grande maigrasse, avec des cheveux plats encadrant un visage tout en saillies et en ravines, voilà ce qu'elle était. Aussi n'avait-elle pas d'amis.

Une chansonnette défilait dans sa tête, une chansonnette qu'on lui avait chantée pour son anniversaire, six mois auparavant :

Joyeux anniversaire,
On te crache tous dessus.
Tu pues comme un vieux cul,
Et en plus, t'en as l'air.

Elle la chanterait à Amber quand il reviendrait de l'école.

★

– Et maintenant, remue-moi bien! s'écria la jatte bleue d'une petite voix flûtée. Mélange-moi. Allez, allez, allez, allez...

– A mon tour à présent! piailla la jatte jaune. Mets un peu de ma pâte dans la jatte bleue. Très bien, soulève-moi des deux mains... Attention maintenant! Pas trop... Là! Parfait!

– Je parie que tu ne sais pas ce que tu viens de me verser dedans, lança la jatte bleue d'un ton de défi.
– Si, je le sais, dit Amber. Des œufs, du lait et de la levure.
– Tu as oublié la vanille, ricana la jatte jaune.
– Il n'y en avait qu'un tout petit peu, dit la jatte bleue, prenant la défense d'Amber. Mais c'est le moment de me remuer encore. Allez, allez, allez, allez...

– Qu'est-ce qu'on est censé faire de ce fichu machin ? demanda Inez. Il n'est pas assez gros pour tous les gosses et leurs parents, et probablement pas très bon. Et s'il est immangeable ? Car il en a bien *l'air.*

Alfred trempa les lèvres dans son verre, fronça les sourcils et ajouta une autre pincée de mojo à son breuvage.
– Il faut le servir, décida-t-il à contrecœur. Son prof et tous ses petits copains s'y attendent. Mais... pourquoi ne pas mettre deux tranches de gâteau dans chaque assiette ? Une petite tranche du gâteau qu'il a fait et un gros morceau d'un des gâteaux que tu as achetés. Comme ça tout le monde aura assez à manger, et s'ils n'aiment pas son gâteau à lui ils ne seront pas obligés de le manger.

Jane attendit que ses parents soient occupés ailleurs et se glissa dans la cuisine. Il y avait trois gâteaux sur la planche de travail, mais elle n'eut aucun mal à distinguer le gâteau d'un seul bloc d'Amber, avec son glaçage tout simple, des gâteaux pâtissiers fastueusement décorés qui se dressaient à côté.

S'emparant de la salière, elle versa quelques grains de sel sur un coin du gâteau d'Amber. Le sel eut vite fait de se dissoudre dans la blanche surface moelleuse, laissant des marques presque invisibles là où les grains étaient tombés.

Après un instant d'hésitation, Jane saupoudra tout le gâteau d'une fine couche de sel.

5

Alfred et Inez allèrent ouvrir à frère Perceval. Tous les autres invités étaient déjà arrivés. Les adultes formèrent cercle, un verre ou une reniflette à la main, et les enfants s'amusaient par terre avec les jouets d'Amber. Jane était appuyée contre un mur, couvant tout le monde du regard.

– Entrez donc, frère Perceval, dit Inez avec un grand sourire.

Le professeur s'avança.

– Bonsoir, dit Alfred en lui serrant la main. Où est frère Ashoka?

– Malade, j'ai bien peur. Il m'a prié de vous faire part de ses regrets.

– Je suis désolé de l'apprendre. Père, appela Alfred en se tournant vers un vieil homme aux yeux durs enfoncés sous de gros sourcils gris, viens une seconde par ici. J'aimerais te présenter frère Perceval, le professeur d'Amber. Frère Perceval, mon père, Joseph Mallory. L'éditeur de *L'Islander.*

– Et aussi l'imprimeur et le rédacteur en chef, ajouta Joseph. Sans parler des éditoriaux et de la plupart des articles – que je m'appuie tout pareil. Jusqu'à certaines photos qui sont de moi.

– Il y a un certain temps que votre journal excite ma curiosité, dit frère Perceval. Comment arrivez-vous à rentrer dans vos frais avec une diffusion aussi limitée?

– Je n'y arrive pas, avoua Joseph. Oh, je fais bien d'autres travaux d'imprimerie, des brochures pour l'Institut et autres bricoles du même genre, mais je finis toujours par y être de mes plumes. Mais... avant d'aller plus loin, il y a une chose qu'il vaudrait mieux que je sache : vouliez-vous seulement vous montrer poli ou êtes-vous vraiment curieux?

– Un peu les deux, dit frère Perceval.

– Bonne réponse, approuva Joseph en hochant la tête. Eh bien... dans le temps, au début des années quatre-vingts, je dirigeais un journal à Chicago, *Le Chicago MidAmerican.* Je m'en sortais plutôt bien financièrement et je commençais à avoir de l'influence, mais j'ai eu tout d'un coup l'impression que le pays était au bord de la guerre civile. Noirs contre Blancs. Et Chicago était certainement le dernier endroit où il aurait fallu se trouver si ça avait dû arriver.

» Alors j'ai vendu le journal et je suis venu m'installer ici, pensant que Paula et moi serions plus en sécurité. Je me suis dit qu'une imprimerie pourrait être utile durant la période d'anarchie qui ne manquerait pas de suivre la guerre civile. J'en ai donc fait construire une et j'ai même pu profiter de mes relations dans le gouvernement pour obtenir un réacteur nucléaire allant avec. Le premier dans la région.

» Mais les épidémies mélaniques vinrent résoudre la question... Non. Une guerre civile aurait mieux valu. Et je pense toujours qu'il aurait dû y en avoir une. Quoi qu'il en soit, quand les épidémies eurent été enrayées, je me suis retrouvé ici avec une imprimerie qui fonctionnait et de l'argent à ne savoir qu'en faire. J'avais toujours été un homme de presse, et voilà que j'avais une chance de faire un journal exactement comme je l'entendais, sans avoir besoin de faire la chasse aux lecteurs ou de me concilier ces messieurs de la publicité. Sauf qu'il ne pouvait pas être influent, bien sûr : pas question de toucher tout un pays à partir d'une île du Haut Michigan. Mais j'avais pris de l'âge, et c'était très bien comme ça : influent, je l'avais *déjà* été.

» En tout cas, me voilà avec un journal dont je peux faire tout ce que je veux. Appelez ça un passe-temps ou une lubie d'homme riche, si vous voulez. Je m'en moque. Dans les deux cas, vous pourriez bien avoir raison.

Jenny, l'une des camarades de classe d'Amber, tirait déjà depuis un moment sur la manche de voile vert d'Inez.

– Tu as besoin de quelque chose, ma chérie? demanda Inez quand Joseph eut fini.

– Est-ce qu'on peut avoir le gâteau maintenant, Mrs Mallory?

– Mais bien sûr, ma chérie, répondit Inez en lui expédiant un sourire machinal. Nous n'attendions que l'arrivée de frère Perceval. Ça te plairait de m'aider à le servir?

– Hon-hon. Je peux vous aider à le couper aussi? Je l'ai déjà fait cet après-midi. A l'école.

– Mais naturellement. Excusez-moi, frère Perceval.

Inez guida Jenny vers la cuisine à travers la petite assemblée.

– Excusez mon retard, dit frère Perceval à Alfred, mais j'avais oublié que nous devions « ouvrir » un de mes anciens élèves ce soir. Vous auriez dû commencer sans moi.

– Allons donc, fit cordialement Alfred. Il n'y a pas de mal. Il est encore tôt.

– Excusez-moi de fourrer mon nez dans ce qui pourrait bien ne pas me regarder, dit Joseph à frère Perceval, mais que vouliez-vous dire exactement avec cette histoire d'« ouvrir » un de vos élèves?

« On le dirait impatient de fondre sur sa proie, songea Alfred. Mais plus comme un vautour que comme un faucon. Pourquoi ne se fait-il pas replanter les cheveux? »

– Un de mes *anciens* élèves, précisa frère Perceval. Jerome a maintenant seize ans. Mais pour répondre à votre question, je vous apprendrai que nous avons ce soir accueilli Jerome au sein de la Confrérie de la Lumière Prismatique et qu'il a participé au Latihan pour la première fois.

– Au Latihan? questionna Joseph.

– Notre exercice spirituel de groupe.

– Et, si je puis me permettre de vous demander, quel rapport y a-t-il entre cet exercice spirituel de groupe et ces machines hypnotiques dont vous vous servez?

– Aucun, étant donné que l'Inducteur n'est pas une machine hypnotique. Mais pour comprendre ce que c'est *réellement*... Ça ne vous dérangerait pas que je vous raconte un peu *notre* histoire?

– Pas du tout. J'en serai ravi.
– Je t'apporte un autre whisky, père? intervint Alfred.
– Oui. Double. Sans eau. Et sans poudre de mojo non plus. Et vois si ta mère n'a besoin de rien. Donc, frère Perceval, vous disiez...
– Avez-vous déjà entendu parler du Subud ou de l'Eglise du Sermon Unique, Mr Mallory?
– Non. Ce genre de chose ne m'a jamais intéressé. On a toujours été catholique dans ma famille.
– Eh bien, le Subud est une religion – mais peut-être l'expression de « discipline religieuse » conviendrait-elle mieux – qui est née à Java aux environs de 1930 et s'est répandue de là dans presque toutes les parties du monde. Il n'est guère étonnant que vous n'en ayez jamais entendu parler : la secte Subud ne s'est jamais préoccupée de faire du prosélytisme et le nombre de ses membres a rapidement décliné après la mort de son fondateur.
» De toute façon, le Subud n'avait pratiquement pas de dogme propre et beaucoup de ses membres étaient chrétiens ou musulmans. On a même compté parmi eux quelques prêtres et moines catholiques. Ceux-ci pratiquaient un exercice spirituel de groupe, le Latihan, au cours duquel, selon leur croyance, ils ouvraient leur âme à Dieu. Entendons par là qu'ils se transformaient en des sortes de coupes dans lesquelles Dieu versait la divine liqueur de Sa présence. Et, en poursuivant l'analogie de la coupe, de même qu'une coupe a sa forme propre qui lui permettra de contenir une quantité de vin différente de celle qu'une coupe d'une autre forme pourra contenir, ainsi Dieu semblait se manifester de différentes façons selon les individus qui l'accueillaient.
» Une personne qui se faisait « ouvrir » se tenait au centre d'un groupe pratiquant le Latihan et se « rendait ». Et bien qu'il n'arrivât pas toujours qu'un initié éprouve immédiatement quelque chose, si un nouveau membre restait intégré au groupe il finissait tôt ou tard par apprendre à éprouver les effets du Latihan pour lui-même. Avec le temps, il en venait même à être

capable de procéder au Latihan sans l'aide du groupe. Ça va, vous me suivez?

– Oui, oui. (Joseph but une petite gorgée de whisky.) Quand on a assisté à suffisamment de réunions de conseil municipal, on est capable d'écouter n'importe qui. Sans avoir de problème du côté de la compréhension, je veux dire.

– Naturellement. L'Eglise du Sermon Unique, elle, fut fondée par des membres du Subud qui croyaient que l'usage de drogues psychédéliques pouvait aller de pair avec la pratique du Latihan. Mais, chose plus importante, ils pensaient que le Latihan pouvait s'expliquer en termes purement physiologiques. Nous autres de la Confrérie de la Lumière Prismatique sommes les descendants spirituels, si vous voulez, d'un groupe de membres de l'Eglise du Sermon Unique qui rejetaient l'usage des drogues tout en adhérant à la croyance selon laquelle le Latihan était un phénomène purement physiologique.

– Vous n'approuvez donc *pas* l'usage des drogues psychédéliques?

– Non. En dépit de nos origines, nous sommes plutôt sourcilleux sur ce point.

– A la bonne heure! Moi aussi.

– Quelques années après la fondation de la Confrérie, certaines recherches ont prouvé qu'une personne se livrant au Latihan émettait un réseau complexe de micro-ondes qui, bien que très faibles selon les normes habituelles, étaient néanmoins assez puissantes à courte portée pour déclencher le phénomène du Latihan chez des personnes en état de reddition détendue...

– Ce qui signifie?

– Des personnes dont les ondes cérébrales ont une fréquence de huit à treize cycles par seconde.

– Vu.

– Le rôle de l'Inducteur est de reproduire ces micro-ondes déclics. On a découvert que le phénomène du Latihan lui-même consiste en un type particulier d'ondes électro-propulsées dans le protoplasme solidifié des neurones semi-conducteurs des pédoncules cérébraux.

– Est-ce que je dois absolument comprendre ça? demanda Joseph.

– Ce n'est pas nécessaire.

– A la bonne heure. Dans ce cas, ma question sera : qu'est-ce que toute cette physiologie a à voir avec Dieu?

– Nous croyons que l'état engendré par le Latihan est un état d'élargissement de la conscience, ni plus ni moins. Ce que l'on perçoit dans cet état – que la personne qui se livre au Latihan atteigne ou non quelque conscience de Dieu – est une affaire entre cet individu et Dieu. Vous pouvez apprendre à lire à quelqu'un et lui montrer la Bible, mais il doit la lire et la comprendre pour lui. Et même alors, sans l'aide de Dieu, il n'atteindra jamais vraiment la compréhension et la foi.

– Vous êtes chrétien, alors? demanda Joseph.

– Oui.

Joseph parut satisfait.

Jenny apparut, une assiette à gâteau dans chaque main. Elle en tendit une à Joseph, qui secoua négativement la tête et dirigea la petite fille vers sa femme, et une à frère Perceval. Elle servait d'abord les adultes, constata le professeur avec satisfaction, et les enfants contrôlaient leur impatience. Très bien. Il préleva dans son assiette une bouchée du gâteau confectionné par Amber.

Et il fut choqué par le goût de sel. Il *savait* que l'ordinateur central avait supervisé chaque étape de l'élaboration du gâteau; il était impossible qu'Amber eût massacré son ouvrage à l'insu de son professeur. Et tous les autres gâteaux avaient été parfaitement réussis.

Il examina de près la petite part de gâteau, remarqua pour la première fois la surface grêlée du glaçage. Amber avait dû saupoudrer son gâteau de sel après l'avoir rapporté à la maison, et le sel avait laissé de petits trous dans le glaçage quand il avait fondu. Mais pourquoi?

A moins que... quelqu'un d'autre n'eût saupoudré le gâteau de sel. Mais dans ce cas, qui? Et encore une fois, pourquoi?

Il parcourut la pièce des yeux. Les adultes qui avaient goûté à leur part du gâteau d'Amber n'en avaient pris qu'une bouchée; il remarqua que quelques-uns d'entre eux parlaient à voix basse tout en jetant des regards à la dérobée en direction d'Amber ou dans la sienne.

« Et en se demandant probablement ce qu'était cette école où l'on apprenait à un enfant à faire un gâteau avec du sel au lieu de sucre », pensa-t-il.

Seul au milieu des enfants, Amber avait choisi de goûter son propre gâteau avant d'engloutir la tranche rose et blanc, bien plus grosse, de gâteau de pâtissier. Il avait l'air confus et honteux, comme s'il essayait de ne pas pleurer, mais il paraissait se contrôler, constata avec plaisir frère Perceval.

Quelque chose dans l'attitude de Jane attira l'attention du professeur. Elle se tenait toute seule près d'un mur, observant Amber et les autres enfants, les coins de sa bouche tordus par un pauvre sourire malicieux.

Frère Perceval connaissait les enfants et savait reconnaître les signes d'une exultation méchante. C'était Jane qui avait salé le gâteau. Mais pourquoi? Et que pouvait-il faire à ce propos?

Elle semblait si malheureuse.

Kevin finit sa tranche de gâteau de pâtissier et prit une bouchée de la production d'Amber. Il la recracha aussitôt sur la moquette.

– Hé, Amber! hurla-t-il. Ton gâteau est vraiment infect!

Jane essayait de ne pas ricaner. Frère Perceval surprit une lueur – se pouvait-il que ce fût de satisfaction? – sur le visage d'Alfred. Inez et lui échangèrent un regard résigné.

– J'ai bien peur que tout ça ne soit de ma faute, dit frère Perceval, assez fort pour attirer l'attention de tout le monde. (Les conversations s'arrêtèrent; tous les visages se tournèrent vers lui.) Pour ceux qui n'auraient pas encore entamé le gâteau d'Amber, je conseillerais de n'en rien faire. Il y a du sel dedans. Mais ce n'est pas Amber qui l'y a mis. C'est moi.

La visage de Jane exprima l'humble certitude d'un châtiment; Amber paraissait troublé mais confiant.

– Voyez-vous, continua le professeur, quand Amber a eu achevé son gâteau, j'en ai goûté le glaçage et j'ai estimé qu'un petit peu de sucre ne pouvait pas lui faire de mal. Alors j'en ai rajouté. C'est-à-dire que j'ai cru rajouter du sucre, mais l'ordinateur ne suit pas mes actions d'aussi près que celles des enfants et... eh bien, on dirait que j'ai pris le sel par erreur. Ce n'est donc pas du tout la faute d'Amber. C'est la mienne.

Un peu plus tard, quand l'incident fut définitivement clos, le professeur s'approcha de Jane.

– Ça ne te ferait rien de venir bavarder un peu avec moi dans la cuisine? lui demanda-t-il. Je crois qu'il y a quelque chose dont il faut qu'on parle tous les deux.

– J'veux pas, dit-elle en cherchant autour d'elle un prétexte pour s'échapper.

– S'il te plaît. C'est important.

Elle le suivit de mauvais gré, comme un chien qui s'attend à une correction.

Une fois dans la cuisine, il lui dit :

– Jane, tu ne seras pas punie pour ce que je sais que tu as fait. Je ne le dirai à personne. Mais je sais que tu as mis du sel sur le gâteau d'Amber.

– J'ai rien fait.

– Jane, je sais que le gâteau était très bon quand Amber l'a emporté à la maison. Et j'ai vu la tête que tu faisais quand Kevin s'est fâché contre Amber.

– Alors vous avez menti à tout le monde?

– Oui. Je ne voulais pas voir souffrir Amber et je ne voulais pas non plus te faire punir.

– Qu'est-ce qui m'assure, alors, que vous ne mentez pas quand vous dites que vous ne direz rien à personne?

– Si je voulais te dénoncer, pourquoi aurais-je menti à tout le monde pour toi?

Elle réfléchit un instant à l'objection et hocha la tête à contrecœur.

– Pourquoi as-tu voulu lui faire du mal comme ça, aussi méchamment?

– J'veux faire du mal à personne.

– Jane, j'ai *vu* la façon dont tu le regardais quand Kevin s'est emporté contre lui. On aurait dit que tu le haïssais.

– Vous me dénoncerez pas?

– Non. J'aimerais devenir ton ami.

– J'ai pas besoin d'un ami comme vous! J'suis pas une, une...

– Non, tu n'es pas une enfant retardée. Et tu n'as pas besoin de moi de la même façon qu'Amber a besoin de moi. Mais je pense que tu es très malheureuse et qu'un ami pourrait t'être utile. Rien qu'un ami.

– J'suis parfaitement heureuse.

Mais son visage, son pauvre visage ingrat et désolé, démentait ses paroles.

– Peut-être que tu te crois heureuse, dit-il d'un ton doux. Et peut-être que tu es *effectivement* heureuse quelquefois. Mais il a certainement fallu que tu sois très malheureuse pour penser que ça te ferait du bien de gâcher à Amber son anniversaire.

» Ecoute : chaque fois que tu fais du mal à quelqu'un – n'importe qui – tu te fais du mal à toi aussi. Mais tu te fais du mal tout au fond de toi, si profond qu'il peut arriver que tu ne saches même pas que c'est ça qui te fait du mal. Tu crois peut-être que ça fait du bien de faire du mal à quelqu'un, et ça peut paraître amusant sur le coup. Vrai. Quelquefois ça fait *vraiment* du bien. Pendant quelque temps. Pas longtemps. Et alors, Jane, alors on se sent tout malheureux. Tu es très malheureuse, n'est-ce pas?

Jane fit oui de la tête.

– Et ça n'arrête pas, tu te sens de plus en plus malheureuse et tu ne sais pas quoi y faire. Tout ce que tu sais, c'est que tu as du chagrin. Alors tu essaies de faire encore plus de mal aux gens parce que tu crois que ça te consolera. Mais c'est comme si tu prenais un grand couteau de boucher pour t'amputer de ton âme...

– Papa dit que les gens ont pas d'âme. Il dit que l'âme, ça n'existe pas.

– L'âme n'est qu'un mot, Jane. Pense à ce qui te fait

être toi. C'est ton âme et c'est bien réel. Et l'enfer... Est-ce que ton père t'a dit que l'enfer n'existait pas non plus ?

Jane fit de nouveau oui de la tête.

– Mais *il y a* un enfer, Jane. Si tu continues à faire du mal à Amber, tu en viendras un jour à te faire tellement mal à *toi*, là, tout au fond, que rien ne pourra jamais plus te rendre heureuse, ne serait-ce qu'un instant. C'est ça l'enfer : c'est se faire tellement de mal à soi qu'on ne peut jamais plus être heureux.

– Je ne veux pas...

Sa voix se perdit.

« Jusqu'à quel point comprend-elle ? » se demanda frère Perceval. Mais elle semblait comprendre en gros ce qu'il disait.

– Qu'est-ce qui te ferait envie, Jane ? demanda-t-il tout doucement.

– J'ai envie d'être heureuse et... et d'avoir plein d'amis et qu'on soit pas tout le temps si méchant avec moi et... et...

– Je serai ton ami. Si tu le veux. Et Amber apprendra à t'aimer si tu es gentille avec lui.

– Qu'est-ce que j'ai à faire de lui ? Tout le monde se moque de lui. Il est stupide ! Et ils disent tous que je suis aussi stupide que lui, et papa a dit que j'étais encore plus moche que lui, et...

Frère Perceval l'écouta tandis qu'elle lâchait la bonde aux frustrations et aux peines de sa jeune vie, il l'écouta lui raconter tout ce qu'elle n'avait jamais été capable de dire à qui que ce fût.

Plus tard, beaucoup plus tard, il fit revenir la conversation sur Amber.

– Il est le plus intelligent de sa classe, tu sais...

– Ouais, à l'école des crétins !

– Jane, *je* pense qu'il vaut la peine de l'avoir pour ami et je ne suis pas un retardé mental. Tu es beaucoup plus intelligente que lui, c'est sûr, mais il est gentil, doux et loyal... Et parce que tu es bien plus intelligente que lui, il ne serait pas simplement un ami pour toi. Il pourrait être plus que cela, quelque chose comme un enfant à toi. (Et encore plus tard :) J'aimerais bien qu'Amber et toi veniez dîner chez moi un de ces jours. Ça te plairait?

– Peut-être.

– Et ensuite tu pourrais venir à l'école...

– Non! Je ne suis pas stupide comme lui...

– Bien sûr que non, admit le professeur. Et moi non plus. N'empêche que j'y vais à cette école, non? Parce que je suis professeur. Et c'est pourquoi j'aimerais que tu y viennes. Comme ça, tu pourrais apprendre à t'occuper d'Amber. Nous avons besoin de ton aide. Mais tu n'es pas obligée de venir si tu n'en as pas envie.

» D'autres garçons et filles qui ont des frères et des sœurs à notre école y viennent aussi le mercredi soir, continua-t-il. Tu aurais quelque chose en commun avec eux et peut-être que tu te ferais de nouveaux amis...

Quand frère Perceval toucha un mot de la chose à Inez, elle ne fut que trop contente de la perspective de voir Jane la dégager de quelques-unes de ses responsabilités envers Amber. Et Alfred n'avait pas d'objections.

Pour le septième anniversaire d'Amber, Jane lui confectionna un gâteau.

6

A seize ans, Amber ne mesurait qu'un mètre cinquante-sept et demi. Douze ans de vie passés à se voir traiter par Alfred et Inez comme un pauvre incapable physique et mental, tenu de façon tacite pour moralement responsable de ses propres tares, avaient empreint son visage d'hésitation; ses gestes manquaient d'assurance et il marchait les épaules courbées.

Bien qu'il se fût écoulé six mois depuis l'anniversaire qui avait légalement fait de lui un adulte, il habitait toujours avec Jane et ses parents adoptifs et continuait de fréquenter l'école de la confrérie chaque matin de la semaine. Mais sa scolarité devait s'achever à la fin du mois, et ce serait alors six jours de plus par mois aussi assommants que les après-midi qu'il passait désormais à travailler tout seul dans la salle sans fenêtre qui abritait les presses entièrement automatisées de *L'Islander* et servait incidemment de bureau d'expédition au journal.

Le bruit des presses était assourdissant.

L'emploi que le grand-père d'Amber avait créé pour lui aurait peut-être convenu à un parfait demeuré, mais il ennuyait Amber, dont le Q.I. se situait en définitive juste au-dessous de quatre-vingts, le plaçant par le fait à la limite de la normale : assez intelligent pour être pleinement conscient de l'abîme qui le séparait de l'humanité normale, pas assez pour le surmonter.

Et le travail en lui-même... Son grand-père lui avait appris à apprécier les travaux utiles. Mais il ne pouvait retirer ni fierté ni plaisir de l'accomplissement de tâches qui – il était assez intelligent pour s'en rendre compte – auraient pu être effectuées à meilleur compte et plus efficacement par une machine seule.

« J'ai besoin de cet argent », se forçait-il à penser. L'inflation et la mauvaise gestion de ses fonds fidéicommissés (choses auxquelles il ne comprenait rien, bien que Joseph l'eût pris une fois à part pour essayer de les lui expliquer) avaient ravalé ses ressources personnelles au-dessous de ce qu'Alfred exigeait désormais de lui pour son logement et sa pension. Et bien qu'il rêvât de fuir Alfred et Inez, il n'y avait sur l'île aucun autre endroit où Jane et lui auraient pu aller vivre.

Il avait passé une matinée assez agréable dans la classe de frère Ashoka, mais l'après-midi au journal avait été jusque-là mornement typique, égayée uniquement par la perspective du Latihan du mardi soir. Un nouvel abonné à enregistrer, une certaine Mrs Donna Lee Quelque Chose, de Cream Point, et deux personnes qui avaient oublié de renouveler leur abonnement. Lançant la roue de l'appareil vieux de quatre-vingts ans qui gravait les noms et adresses des abonnés sur des plaques de métal destinées à la machine à adresser, il pointa le curseur sur ce qu'il espérait être les lettres composant le nom de famille de Mrs Donna Lee. En cas de mauvaise appréciation, il pouvait s'attendre à recevoir dans la semaine une lettre incendiaire de son grand-père.

Il glissa la plaque libellée sur une carte vierge, se servit de la nouvelle carte pour imprimer une étiquette à son usage personnel, glissa l'étiquette à sa place au-dessus de la plaque gravée, puis classa la carte. Après avoir retiré les deux cartes correspondant aux abonnements expirés des tiroirs appropriés, il plaça les cartes restantes, tiroir par tiroir, dans l'antique machine à adresser. Mais il n'y avait que trois petits tiroirs de cartes, et en dépit du temps qu'il perdit en inutiles scrupules, plaçant chaque adresse imprimée exactement au même endroit sur chaque journal, il avait adressé, empaqueté, désigné et mis en sac tous les journaux avant 14 h 30. Il avait encore trois heures et demie à attendre avant de pouvoir quitter l'espèce de blockhaus où il était enfermé, six heures avant le Latihan.

Il prit un numéro du journal du jour et le feuilleta, s'attardant sur les images. Il y avait une photo d'un pique-nique paroissial dans les bois, un instantané de deux ours en train de se promener parmi les ordures de la décharge publique, une vue du ciel nocturne embrasé par la lueur vert et rouge d'une aurore boréale, et une image finale de coucher de soleil sur les eaux légèrement ondulantes du lac Huron.

Le téléphone sonna. Amber décrocha. C'était Joseph.

– Tout va bien, Amber?

– Oui. Pas de problème.

– Rien de trop difficile pour toi?

– Non, grand-père. Tout se passe très bien.

– Je suis heureux d'entendre cela, mon garçon. Appelle-moi si quelque chose t'arrête.

– Entendu, grand-père.

– Au revoir, Amber.

– Au revoir.

Il retourna à son journal. Bien qu'Amber n'éprouvât aucun intérêt pour les planches de poissons et eût depuis longtemps renoncé à lire les éditoriaux de son grand-père, il aimait les photos, tout comme il aimait le pays qu'elles représentaient. Il avait lui-même essayé de prendre des photos pour le journal à l'aide de l'appareil que sa grand-mère lui avait offert, mais elles ne correspondaient jamais à ce qu'il aurait voulu obtenir et il avait fini par donner l'appareil photo à l'un de ses camarades de classe.

Amber n'était allé à Detroit qu'en de rares occasions, mais il avait appris à l'école un tas de choses sur le monde. Assez, en tout cas, pour savoir qu'il ne pourrait jamais être heureux dans la mégalopole qui recouvrait la majeure partie de continent nord-américain – même s'il trouvait un travail capable de lui assurer plus que le simple nécessaire, plus qu'une existence vide dans les quatre murs d'un appartement sinistre dans un ghetto d'assistés sociaux. Beaucoup de gens choisissaient de leur plein gré la simplicité de la vie d'assisté social, se retirant de la lutte pour la survie économique afin d'être mieux en mesure de suivre d'autres options : art, musique, méditation, culture – options qui n'avaient rien à offrir à Amber. En dépit de son travail bidon, en dépit des petites cruautés d'Alfred et des colères aveugles d'Inez, au moins avait-il ici, à Drummond Island, Jane, les bois et le lac, et l'extase bi-hebdomadaire du Latihan. Il n'était pas heureux, mais il n'y avait aucun endroit sur terre où il pourrait être plus heureux.

Aucun endroit sur terre. Mais il y avait d'autres mondes.

Il retira de sa poche une des brochures que son grand-père avait imprimées pour l'Institut de Transfert Dimensionnel d'Espanore Island. Amber n'avait pas à s'occuper des brochures – elles étaient dirigées par bateau sur une maison d'expédition de Detroit et distribuées à partir de là – mais elles le fascinaient en dépit de la difficulté qu'il avait à les lire même en s'aidant de son lexique d'informatique.

La couverture de la présente brochure montrait une forêt d'arbres à feuilles jaunes avec des troncs et des branches écarlates. A travers les frondaisons, on apercevait les cabanes en rondins d'un village de pionniers. Ce n'était là qu'une vision d'artiste, bien sûr – rien de physique, pas même la lumière, ne pouvait passer d'une dimension à une autre.

Amber ouvrit la brochure. C'était une de ses préférées et Jane l'avait depuis longtemps aidé à saisir les concepts les plus difficiles. Il avait mémorisé de longue date le sens de tous les mots de la brochure qui ne faisaient pas partie de son vocabulaire de tous les jours. Il parcourut rapidement les premières pages (« un endroit analogue dans un cadre écologique différent... la chance de participer à toute une gamme d'expériences utopiques... ») pour en venir à l'endroit qui l'intéressait tout particulièrement. Les paragraphes bondirent à sa rencontre :

Avez-vous vu tout ce que ce monde-ci a à offrir? Nous pouvons vous montrer du nouveau. Votre corps se trouve-t-il estropié, mutilé, abîmé d'irréparable façon? Si votre problème est d'ordre génétique ou le résultat normal de l'âge, nous ne pouvons pas grand-chose pour vous – POUR L'INSTANT – mais si vous souffrez de quelque infirmité survenue à n'importe quel moment après votre conception, il se peut très bien que nous soyons en mesure de vous offrir une deuxième chance. Votre personnalité peut être transférée intacte dans un nouveau corps sur un nouveau monde...

Une nouvelle vie – nouvelle sous TOUS les aspects, car même la structure génétique de votre corps ne sera pas reproduite, mais TRADUITE en d'autres termes dimensionnels de façon à s'adapter à votre nouveau moi pour une vie dans un monde entièrement différent du nôtre...

Sur Alter vous pouvez devenir une entité pourvue d'une apparence physique presque semblable à celle d'un humain standard, mais avec tous les avantages d'un nouveau départ dans un paradis à l'état sauvage. Sur Petrovich II vous vous retrouverez dans un corps qui sera aussi bien dans son élément sur la terre ferme que dans les profondeurs de la mer. Sur Diamond vous vivrez dans la solitude une vie de béatitude sous la forme d'un cristal pensant.

Nous avons accès à des dizaines de mondes de rechange, certains très proches du nôtre, d'autres si différents que leurs lois naturelles nous restent encore incompréhensibles. Peut-être trouverez-vous dans l'un de ces mondes ou dans un de ceux qui restent encore à découvrir la vie à laquelle vous avez toujours aspiré, vos rêves devenus réalité...

Nous avons un besoin urgent d'explorateurs et de correspondants capables de vivre simultanément dans ce monde-ci et dans ceux que nous avons découverts. Nous avons des débouchés pour tous ceux, hommes et femmes, qui ont envie d'échapper aux limitations de leur existence terrestre pour devenir les colons de mondes qu'ils pourront faire leurs...

Il y avait longtemps qu'Amber s'était rendu compte de ce qu'un transfert signifierait pour lui : un corps peut-être nouveau et étrange mais pas plus faible que celui de ses compagnons pionniers, et un nouveau départ avec un cerveau non atrophié qui permettrait à son esprit d'atteindre l'éclat auquel, il le savait, sa naissance aurait dû lui donner droit.

Mais à moins de posséder les capacités mentales toutes spéciales requises pour devenir un explorateur ou un correspondant, ou d'être doué de quelque compétence particulièrement recherchée, devenir un colon coûtait une fortune, plus d'argent qu'Amber et Jane pourraient jamais en économiser, et encore bien plus que ce qu'il restait du capital d'Amber. L'évasion était réservée aux riches, refusée à ceux qui en avaient le plus besoin.

Joseph aurait pu payer leur transfert, mais c'était un geste qu'il n'aurait jamais fait. Depuis que le père d'Amber avait abandonné sa femme pour se faire transférer sur Diamond, Joseph détestait l'Institut et tout ce qu'il représentait – bien que ses sentiments ne fussent jamais allés jusqu'à le faire renoncer aux bénéfices qu'il tirait de son commerce avec eux.

Amber tâta dans sa poche ses deux tickets de sweepstake. Ces sweepstakes nationaux mensuels étaient leur seul espoir à Jane et à lui.

Et même Amber savait à quel point cet espoir était mince.

On aurait voulu qu'Alfred s'attardât à Espanore pour aider au réglage du nouveau simulateur pour le centre du Soo, mais comme toujours il réussit à trouver une bonne raison de partir. Le bateau lui causa quelques ennuis sur le chemin du retour mais il trouva le faux contact, le répara assez facilement et arriva chez lui avec du temps de reste.

Il amarra son embarcation et entra. Comme il s'y attendait, Inez était en extase devant l'holovision. Sa peau ne présentait pas la coloration rouge caractéristique des néoactis, la drogue développée pour remplacer les holo-actis, déclarés illégaux par le gouvernement après le meurtre retentissant d'une infirmière et de deux patients dans une maison de repos où on les utilisait pour tenir occupés les patients séniles : elle avait manifestement découvert une nouvelle source illicite d'approvisionnement. La drogue était jugée bien plus satisfaisante par le consommateur sous sa forme originale et Inez y recourait chaque fois qu'elle pouvait s'en procurer.

Quand Alfred la réveillait, elle sortait de sa transe dans un état de colère meurtrière. Heureusement, ses muscles s'étaient tellement atrophiés faute d'exercice – elle ne faisait que prendre des actis sous une forme ou sous une autre et rester assise – qu'elle avait peu de chance de toucher à son mari avant de sombrer dans le coma.

Alfred jeta un coup d'œil à l'horloge murale : 17 h 10. Joseph ne serait pas de retour avec Amber avant 18 h 15, 18 h 20. Il avait tout son temps.

Mais s'ils étaient en avance pour une raison ou pour une autre... Alfred frissonna, épouvanté à l'idée de ce que deviendraient ses plans pour le futur si son père découvrait la vérité au sujet d'Inez. « Non, se dit-il, il est fou de prétendre que tu pourras éternellement lui cacher la vérité. Pas s'il la découvre. Quand il la découvrira. Il faut que je me protège. Que j'obtienne le divorce... »

Mais ce n'était pas une solution : en bon catholique, son père était contre le divorce. Et si Alfred essayait de divorcer, Inez risquait d'aller raconter au vieux qu'il faisait partie du club du Moine Rouge. Et alors Alfred pourrait dire adieu à tout espoir d'hériter de la fortune familiale.

Alfred plongea une main dans l'hologramme, trouva le commutateur et ferma le contact. Les images tridimensionnelles s'évanouirent, le dialogue s'interrompit, et pourtant Inez continuait de fixer sur le vide un regard sans expression.

Alfred la saisit par les poignets, la mit d'une secousse sur ses pieds. Sitôt réveillée, elle se lança à l'attaque, mais elle était si faible et sa période de conscience fut si courte qu'il n'eut aucune difficulté à se protéger d'elle. « Aucune marque sur moi », pensa-t-il avec satisfaction, comme il la transportait dans la chambre et l'étendait sur le lit. Si Joseph l'apercevait, elle aurait l'air de faire un petit somme. « Au moins je sais comment m'y prendre avec elle. »

Elle dormirait un peu, puis se réveillerait avec encore tout le temps de se rendre présentable pour le dîner. Après dîner, avec Amber et Jane partis pour la soirée, elle retournerait naturellement à son holovision. Grand bien lui fasse. Elle ne se rendrait même pas compte de l'absence de son mari, de nouveau au club du Moine Rouge.

Non que cela fît quelque différence aux yeux d'Alfred si elle savait, du moment qu'elle n'en soufflait mot. Quant à Amber et Jane, ils se gardaient bien de le questionner sur ses activités ou d'en parler en dehors de la famille proche.

Laquelle n'incluait décidément pas le père et la mère d'Alfred.

Jane travaillait près de l'embarcadère du ferry pour Drummond Island à DeTour, au Café Paul Bunyan.

Son patron était une montagne de graisse de plus de deux mètres de haut qui avait légalement changé de nom, prenant celui de Paul Bunyan, lorsqu'il avait ouvert son établissement une quinzaine d'années auparavant. Les spécialités du café étaient ses vingt-sept variétés de crêpes et ses Babeburgers bleu électrique de protéines au soja; les serveuses – Jane et une fille du nom d'Anne Marie – portaient des chaussures pourvues de fausses roues. Celles-ci étaient censées faire ressembler les chaussures à des patins à roulettes.

A dix-huit ans, Jane mesurait un mètre quatre-vingt-dix et bien que son visage fût toujours aussi rebutant, son corps avait développé une beauté élancée qui rappelait un peu celle de sa défunte tante Angela.

Un jour elle avait entendu Paul dire à un client : « Mettez-lui un sac sur la tête – pas un sac de plastique transparent, bien sûr; un de ces sacs à poubelle marron serait plus approprié – et elle serait pas si mal. Bien sûr, elle pourrait s'étouffer, mais ça serait pas une grande perte, hein? »

Le client avait ri. C'était un habitant de Drummond Island d'environ cinq ans plus vieux que Jane, un marin pêcheur, et deux soirées plus tard il lui avait demandé de passer la nuit avec lui.

C'était la quatrième proposition de ce genre qu'elle recevait et la quatrième qu'elle avait déclinée. Comme les trois autres, elle lui avait été faite par un homme ivre mort, un homme que l'on n'aurait jamais pris à lui tenir de tels propos à jeun.

Comme certains commentaires qu'elle lui avait entendu faire à Paul quelques jours plus tard lui en avaient apporté la confirmation.

La confirmation qu'elle était aussi laide que son père l'avait toujours dit. La confirmation qu'elle n'avait aucun espoir de trouver jamais un homme qui l'aimerait comme on aime une femme.

Aussi, à dix-huit ans, Jane était-elle encore vierge. Elle avait des amis, quelques-uns, parmi les frères et les sœurs de l'école de la Confrérie, et deux ou trois autres qu'elle avait rencontrés par leur entremise, pas d'ennemis si l'on ne tenait pas compte de ses parents, mais une seule personne qu'elle aimait vraiment et qui l'aimait vraiment. Amber.

Il était 17 h 30, mais il n'y avait que trois clients dans le café, tous assis dans la section d'Anne Marie. Ce qui convenait parfaitement à Jane : elle avait mal aux pieds dans les chaussures idiotes que Paul lui faisait porter et rien n'aurait su davantage lui plaire que de rester assise dans son coin, sans faire de l'argent mais aussi sans personne pour l'ennuyer, jusqu'à ce que sœur Leila passât la prendre.

Deux estivants que Jane connaissait vaguement vinrent s'installer dans sa section. Cette année, la femme arborait une moustache et des sourcils de plumes vertes; elle avait le crâne rasé et portait une blouse à manches ballons électrostatiquement gonflées qui s'écartaient d'une bonne trentaine de centimètres de ses bras. Son compagnon était vêtu de noir et portait une cagoule assortie, le numéro d'immatriculation qui dissimulait son identité se détachant en jaune sur le front. Leurs mains se déplaçaient de façon maniérée, se touchant parfois, tandis qu'ils se parlaient à voix basse.

Chaque fois qu'Inez sortait de son état second et éprouvait des élans amicaux envers sa fille, elle lui promettait d'essayer d'obtenir de son père qu'il lui payât une opération de chirurgie esthétique – « comme ça, tu auras vraiment l'air d'être ma fille, Jane. » Jane désirait ardemment cette opération, bien qu'elle sût que si elle restait ensuite à Drummond Island elle serait toujours pour les autres la fille qui était si laide qu'elle avait dû se faire refaire le portrait. Mais Inez n'abordait jamais la question avec Alfred et Jane savait qu'il n'en résulterait rien de bon pour sa mère; elle avait fait un jour une tentative hésitante auprès de sa grand-mère mais s'était vu répondre que ce n'était pas bien de vouloir un autre visage que celui que Dieu lui avait donné (« Nous avons tous nos croix à porter, ma chérie. Et nous t'aimons quand même. »)

et la possibilité était nulle qu'elle pût économiser assez d'argent sur ce qu'elle gagnait pour se payer son opération elle-même; de plus...

Regardant les deux estivants, Jane savait que toutes les ressources de la chirurgie esthétique seraient encore insuffisantes, que ni elle ni Amber ne pourraient jamais s'adapter à la vie de la mégalopole, que ni l'un ni l'autre ne pourraient devenir des membres satisfaits, accomplis de la société urbaine dont les membres, selon les termes d'un des éditoriaux de son grand-père, « méprisaient la religion mais admiraient les martyrs pour leur style, vivant dans un monde de politesses soigneusement codifiées et d'incongruités savamment calculées, vides de tout sauf d'une fantastique dévotion pour le style. » Non. Amber et elle n'étaient que des ploucs, et peut-être était-ce mieux ainsi, bien que cela signifiât qu'ils étaient coincés sur Drummond Island, coincés par Alfred et Inez, par *L'Islander* et le Café Paul Bunyan.

Jane achetait deux tickets de sweepstake par mois pour faire plaisir à Amber mais, quoique rêvant elle aussi de transfert, elle était trop avisée pour croire qu'ils avaient quelque chance de gagner jamais le gros lot.

Aucune échappatoire à l'horizon. Et pourtant... Elle se perdit un instant dans le rêve d'un monde où Amber serait fort et brillant (ignorant, mais elle y remédierait) et où chaque individu était bizarre d'aspect, où il n'y avait pas un modèle de beauté exigeant certaine perfection spécifique même si les critères de cette perfection changeaient selon la mode.

– Hé, Jane! Remue-toi le popotin! Des clients! lui gueula Paul.

Ses traits se tordirent en un sourire las et elle se mit sur ses pieds.

– Ah, ah! Je sais qui *tu* es! s'exclama l'homme encagoulé. Tu te souviens de moi? Je parie que tu ne sais pas qui je suis.

Jane n'en pouvait plus d'attendre le Latihan.

7

En ces premières décennies du vingt et unième siècle, seuls de rares individus revoyaient au dîner les visages qu'ils avaient eus en face d'eux au petit déjeuner. La famille était au complet et réduite à elle-même au petit déjeuner, mais elle se fragmentait à dîner ou s'incorporait dans de plus vastes unités. Clubs de soupeurs et associations de toutes sortes, allant de celles qui s'enorgueillissaient d'une stricte exclusivité à celles qui réunissaient les gens au hasard, s'étaient généralisés, et la plupart des Nord-Américains en fréquentaient plusieurs. Même sur Drummond Island l'habitude était d'inviter ou d'être invité à dîner.

Mais Alfred méprisait ses voisins insulaires et était en retour cordialement détesté par eux, tandis qu'Inez, complètement absorbée dans son holovision, se souciait comme d'une guigne des échanges de civilités. Aussi, sauf dans les rares occasions où ils dînaient avec Joseph et Paula ou lorsqu'Amber était invité par un de ses camarades de classe, les Mallory dînaient entre eux, sans autre compagnie. Et comme Jane mangeait habituellement au café et que les membres restants de la famille avaient peu d'intérêts en commun et aucune affection l'un pour l'autre, le dîner se déroulait généralement dans un morne silence.

Après un dîner au cours duquel elle avait mangé sans plaisir le plat tout préparé qu'Alfred avait fait réchauffer pendant qu'elle dormait, Inez s'installa devant l'holovision et prit quatre néoactis de trois heures – quatre petites étoiles à six branches, chacune enchâssée dans un globe de gelée transparente. Assis sur le sofa, les mains croisées sur sa brioche naissante, Alfred avait le plus grand mal à percevoir une quelconque ressemblance entre cette matrone au visage avachi, au corps lourd caché par la robe verte qui lui descendait du cou aux chevilles, et la fille ambitieuse, fière de son corps qu'il avait épousée – cette fille dont il savait très bien qu'elle avait dit oui dans l'espoir que le fait de devenir la belle-sœur d'Angela Mallory l'aiderait dans sa carrière de mannequin. Un espoir qu'Alfred avait encouragé jusqu'à ce qu'elle réalise qu'Angela Mallory haïssait son frère et qu'un tel mariage avait été le baiser de la mort pour sa carrière.

Alfred éprouva pour sa femme une inhabituelle bouffée de sympathie. Ni lui ni elle n'avaient obtenu ce qu'ils attendaient de la vie.

« Mais je n'ai pas encore capitulé », se reprit-il. C'était bien dommage pour Inez, mais il n'allait pas se laisser abattre à cause de sa sympathie pour elle. « Si seulement je pouvais empêcher mon père de découvrir le pot aux roses à son sujet jusqu'à ce que j'aie trouvé un moyen de me libérer d'elle qui ne crée pas trop de complications... »

Il tendit le bras vers la reniflette posée sur la table près du sofa.

La sonnette carillonna. « Entrez! » cria-t-il. Il porta l'embout de la reniflette à sa narine gauche et pressa le bouton du pulvérisateur. Le frais brouillard alcaloïdé lui donna un coup de fouet.

Il reposa la reniflette et tourna les yeux vers la femme épaisse qui se tenait dans l'embrasure de la porte.

– Entrez, sœur Leila, lança-t-il cordialement. Amber est probablement dehors... Non, le voilà.

Amber accourut dans le salon et embrassa la femme. Tous deux portaient la tunique aux couleurs de l'arc-en-ciel de la Confrérie, complétée d'une jupe droite argentée pour elle et de pantalons flottants argentés pour lui. Elle était beaucoup plus grande qu'Amber, peut-être encore plus lourde qu'Inez.

« Quel vilain couple ils forment », pensa Alfred.

– Bonsoir, Mr Mallory, dit sœur Leila, toujours très polie.

– Bonsoir, lui fit écho Alfred.

La femme referma la porte.

Alfred jeta un coup d'œil à la pendule : 19 h 10, ils attraperaient le ferry de 19 h 30; lui-même pourrait prendre celui de 20 heures sans avoir à craindre d'être reconnu. Personne, à part Amber ou Jane, n'était susceptible d'avoir connaissance de son numéro d'immatriculation ou de reconnaître sa voiture.

Traversant la véranda pour se rendre dans sa chambre à coucher, il se promit d'essayer de trouver un moment pendant le week-end pour enlever les contre-fenêtres. Une fois dans la chambre il se déshabilla et livra sa tenue à l'altérateur, formant le code approprié pour un costume d'un noir anonyme et la cagoule assortie qu'il portait toujours lors de ses visites au club du Moine Rouge. Il enfila le costume mais hésita au moment de coiffer la cagoule. Mieux valait attendre d'être sur la route, loin de la maison. De cette façon, personne n'apprendrait à associer le numéro inscrit sur sa cagoule avec sa maison.

De retour dans le salon, il prit les scénarios qu'il avait à proposer dans leur cachette, derrière la bibliothèque. Il savait qu'ils étaient bons, bien meilleurs que les derniers qu'il avait présentés. Il y avait de grandes chances, en fait, pour qu'il se retrouve ce soir dans une rencontre qu'il aurait lui-même combinée, même si l'anonymat et les drogues amnésiaques devaient l'empêcher de s'en rendre compte tant que durerait la rencontre.

« Une autre prise pour la route? s'interrogea-t-il. Non, mieux valait arriver aussi net que possible.

« Aussi net que possible... » Il sourit, tout content de lui, comme il refermait la porte derrière lui, laissant Inez en transe devant l'holovision.

★

Quelques gamins de douze à quatorze ans traînaient sur le trottoir devant le Café Paul Bunyan. Jane les regardait d'un œil distrait à travers la vitre. Elle avait déjà fait sa toilette et utilisé l'altérateur dans la salle d'eau du café. Ses pieds lui faisaient mal et elle les massait tout en attendant sœur Leila.

Elle ne remarqua pas la voiture qui venait de s'arrêter dehors mais elle entendit un gosse crier :

– Hé, l'nabot!

Elle se redressa brusquement, regarda par la fenêtre, vit Amber qui se retournait lentement vers son persécuteur.

– Et alors, nabot, tu m'dis rien?

Bien que le gosse avoisinât les un mètre quatre-vingts, il ne devait pas avoir plus de treize ans.

– Je pense que non, répondit Amber en s'efforçant visiblement de se contrôler.

– Dis donc, nabot, est-ce que ta sœur est aussi idiote que toi? Parce que toi, t'es aussi moche qu'elle.

A ce moment-là, Jane s'était déjà frayé un chemin vers Amber à travers la bande de gamins.

Dans la voiture, sœur Leila dit :

– Tu as bien réagi, Amber.

– On devrait les empêcher de faire ça, dit Jane. De faire des choses pareilles.

– Dieu, dit Amber, Dieu s'occupera d'eux.

Jane se demanda ce qu'il voulait signifier par là.

Une fois à l'école, ils se séparèrent. Les néophytes garçons et filles se livraient au Latihan dans des dômes séparés, tandis que les membres plus expérimentés de la Confrérie pratiquaient le Latihan ensemble dans un troisième dôme, plus grand.

Amber suivit l'allée pourpre qui menait au dôme approprié. En rentrant, il quitta ses chaussures et les plaça sur une étagère près de la porte, puis il se coiffa de son témoin EEG. Il traversa la pièce, ne déviant que légèrement de la ligne droite pour éviter de toucher la sphère de métal gris de l'Inducteur qui se dressait sur son socle en spirale au centre de la pièce. Il s'assit à une place libre sur le banc installé contre le mur du fond.

Quelques néophytes bavardaient à voix basse, mais Amber gardait le silence, regardant sans vraiment les voir la dizaine d'hommes et de jeunes gens assis sur le pourtour du dôme.

Frère Perceval et frère Ashoka, les guides de la présente séance, entrèrent et s'assirent à leur tour. Un instant plus tard, Amber perçut une tonalité pure et continue. Ses yeux se fermèrent d'eux-mêmes et il commença à se détendre, sombrant de plus en plus dans ses propres profondeurs.

Des scènes surgirent devant lui. Les gosses se moquant de lui. Lui-même dégageant une carte coincée dans la machine à adresser. Inez gardant le silence à dîner. Alfred disant quelque chose à quoi elle ne daignait même pas prêter attention. Une fleur blanche...

La scène prit de la consistance, acquérant presque autant d'intensité que lorsqu'il l'avait vécue. Il était accroupi près de Jane sur le sol frais et humide, de petites brindilles et un bout de caillou pointu s'enfonçant dans ses pieds nus, en train de contempler un lis – sa longue tige fine se dressant à trente centimètres au-dessus du sol jusqu'aux trois larges feuilles veinées de vert foncé, puis, quelques centimètres plus haut, soutenant la fleur bien droite : les trois sépales verts sous les trois pétales blancs bien charnus avec, au centre, les six étamines jaunes. Il pouvait presque entendre le ruisseau qui murmurait à sa droite, presque sentir la brise pleine de l'odeur des cèdres...

Mais il abandonna aussi cette scène et elle s'effaça. Il s'enfonça de plus en plus profond dans le calme océan.

Une autre tonalité pure. Le Latihan avait commencé.

Alfred vit briller les lumières du Soo devant lui. Il serait bientôt au club.

Inez était en état d'hypnose devant le flot des images tridimensionnelles, plus heureuse que jamais d'avoir une cuisine vraiment propre.

Le Latihan avait commencé...

Jane se sentit soulevée par une formidable force. Ses yeux s'ouvrirent – comme si des mains brutales lui avaient soudain arraché les paupières – et elle se dressa sur ses pieds. Obéissant à une volonté qui n'était pas la sienne, ses bras s'écartèrent de ses flancs et elle se mit à tournoyer à toute allure sur elle-même sans quitter des yeux le dôme et ses occupantes.

Murs verts, moquette bleue, métal gris de la sphère de l'Inducteur au centre de la salle. Deux femmes tranquillement assises, un sourire béat aux lèvres. Une fille de l'âge de Jane en train de marcher autour de la salle : ses yeux étaient fermés, ce qui ne l'empêchait pas d'allonger sa foulée au bon moment pour enjamber les femmes en larmes allongées sur le sol. Sœur Katherine en train de chanter tandis qu'une autre fille l'accompagnait en psalmodiant des syllabes dépourvues de sens.

A sa droite, une femme parlait toute seule de deux voix différentes :

Voix de basse : « Gros, Gris, Gibb, Gibb, Gahl, Gahr! »

Voix aiguë : « Non! Non, non! »

Voix de basse : « Gahl, Gahr, Gish, Gahk! »

Voix aiguë : « Gahk-ghish? Non, Arp-Art! Astre, arbre, Arche Infini, Arg Absolu! »

Voix de basse : « Arf? Oui! Arf Arf! »

Les deux voix : « Arf Arf Arf! »

La force qui maintenait Jane toute droite cessa soudain de la soutenir et elle s'écroula, secouée de lentes convulsions. Mais sœur Katherine et sœur Judith étaient à ses côtés, continuant de chanter et de chanter....

...Leurs voix étaient si belles! Jane les suivit, hors de son corps, dans le bleu infini du ciel.

Bien qu'Amber eût les yeux fermés, il voyait le dôme du Latihan autour de lui aussi nettement que s'ils avaient été ouverts. Une boule de lumière se rapprochait de lui, plongeait en lui, devenait partie de lui... .

Il était recouvert d'une douce fourrure éclatante. Il était un gros lapin luminescent...

Alfred et le gosse qui s'était moqué de lui à l'extérieur du café s'affrontaient au couteau et s'écroulaient morts sur le sol. Leurs corps se décomposaient et de leur bouche, de leur nez, de leurs oreilles et de leurs orbites vides sortaient des processions de daims minuscules. Les daims gambadaient et folâtraient en chantant avec de toutes petites voix aiguës.

Le dôme du Latihan s'ouvrait au ciel comme une fleur tandis que la montagne qui s'était formée au-dessous le poussait de plus en plus haut, de plus en plus près du Paradis...

La fleur du Latihan ondulait doucement au bout de sa tige montagneuse. Ses pétales composaient un arc-en-ciel, son centre était un plancher de chêne et d'acajou célestes dont les dessins dansaient comme l'eau vive d'un torrent...

Les autres néophytes étaient debout, transportés, les bras écartés, chantant des hymnes de joie qui devenaient des lambrusques fleuries jaillissant de leurs mains pour grimper vers le ciel, s'enroulant autour des rayons de lumière de leurs yeux, des lambrusques qui grimpaient vers Dieu...

La musique s'amplifia et devint la face même de Dieu, à la fois jeune et vieille, barbue glabre herbue couverte de plumes, ses yeux de glace gris or bleu flamboyants, grossissant comme il s'abaissait, plus près, encore plus près...

Une tonalité pure, perçante, l'éclat d'une trompette angélique...

– Terminé! cria Dieu, sa voix se confondant sur la fin du mot avec celle de frère Perceval.

Amber se retrouva, les yeux toujours fermés, sur le banc capitonné. Le Latihan était fini.

Frère Ashoka rattrapa Amber sur l'allée.

– Est-ce que tu pourrais venir dîner avec ma femme et moi dimanche prochain? demanda-t-il.

– J'espère, dit Amber. J'essaierai.

– Je t'en prie, viens. Et tâche de savoir quand Jane aura une soirée de libre. On aimerait l'avoir chez nous un de ces jours elle aussi.

– Je n'y manquerai pas, promit Amber.

Le Boer qui avait été Alfred Mallory et qui le redeviendrait, regarda l'homme à la peau sombre et les deux indigènes nues qui le déshabillaient. Il fit passer son fouet de sa main droite dans sa main gauche pour aider la plus jeune à le dépouiller de sa chemise à jabot.

Il ne savait pas qui il était ni qui étaient ces gens et ne s'en souciait guère. Il savait seulement ce qu'il allait faire.

Dans la maison, Inez était en pleine hypnose en face de l'holovision.

8

Amber restait toujours au Rituel des Questions qui suivait les Latihans du vendredi soir. Ce soir-là, seuls deux autres néophytes avaient décidé de se joindre à lui. Amber ne les connaissait que vaguement : John Underhill, un homme replet d'une vingtaine d'années qui travaillait pour le service des eaux et forêts à Drummond Island, et Joseph Henry Thomas Thompson, un vieil Indien au visage rude qui avait perdu sa première femme lors des épidémies mélaniques.

– Est-ce que votre question est prête, John? s'enquit frère Ashoka.

– Oui.

John battit des paupières et se frotta l'œil gauche.

– Voulez-vous la poser en privé?

– Non. J'aurai besoin de votre aide à tous.

– Et vous, Joseph Henry?

– Ma question est prête. Je ne réclame pas votre aide, mais ça ne fait rien que vous entendiez ce que j'ai à dire.

– Très bien. Et Amber? Ta question habituelle?

Frère Ashoka sourit.

– Oui.

– Parfait. Fermez les yeux, s'il vous plaît, et détendez-vous... J'ai mis l'Inducteur en marche. John, posez votre question.

– Ma femme n'approuve pas que je participe au Latihan, dit lentement John. Elle dit que la Confrérie est bonne pour les débiles mentaux, pas pour les hommes raisonnables. Comment puis-je lui faire changer d'avis?

Dans le silence qui suivit la question de John, Amber sentit une bouffée de joie le traverser.

– Terminé, déclara frère Ashoka. John, êtes-vous satisfait de la réponse que vous avez reçue?

John secoua la tête.

– Non... J'ai perçu quelque chose mais je n'arrive pas à en tirer une signification. Un poisson mort flottant à la surface de l'eau... Et vous autres, qu'est-ce que vous avez reçu?

– Rien, laissa tomber sèchement Joseph Henry.

– Je me suis senti très bien, comme dans un bon Latihan, dit Amber. Peut-être qu'elle devrait se joindre à nous.

– Mais elle ne veut même pas que *moi* je vienne, dit John. Frère Ashoka? Vous êtes mon dernier espoir.

– Vous pouvez toujours reposer votre question un autre soir, dit frère Ashoka. Mais j'ai reçu quelque chose qui pourrait être utile. J'ai vu ce qui semblait être un dîner entre amis, avec beaucoup de monde : ma femme et moi, vous et une femme que je suppose être votre épouse, le Mulbry et sa fille, frère Perceval et sœur Angela, plus quelques autres qui n'étaient pas très nets. Pour moi cela signifie que vous devriez vous arranger pour que votre femme apprenne à nous connaître en tant que personnes, en dehors de l'école et de la Confrérie, avant d'essayer de lui faire changer d'avis. Est-ce que cela peut vous aider?

– Peut-être, dit John. J'y réfléchirai. Mais ça n'explique toujours pas mon poisson mort.

– Et maintenant, fermez de nouveau les yeux et détendez-vous, dit frère Ashoka. J'ai remis l'Inducteur en marche. Joseph Henry, formulez votre question.

– Deux des fils que j'ai eus avec ma première femme sont morts avec elle durant les épidémies, dit le vieil Indien, et celui que m'a donné la femme actuelle est né difforme et idiot. Les docteurs m'ont dit que c'était à cause de ce qui m'était arrivé durant les épidémies, mais ils disent aussi qu'il y a des chances que je puisse avoir maintenant un enfant normal et que la probabilité d'une nouvelle épidémie est très faible. Je suis riche, je veux un fils. Est-ce que ma femme et moi pouvons prendre ce risque?

Amber sentit comme des échardes de douleur pourpres qui se transformaient en une joyeuse chaleur pour se figer ensuite en une glaciale rigidité.

– Terminé, déclara frère Ashoka (et Amber sentit ses muscles se relâcher). Joseph Henry, êtes-vous satisfait de la réponse que vous avez reçue?

– Oui.

Le vieil homme était aux anges.

– Parfait. Et maintenant fermez encore les yeux et détendez-vous... J'ai remis l'Inducteur en marche. Amber, formule ta question.

– Quels tickets de sweepstake j'aurais intérêt à acheter cette semaine? demanda-t-il.

Il attendit jusqu'à ce que les numéros des tickets viennent flotter dans son champ visuel : NJ76902 et PB00531, avec, légèrement en arrière, les deux autres possibilités : DD10444 et AU66611.

– Terminé, dit frère Ashoka. Amber, es-tu satisfait de la réponse que tu as reçue?

– Oui, dit Amber.

Les antidotes contenus dans les six néoactis de 4 heures qu'elle avait pris après le dîner ramenèrent brusquement Inez à la réalité. Les images colorées projetées par l'holovision étaient criardes et rabougries; le son lui écorchait les oreilles. Plongeant une main au milieu des images, elle coupa le contact.

Le salon était noyé dans l'obscurité. Inez se mit laborieusement sur ses pieds et se dirigea à tâtons jusqu'à l'interrupteur. Elle fit jaillir la lumière et se sentit prise de dégoût au spectacle de la pièce poussiéreuse, de son mobilier lourd, des rayonnages de livres qui couvraient deux murs.

– Alfred? appela-t-elle. Amber? Jane?

Elle attendit un instant. Elle était seule dans la maison. Bon.

Elle traversa la pièce et sortit un livre des rayons fixés au mur du fond. C'était un album de photographies prises à l'époque où Angela Mallory était au sommet de sa carrière qu'Alfred gardait bien en vue à l'intention de Joseph. Inez rabattit les deux parties de la couverture, écarta les pages du dos de la reliure. Quelques pilules rouges tombèrent dans sa main. Elle les compta : treize. Probable que ça suffirait. Elle replaça le livre sur l'étagère et alla dans la cuisine chercher un verre d'eau.

Quelques instants plus tard, elle rallumait l'holovision. Puis, s'installant devant, elle redevint quelqu'un d'autre.

Dans sa cabine privée au club du Moine Rouge, Alfred essayait en vain de se rappeler les traits des gens qui avaient participé à la rencontre qu'il venait de vivre. Inutile, lui souffla sa mémoire retrouvée : leurs actions étaient nettes dans son esprit mais il ne connaîtrait jamais leur identité. Les drogues obnubilantes y veillaient.

« Et si cette vieille femme était vraiment sa mère? » se demanda-t-il. Mais une partie du plaisir tenait au fait qu'il ne le saurait jamais.

Il pressa un bouton pour avoir sa facture. Bien que la rencontre à laquelle il avait lui-même participé eût été imaginée par quelqu'un d'autre, il fut crédité de trois des scénarios qui avaient été utilisés ce soir-là et n'avait à payer que quatre-vingts dollars. Il pouvait s'offrir une autre séance, même en comptant les stimulants spéciaux dont il aurait besoin à une heure aussi tardive.

« En avant », décida-t-il, en formant sur la console le code correspondant au type d'expérience qu'il désirait. Un instant plus tard, une enveloppe de plastique contenant cinq pilules blanches et deux spansules vertes tomba du distributeur.

La sonnette carillonna avec insistance deux, quatre, douze fois. Par la fenêtre du salon, Joseph pouvait voir Inez qui ne se dérangeait pas, sa forme immobile éclairée par la lumière du programme qu'elle était en train de regarder.

– Inez! Laissez-moi entrer! Je vous en prie. Laissez-moi entrer! (Son doigt ne cessait de presser le bouton de la sonnette.) Paula est en train de mourir, elle se meurt et veut vous parler à tous avant... Ouvrez, nom de Dieu! Dépêchez-vous! Laissez-moi entrer!

Il la vit se lever, quitter le cercle de lumière de l'holovision. Un moment plus tard la porte s'ouvrit.

Comme il franchissait le seuil, Inez lui abattit une massive lampe de cuivre sur la tête. Il s'écroula, heurtant lourdement le sol, du sang maculant les épais cheveux gris qu'il s'était récemment fait transplanter.

La lampe avait échappé des mains d'Inez. Elle la ramassa, sourit et l'abattit une nouvelle fois sur la tête de son beau-père. Le bruit de l'impact la remplit de plaisir. Elle souriait toujours quand ses jambes se dérobèrent sous elle et qu'elle tomba en travers du corps immobile.

Amber et Jane découvrirent les deux corps dans l'entrée. Jane appela le docteur. Le docteur appela la police. Inez reprit connaissance dans l'unique cellule de la prison de DeTour, accusée de meurtre.

« Gagnez la main de ma fille et mon royaume sera le vôtre », promit le vieux roi, resplendissant dans ses atours de velours et d'hermine, son sceptre rayonnant à la main, au prince qui avait été et redeviendrait bientôt Alfred Mallory.

9

La minuscule cellule de la prison de Sault Ste Marie était en plastique gris, dépourvue de fenêtre, seulement équipée de waters et d'un lit avec des draps et une couverture du vert réglementaire.

Inez était assise sur le lit, les yeux fermés. L'avocat de la prisonnière prit place à côté d'elle.

Elle ouvrit les yeux et les tourna vers lui.

– Qu'est-ce qu'on va me faire? demanda-t-elle d'une voix sans timbre.

– Vous allez être jugée pour le meurtre de Joseph Mallory, répondit l'avocat. On est en train de le cérébrosonder en ce moment même. Et la partie concernée de son cerveau était presque intacte. Si vous l'avez tué, ils le sauront bientôt. Est-ce le cas?

Inez hésita.

– Je suis ici en tant qu'ami, dit l'avocat. Tous les appareils enregistreurs sont débranchés tant que je suis dans votre cellule. Vous n'avez pas à parler contre votre gré, mais sachez que rien de ce que vous pourrez me dire ne sera utilisé contre vous.

Inez continuait de se taire.

– Si vous l'avez tué – et je ne dis pas que vous l'avez fait – mais si l'évidence *semble* prouver que vous l'ayez tué, y a-t-il des circonstances atténuantes que vous aimeriez invoquer?

– Les holo-actis. Pas les néoactis. J'avais pris dix-neuf ou vingt pilules. Je n'étais pas dans mon état normal.

– C'est ce que dit le rapport de police, confirma l'avocat. Malheureusement, la Cour suprême des Etats-Unis a décrété il y a quelque temps que l'on était légalement responsable de toute action commise sous l'influence d'une drogue absorbée en toute connaissance de cause et de son plein gré. Vous avez *bien* pris ces holo-actis en toute connaissance de cause et de votre plein gré?

– Evidemment. (Puis se reprenant :) Qu'est-ce qu'on va me faire?

– Vous serez jugée, bien sûr, dans les formes et tout, mais je crains que l'issue du procès ne fasse pas de doute. Le juge abu-Bakr n'est pas réputé pour sa clémence, surtout dans les affaires de drogue. Il est ce que l'on appelait autrefois un « ami de la potence », sauf que l'on ne pend plus les gens. Aussi... je pense que vous serez condamnée aux travaux forcés à perpétuité et remise à l'Autorité Coloniale du Michigan. Ce qui signifie que vous serez probablement assignée au projet de mise en valeur du Sahara. Je crains que le Michigan n'ait pas eu la meilleure part du gâteau.

– Je ne veux pas passer le reste de ma vie en esclavage. (Sa voix était désormais décidée.) J'exige l'euthanasie.

– Impossible.

– Mais chaque citoyen...

– Les criminels ne sont plus des citoyens.

– Je n'ai pas encore été condamnée.

– Vous pouvez déposer une demande. Mais celle-ci ne sera examinée qu'une fois votre procès terminé.

– Vous êtes mon avocat. Aidez-moi.

– Je ne peux pas faire grand-chose dans votre cas. Mais si vous pensez à quelque chose...

– Merci. Dans combien de temps je passerai en jugement?

– Six à huit semaines. Voulez-vous occuper tout ce temps éveillée ou endormie?

– Endormie.

– Voulez-vous voir quelqu'un avant qu'on vous endorme? Un homme de loi, votre famille, un prêtre peut-être? Vous êtes inscrite comme catholique.

– Non. Je ne veux voir personne.

– Amber, dit Alfred, tu ne peux pas passer toutes tes journées à jouer dans les bois comme une espèce de grand gosse. Il faut que tu te trouves un nouveau travail. Comment vas-tu faire pour payer ta pension du mois prochain si tu ne gagnes pas un peu d'argent? Je ne peux pas me permettre de t'entretenir.

– Il n'y a pas de travail.

Alfred sourit.

– Pas par ici, peut-être. Mais tu peux toujours aller voir ailleurs.

– Où ça?

– Qu'est-ce que j'en sais? répondit sèchement Alfred. Tu es un adulte à présent, non? A toi de prendre tes décisions. Mais si tu ne peux pas payer ton loyer, je serai obligé de te flanquer dehors.

– Peut-être que grand-père m'a laissé de l'argent.

– Peut-être. Mais ton grand-père n'était pas du genre à faire la charité aux gens. Il estimait que tu devais gagner ta vie.

Etant donné que l'espace coûtait cher en prison, la plupart des prisonniers qui attendaient leur procès étaient endormis. Comme eux, Inez était donc allongée, inconsciente, dans un petit compartiment façon cercueil, le corps régulièrement massé par des appareils conçus pour lui conserver son tonus musculaire durant de longues périodes d'inactivité. Elle était nourrie par sérum intraveineux une fois par jour.

Elle ne rêvait pas.

Alfred n'ayant pas la moindre envie d'assister aux obsèques de ses parents, Amber et Jane firent le voyage à l'église avec une voisine, Trudy Gaskell, qui, bien que n'étant pas catholique ni liée à Joseph et Paula par autre chose que de petits saluts échangés de temps en temps, ne manquait jamais un enterrement ou un mariage.

Joseph et Paula partageaient une concession au centre du cimetière, au pied d'un ange de granite de plus de deux mètres cinquante de haut qui se dressait au-dessus des dalles pulvérulentes et des simples croix de bois rongées par les intempéries qui marquaient les vieilles tombes indiennes dans la partie droite du cimetière. L'herbe n'était pas coupée et les prés environnants étaient envahis de lait d'âne, de trèfle incarnat et de sauge.

La cérémonie fut célébrée. Un treuil électrique descendit les deux cercueils dans le sol. Trudy pleura. Amber et Jane retournèrent à la maison.

Alfred était parti. Il resta absent deux jours, manquant un jour de travail, et revint avec le côté droit du visage sérieusement meurtri. Il refusa de dire à qui que ce soit où il était allé.

Il n'était pas encore midi. Jane s'était fait porter malade, et Amber et elle avaient décidé de passer la journée dans les bois. Ils étaient tous les deux assis sur un tronc de bouleau abattu tout spongieux, leurs pieds nus reposant sur la mousse de la clairière. Le soleil filtrant à travers les branches tachetait leurs visages de lumière.

« Il a l'air si frêle », songeait Jane. « Comme un enfant. Un bel enfant pataud. »

– Qu'est-ce que tu vas faire maintenant que grand-père a disparu? demanda-t-elle à voix haute.

Amber réfléchit un moment, haussant finalement les épaules.

– Je ne sais pas.

Il ramassa une brindille dont il utilisa le bout pointu pour graver un ovale maladroit sur le chapeau rouge et gluant d'un champignon qui émergeait de la mousse à ses pieds.

– Tu crois qu'il est au paradis? demanda-t-il.

– Comme ils l'ont dit aux obsèques?

– Oui.

– S'il y a vraiment un paradis...

– Il y en a un.

Quelle certitude dans sa voix!

– Peut-être. Il a essayé d'être un brave homme.

– J'ai demandé s'il y était vendredi dernier.

– Au Rituel des Questions?

Pour sa part Jane ne croyait guère aux réponses reçues lors de ces séances, mais elle savait qu'Amber était persuadé que Dieu répondait aux questions qu'il y posait.

– Oui.

– Qu'est-ce que tu as obtenu?

– Une image de son visage. Ses yeux étaient fermés.

– Comme s'il dormait?

– Oui.

– Il avait l'air heureux?

– Je ne sais pas. Peut-être. Je ne l'ai vu qu'une seconde. Ensuite je me suis endormi.

Un long silence s'installa, seulement troublé par le bruit du vent. Puis :

– Tu ne cherches plus de travail, hein?

– Non. Personne n'a besoin de moi pour rien.

– Peut-être que quelqu'un rachètera le journal, risqua Jane.

Amber réfléchit un instant, puis secoua lentement la tête :

– Grand-père non plus n'avait pas vraiment besoin de moi.

– Moi, j'ai besoin de toi, dit Jane. Tu es mon frère unique.

– Pas ton vrai frère.

– Suffisamment vrai pour que je t'aime.

– Oui, mais... (Il enfonça son bout de bâton dans le champignon et le tordit. Le champignon tomba en morceaux.) Il va falloir que j'aille dans un ghetto d'assistés sociaux.

– Non. Reste ici avec moi.

– Ton père va me flanquer dehors. Je ne peux pas payer mon loyer.

– Combien de temps tu peux encore rester?

– Trois semaines.

– Tu ne peux pas aller chez quelqu'un d'autre? Quelqu'un de la Confrérie par exemple?

– Non. Frère Perceval a demandé à tout le monde.

– La Confrérie a un centre à Detroit. Si tu dois aller quelque part, tu peux peut-être aller là-bas.

Amber hocha la tête sans rien dire.

– J'irai avec toi, dit Jane. J'ai un peu d'argent que j'avais mis de côté pour... pour des raisons médicales. Au cas où je tomberais malade. Ça nous permettra de tenir quelque temps.

Le cabinet d'Abraham Random, premier associé de la Random, Isley, Murphy, Stonehut et Seaman, était une vaste pièce entièrement lambrissée de chêne, bien que la plus grande partie du lambrissage fût cachée par des rayonnages débordant de vieux livres de droit. Les fauteuils dans lesquels les Mallory étaient assis étaient garnis de ce qui semblait bien être du cuir de vache patiné par les ans. Mr Random lui-même portait des lunettes et avait l'air d'un survivant du dix-neuvième siècle. Tout dans son cabinet suggérait l'âge, la respectabilité – et aux yeux d'Alfred, l'affectation.

– Joseph Mallory a précédé son épouse dans la mort d'environ une heure et demie, leur expliqua le notaire. La question de son testament est donc pour ainsi dire réglée, étant donné qu'il a laissé tous ses biens à son épouse, Paula Nelson Mallory. C'est le testament de cette dernière qui nous concerne aujourd'hui. Avec votre permission, j'aimerais procéder à sa lecture. Vous pourrez me poser des questions ensuite, si vous le désirez.

« Je soussignée, Paula Nelson Mallory, saine de corps et d'esprit, déclare faire ici mon testament et léguer mes... »

– Excusez-moi, monsieur, dit Amber.

Le notaire leva les yeux, manifestement ennuyé d'avoir été interrompu.

– Oui? demanda-t-il d'un ton hargneux.

– Je ne suis pas très intelligent, dit Amber. Je ne comprends pas certains mots comme « léguer ». Pouvez-vous me dire en termes simples de quoi il retourne?

– Ça me rendrait service à moi aussi, dit Jane.

– C'est déjà très simple, mais... Enfin. Votre grand-mère vous a laissé, à vous et votre sœur, cinq cent mille Nouveaux Dollars chacun, le reste de ses biens en liquide – c'est-à-dire tout ce qui est argent, actions, obligations, et autres choses du même genre – devant aller à la Confrérie de la Lumière Prismatique. Ses biens immobiliers – sa maison et son contenu, les deux voitures, le terrain, les bâtiments et les installations de *L'Islander* – c'est à vous qu'elle les a laissés, Mr Mallory.

– Rien que le foutu journal? s'indigna Alfred.

– Plus la maison et son contenu. Une maison de grande valeur, à ce que je crois.

– Bien sûr. La maison et son contenu. Et si ma mère était morte la première?

– Dans ce cas, Mr Mallory, votre fille et votre fils adoptif auraient hérité de cinq cent mille Nouveaux Dollars chacun, qu'ils auraient reçus le jour de leur vingt-cinquième anniversaire, le reste de la succession devant aller à l'Eglise Catholique. Il n'y a, je le crains, aucune disposition en votre faveur dans le testament de votre père.

– Nous n'aurons pas l'argent avant d'avoir vingt-cinq ans? demanda Amber.

– Non. C'eût été le cas uniquement si votre grand-mère avait précédé votre grand-père dans la mort.

– Je ne comprends pas.

– Il veut dire qu'on peut avoir l'argent tout de suite, dit Jane.

Sur le chemin du retour, Alfred dit :

– Vous me foutrez le camp à la fin du mois. Tous les deux.

Il lança un regard mauvais à Jane. Elle le regarda dans les yeux, réprimant un sourire. Heureuse à l'idée que ni elle ni Amber n'auraient plus jamais à avoir peur de lui.

10

– Formule ta question, dit frère Ashoka.

– Que m'arrivera-t-il si je me fais transférer? demanda Amber.

– Transf..., répéta en écho la voix de frère Ashoka.

Puis elle se perdit. Amber ouvrit les yeux.

Il était seul. Le dôme du Latihan avait disparu, remplacé par une galerie de miroirs. Dans chaque miroir, Amber se vit comme il savait qu'il était : tout petit, son visage quelconque surmontant des épaules étroites, l'allure un peu déjetée, ses vêtements mal ajustés trahissant l'usage maladroit qu'il faisait de l'altérateur. Il se sentit piégé, emprisonné dans les images des miroirs.

Il éprouva soudain comme un vertige, une nausée. La galerie de miroirs ondulait, se métamorphosait, tournoyait autour de lui. Et il était libre. Soudain libre, hors de la prison des miroirs. En pleine possession de lui-même et de son environnement.

Et parce qu'il voulait qu'il en fût ainsi, les images

des miroirs se transformaient. Voici que son visage était encadré par des configurations changeantes de plumes jaunes et noires. Voici qu'il était chauve, sa tête massive, verte de peau, reposant sur de larges épaules à la blancheur d'ivoire. Voici que son corps mince et son étroit visage triangulaire étaient écarlates, ses yeux jaunes, et sa longue chevelure d'un noir éclatant, du même noir que les fins barbillons qui bordaient sa bouche minuscule. Voici qu'il se déplaçait lentement sur des jambes articulées au fond d'une mer de métal en fusion. Voici qu'il était grand, grand et fort, ses quatre bras noirs s'écartant aux quatre coins du monde tandis qu'il ondulait sur sa tige au rythme lent des phases de la troisième lune...

Joie s'accumulant, retentissant, augmentant à chaque transformation qu'il s'imposait...

Jusqu'à l'instant du retour dans le dôme du Latihan, où il se retrouva de nouveau tout gauche et rabougri, mais toujours libre des miroirs dans son esprit.

– Es-tu satisfait de la réponse que tu as reçue? lui demanda frère Ashoka.

– Oui, dit Amber transporté. Oh, oui...

Frère Ashoka fronça les sourcils.

– Vous êtes tous les deux déterminés à tenter le transfert? demanda frère Ashoka.

Ils se tenaient près du bastingage sur le ferry qui les ramenait à Drummond Island. Bien que n'habitant pas l'île, frère Ashoka avait pris l'habitude de raccompagner Amber et Jane chez eux après le Latihan.

– Oui, dit Jane.

– Et toi, Amber?

– Oui.

– Je connais pas mal de choses en matière de transfert. Je m'y suis intéressé pendant quelque temps et j'ai même potassé un peu le sujet. Et quand tu as posé ta question ce soir, Amber, tout ce que j'en savais s'est rassemblé dans ma tête. Et j'ai pensé à certaines choses auxquelles je crois que tu ferais bien de penser avant de prendre ta décision.

» La première, c'est que si tu te fais transférer, tu te retrouveras dans un nouveau cerveau.

– Je veux un nouveau cerveau, dit Amber.

– Je sais. Mais ton nouveau cerveau n'aura jamais été exposé à l'Inducteur. Et c'est le changement physique que l'Inducteur entraîne dans ton cerveau qui te donne la possibilité de pratiquer le Latihan. Et ce changement-*là* ne sera pas transmis lors de ton transfert. Il ne fait pas partie de ta matrice génétique.

– Si je comprends bien, vous essayez de nous dire que nous ne pourrons plus pratiquer le Latihan après notre transfert ? dit Jane.

– Ce n'est pas une certitude, mais telle est mon opinion. Peut-être que le souvenir d'avoir pratiqué le Latihan, souvenir qui vous accompagnera, sera suffisant. Je ne peux pas assurer qu'il n'en sera rien. Mais...

» Vos nouveaux cerveaux ne seront même pas des cerveaux humains. Pas vraiment, même pas sur Alter. Il y aura des différences, et peut-être que ces différences vous mettront dans l'impossibilité de pratiquer le Latihan.

– Autrement dit, il nous faudra renoncer au Latihan si nous nous faisons transférer, dit Jane. C'est bien ça ?

« Elle se comporte différemment, pensa Amber. Comme si elle ergotait. Elle n'a jamais été du genre à discuter. »

– Je dis simplement que vous courez le risque de ne plus jamais pouvoir pratiquer le Latihan, et je pense que c'est un assez gros risque. La question que vous devez vous poser est : le jeu en vaut-il la chandelle ?

– Et pour vous la réponse est non ?

– Je ne sais pas.

– Est-ce que quelqu'un de la Confrérie s'est déjà fait transférer ?

– Pas à ma connaissance.

– Donc vous ne *savez* pas si nous ne pourrons plus pratiquer le Latihan. Si ça se trouve, on y arrivera plus facilement et plus complètement. Nous ne perdrons aucune de nos autres capacités mentales, pourquoi perdrions-nous celle de pratiquer le Latihan?

– Si tu considères le Latihan comme... eh bien, comme une capacité venant d'un certain type de lésion cérébrale...

– Refuseriez-vous à Amber le corps et l'esprit dont il a été frustré sur la base d'une simple possibilité? demanda Jane.

« Elle discute parce qu'elle veut m'aider », réalisa Amber.

Il dit à haute voix :

– Ne discute pas, s'il te plaît. Tout ira très bien pour moi.

– Mais comment te sentiras-tu si tu découvres après ton transfert que tu ne peux plus pratiquer le Latihan? lui demanda frère Ashoka.

Amber réfléchit un instant, faillit dire quelque chose, réfléchit encore.

– Je ferai confiance à Dieu, dit-il enfin. Il ne m'abandonnera pas si je ne fais rien de mal.

– Mais le Latihan n'est pas un moyen de s'ouvrir à Dieu comme les autres, répliqua frère Ashoka. Et si tu perds ce...

– Je ferai confiance à Dieu, répéta Amber.

Jane fut de nouveau frappée par l'accent de certitude de sa voix.

– J'espère que tu as raison, dit frère Ashoka. Et je suppose que le reste d'entre nous apprendra de vous si la capacité d'expérimenter le Latihan est transférable ou non. (Il contempla l'eau noire.) On peut transporter vos affaires chez moi ce week-end, ajouta-t-il.

Le travail principal de l'Institut de Transfert Dimensionnel d'Espanore Island – le transfert dimensionnel – avait beau s'effectuer, de façon assez prévisible, à Espanore Island, les personnes qui désiraient faire une demande de transfert devaient se rendre pour cela au centre administratif de l'Institut, à l'extérieur du Soo. L'entrevue préliminaire réclamée à Amber et à Jane était prévue pour 15 heures, un vendredi après-midi. Ils prirent leur petit déjeuner en compagnie de frère

Ashoka, puis empruntèrent un avion du matin de Drummond Island au Soo et un bus de l'aéroport au Centre.

Le terrain dont l'Institut s'était rendu acquéreur pour le Centre avait été aménagé à l'origine en parcours de golf de dix-huit trous. Les bureaux, les laboratoires et les logements des gens que l'on y testait et entraînait s'étendaient autour de la zone jadis ornée par le pavillon du club. Une allée serpentait à partir des bâtiments à travers plus de deux douzaines de reproductions holographiques de paysages appartenant à d'autres dimensions. Les lieux étaient ouverts au public et étaient devenus, en fait, la principale, attraction touristique de Sault Ste Marie.

– Et s'ils ne veulent pas de nous ? demanda Amber.

Des nuages chocolat à l'aspect anguleux tournoyaient dans le ciel rose au-dessus de sa tête; de chaque côté de l'allée de galets blancs, des excroissances bleues semblables à des manches à balai qui auraient arboré des bouquets d'hameçons plantés à angle droit, masquaient la vue. De petites créatures genre oiseaux-mouches, leurs ailes réduites à un mouvement flou, filaient dans tous les sens à l'intérieur de cet embrouillamini géométrique.

– Il faut qu'ils nous prennent, dit Jane, essayant de paraître plus confiante qu'elle ne l'était.

Un bouquet d'hameçons se tortilla brusquement à sa droite, capturant un pseudo-oiseau imprudent.

– Je n'aime pas ce monde, dit Amber. Quelle heure est-il ?

– 14 h 30 passées, dit Jane en jetant un coup d'œil à sa montre. C'est le moment de faire demi-tour.

Ils remontèrent le sentier sur quelques mètres, et le ciel reprit soudain sa couleur bleue tachetée de nuages. Les excroissances barbelées avaient disparu, remplacées par des plantes plus conventionnelles : arbres, arbustes, parterres de fleurs. Au loin, on pouvait apercevoir le centre administratif.

– On ferait bien de se dépêcher, dit Amber en pressant le pas.

Jane n'eut aucune difficulté à rester à sa hauteur : même à son allure maximum, il allait lentement et elle devait faire un effort pour ne pas le distancer.

Quand ils atteignirent le bâtiment où leur entrevue devait avoir lieu, Amber était à bout de souffle. Une volée de marches de granite gris menait à la porte d'entrée. Il s'arrêta un moment sur la première, puis gravit tant bien que mal celles qui restaient. Jane tint la lourde porte de verre ouverte pour lui. Une fois dans la salle d'attente, il fut heureux de pouvoir s'écrouler dans un fauteuil super rembourré, tandis que Jane donnait leurs noms à l'hôtesse d'accueil.

Il y avait un tableau sur le mur derrière le bureau de l'hôtesse, un fouillis tourbillonnant de pourpres et de roses qui dérangea Amber.

« Une de leurs autres dimensions? », se demanda-t-il, en essayant d'imaginer la vie que l'on pouvait avoir dans un monde où tout était comme dans le tableau.

– Mr Adamaski va vous recevoir, annonça l'hôtesse en les invitant à pénétrer dans la pièce à côté.

– Hello. Je suis Curtis Adamaski, lança l'homme installé derrière le bureau en se levant et en leur tendant la main. Asseyez-vous, je vous en prie.

Il était grand, mince, gris de cheveux; il aurait eu l'air distingué n'eussent été ses yeux protubérants.

– Bon. (Son ton était celui de l'homme alerte et efficace.) J'ai examiné vos demandes et je crois avoir une assez bonne idée des raisons pour lesquelles vous désirez tous les deux vous faire transférer. Mais j'aimerais que vous me les donniez vous-mêmes, en vos propres termes. Avant de commencer, toutefois, laissez-moi vous avertir que tout ce que vous direz sera pesé et évalué par nos ordinateurs : cette conversation fait partie intégrante de notre système de tests. Mr Mallory?

– La mère d'Amber... commença Jane.

Mais Adamaski leva la main et dit :

– Excusez-moi, mais nous préférerions que Mr Mallory raconte lui-même sa propre histoire.

Amber resta silencieux un moment, rassemblant ses pensées, puis il dit :

– Je n'ai pas ... je ne suis pas comme je devrais être. (Il marqua un temps, regardant Adamaski, puis continua :) Ma mère ne m'a pas nourri comme il faut quand j'étais bébé et j'ai attrapé le kwashiorkor, le béribéri et... Savez-vous ce qu'est le kwashiorkor? demanda-t-il, soudainement anxieux.

– Je me suis renseigné sur la question au cours de l'examen de votre demande.

– J'ai donc eu le kwashiorkor et toutes les maladies dues à un manque de vitamines. C'est pourquoi je suis si petit et si mal bâti, et pas très intelligent. Mais mes véritables parents étaient très intelligents. Et ils étaient forts et bien portants. Mon père s'est fait transférer quand j'étais bébé.

– Sur Diamond, dit Adamaski. J'ai jeté un coup d'œil aux résultats de ses tests. Très impressionnants.

Encouragé, Amber continua :

– Je ne serais pas stupide ni mal bâti si ma mère m'avait nourri convenablement quand j'étais bébé. Je veux un nouveau corps et un nouveau cerveau pour pouvoir être intelligent et bien portant. C'est tout.

– Que faites-vous de la Confrérie de la Lumière Prismatique? demanda Adamaski.

– Nous sommes membres, répondit vivement Jane. Nous l'avons dit dans nos demandes.

– Je le sais. Ce que je ne sais pas, c'est comment vous vous voyez. Voulez-vous être des missionnaires allant prêcher votre foi sur de nouveaux mondes?

– Nous? se récria Jane.

– Ce n'est pas du tout ça, dit Amber. Nous nous contentons de pratiquer le Latihan.

– Si quelqu'un nous le demandait, nous lui parlerions du Latihan, dit Jane. Nous n'essayerions pas de cacher que nous sommes des adeptes ou quoi que ce soit. Mais nous ne voulons convertir personne, si c'est cela qui vous tracasse.

– En tout cas, c'est ce qu'il nous fallait savoir. Il y a des colonies, bien sûr, où les missionnaires de tout genre sont les bienvenus, mais la plupart de nos colonies laïques ne veulent ni évangélistes ni prophètes, et presque aucune des colonies religieuses ne veut d'immigrants qui ne soient pas prêts à embrasser sa foi.

– Ça ne fait rien que nous pratiquions le Latihan? demanda Amber.

– Absolument rien à ma connaissance. Cependant, il se peut que vous ne soyez pas en mesure de le faire dans certains mondes parallèles. Les structures cérébrales risquent d'être trop différentes.

– On nous a déjà avertis de la chose, dit Jane. Amber?

Il réfléchit un instant.

– Nous devrons faire confiance à Dieu, dit-il finalement.

Adamaski griffonna quelque chose sur un morceau de papier.

– Et pourquoi voulez-vous vous faire transférer, Miss Mallory? demanda-t-il à Jane.

– Il n'y a pas de place pour nous ici, dit-elle. Rien à quoi consacrer nos vies. Nous avons de l'argent maintenant, mais ce n'est pas cela qui aidera Amber à résoudre ses véritables problèmes. Je veux qu'il soit heureux et je veux être avec lui pour pouvoir partager son bonheur.

– Je vois. Excusez-moi de vous poser cette question, que vous trouverez peut-être embarrassante, mais êtes-vous amants?

– Bien sûr que non, réagit immédiatement Amber. Elle est ma sœur!

– Nous sommes cousins germains, en fait, dit Jane. Mais je le considère comme mon frère et lui me considère comme sa sœur.

– Très bien. Mais à présent, pouvez-vous me dire ce que vous attendez pour vous-même d'un transfert, Miss Mallory? *En dehors* du désir de faire le bonheur de votre cousin?

– Une chance de repartir à zéro. Là où les choses seront différentes.

– Si vous êtes acceptée, vous aurez probablement cette chance. Maintenant, quel type de contribution pouvez-vous apporter tous les deux à une colonie?

– Nous n'avons pas beaucoup de talents, mais nous pouvons travailler dur, dit Jane.

– Quand j'aurai un nouveau corps, je serai plus fort et plus intelligent, dit Amber. Je pourrai apprendre à faire toutes sortes de choses.

– Et si vous ne devenez pas plus intelligent? s'inquiéta Adamaski.

– Quoi?

– Supposons qu'après votre transfert vous découvriez que vous n'êtes ni plus fort ni plus intelligent que vous l'étiez avant?

– Je... je n'aurai pas un nouveau cerveau?

– Si. Mais il y a encore beaucoup de choses que nous ignorons sur les rapports de l'esprit et du cerveau. Peut-être que votre nouveau cerveau n'engendrera aucune différence. Et j'aimerais que vous réfléchissiez à ceci. Si vous restez ici, vous avez de quoi vivre confortablement tout le reste de votre existence. Vous avez des amis, l'holovision, des enregistrements musicaux, et la Confrérie de la Lumière Prismatique. Vous avez votre exercice religieux, le Latihan, qui vous procure de grandes satisfactions. Et maintenant, pensez à ceci : quelle serait votre réaction si vous découvriez que vous avez troqué tous les avantages dont vous jouissez ici pour une vie entière de travail éreintant dans des conditions primitives sans le bénéfice d'une plus grande intelligence?

– Mais il serait plus fort, non? demanda Jane. En pleine possession de ses moyens physiques?

– En principe.

– Nous ne voulons pas aller dans un endroit comme Alter, où la civilisation est déjà très avancée, dit Jane. Ce que nous désirons, c'est un monde de pionniers, un endroit où tout serait plus simple, où seul le travail compte et non le degré de raffinement.

– Même si je ne deviens pas intelligent, je peux travailler dur, dit Amber. Nous voulons aller dans un endroit où on a besoin de gens qui n'ont pas peur de travailler dur.

– Quelle sorte de société aviez-vous en vue? demanda Adamaski à Jane.

– Un endroit où on pourrait être ensemble, rien dans le genre de Diamond. Un endroit où il n'importerait pas trop que nous soyons intelligents et cultivés. Quelque chose de tout simple, sans grandes cités ni chichis dans les manières...

– Un monde de pionniers, comme vous disiez tout à l'heure.

– C'est ça.

– Mais un monde de pionniers de quel *genre*? Nous avons des dictatures religieuses, des démocraties représentatives, des anarchies, des aristocraties, des royautés, toutes sortes de socialismes et de communismes... Nous avons des échantillons de presque tous les pays de sociétés imaginés par l'homme, et la plupart en sont encore à rechercher leur équilibre : des mondes pionniers. Dans ces conditions, qu'est-ce qui vous intéresse tout particulièrement?

– Un endroit où les gens sont proches les uns des autres et où règne une certaine liberté. Où personne ne peut vous dire de faire quelque chose simplement parce *qu'il* le veut, que ça vous plaise ou non.

– Pas de forme particulière de gouvernement, alors?

– Non.

– Un endroit où il n'y a pas trop de monde, dit Amber. Où les choses ne sont pas encore trop compliquées.

– Très bien, dit Adamaski. Ce sera tout pour aujourd'hui.

– Vous voulez bien de nous? demanda Amber.

Adamaski jeta un coup d'œil sur l'écran de télévision incorporé à son bureau.

– Ma foi, vous avez franchi la première barrière. L'Institut vous acceptera pour les tests. Quoique, à vous parler franchement, nous ne vous aurions probablement pas acceptés si nous n'avions pas l'espoir d'apprendre quelque chose dans l'hypothèse où vous seriez transférés.

– Qu'est-ce qui va venir ensuite? demanda Jane.

– Eh bien, nous allons vous attribuer des chambres dans un de nos dortoirs. Les tests prendront environ deux semaines. Moins, si d'une façon ou d'une autre vous échouez complètement aux premiers. Ensuite, au cas où vous vous seriez montrés capables de vous adapter à une nouvelle existence au sein d'une nouvelle société et d'une nouvelle matrice écologique, nous vous mettrons en face de colonies dans lesquelles vous êtes susceptibles de vous intégrer.

– C'est alors que nous déciderons dans laquelle nous voulons aller? demanda Jane.

– Non. Ce sont les *autres* qui décideront s'ils veulent de *vous*. Si plus d'une colonie est disposée à vous accepter, le choix final vous appartiendra. Et vous pouvez toujours choisir de ne pas vous faire transférer si aucune des colonies voulant bien vous accepter ne vous plaît. Mais dans tous les cas, le montant des tests n'est pas remboursable.

– Et si personne ne me veut? s'inquiéta Amber.

– *Alors* nous vous rembourserons. Mais cela n'arrive pas très souvent. Il y a un certain nombre de colonies qui nous ont informés de ce qu'elles désirent en matière de nouveaux colons et nous laissent maintenant le soin de la sélection. Si nous vous mettons en face de l'une d'entre elles, vous serez automatiquement acceptés. Et bien sûr il y a Diamond...

– Non.

– Nous ne voulons pas aller là, dit Jane. Nous voulons aller quelque part où nous pourrons être ensemble.

– Est-ce que vous leur direz qu'il se pourrait que je reste...

– Qu'il se pourrait que vous ne deveniez pas plus intelligent ?

– Oui.

– Bien sûr. Nous ne nous mêlons pas de tromper qui que ce soit. Mais il y a des tas de mondes de rechange où toute personne désireuse de travailler dur et capable de s'adapter à l'environnement et à la société est la bienvenue, même si son intelligence est limitée. Cela réclame un énorme travail physique de construire une société à partir de zéro.

11

En premier lieu vinrent les examens physiques. Ils en eurent rapidement fini avec les tests prouvant que ni l'un ni l'autre n'étaient gravement allergique aux drogues utilisées pour le transfert; et quelques heures plus tard, c'en était terminé des tests prouvant qu'ils n'étaient ni trop fragiles ni trop débilités par la maladie pour survivre aux rigueurs du processus de la translation.

Une batterie d'ordinateurs analysèrent des échantillons de tissu cellulaire dont le prélèvement leur avait coûté moins de douleur que de répugnance. Un tableau des gènes intéressés fut dressé; l'aptitude de leurs chromosomes à se restaurer eux-mêmes en cas de dégâts fut déterminée; le cytoplasme de leurs cellules fut examiné pour voir s'il ne contenait pas des gènes aberrants susceptibles de les exposer au cancer (les sujets prédisposés au cancer avaient tendance à mourir durant la translation). Mais Amber et Jane avaient tous deux un capital génétique irréprochable.

Après le déjeuner, les tests d'intelligence commencèrent. Ils durèrent quatre jours.

– Ce que nous appellerons votre Q.I. (bien qu'il ne s'agisse pas exactement de ce que la psychologie courante désigne sous ce terme) est trop bas pour n'importe quel monde demandant une rapide adaptation à la survie, se vit expliquer Amber par un psychologue au crâne dégarni. Prenez Thorntree par exemple. Les ronces bleues vous embrocheraient avant même que vous puissiez maîtriser les manœuvres nécessaires pour vous emparer du pseudo-pollen.

– Mais je serai plus intelligent, objecta Amber, bien qu'il n'eût aucune envie de se faire transférer sur un monde comme Thorntree.

– Probablement. Pas de façon certaine. Et il vous faudra assurément quelque temps pour apprendre à utiliser vos nouvelles facultés cérébrales, probablement plus de temps qu'il ne vous en faudra pour maîtriser votre nouveau corps – même sur Alter les nouveaux colons sont dans les premiers temps aussi maladroits que des bébés. Plus maladroits même, parce que les bébés n'ont à se défaire d'aucune mauvaise habitude. Imaginez-vous donc sur un monde comme Thorntree, où il vous faudrait non seulement apprendre à vous servir d'un nouveau corps mais aussi vous faire à toute une nouvelle façon de penser, et vous y faire immédiatement si vous tenez à survivre et... Bref, vous n'auriez pas une chance.

– Ce n'est pas là que je veux aller de toute façon.

– Ça vaut mieux.

– Est-ce qu'il y a... Combien il en reste? Pour moi?

– Des mondes? Des flopées. Vous n'avez pas à vous en faire.

– Combien y a-t-il de mondes dans une flopée?

– Euh... une vingtaine.

– Et il y en a qui voudront de moi?

– Ça, je n'en sais rien.

Au cours de la phase suivante, des ordinateurs leur posèrent des questions tandis qu'une multitude d'appareils de mesure sophistiqués analysaient leurs réactions. A mesure que les questions devenaient plus spécifiques, plus directes, Amber se sentait de plus en plus embarrassé et souvent franchement gêné, mais les ordinateurs eurent tôt fait de franchir le point où il pouvait encore se faire une idée de ce qu'ils essayaient de découvrir, et il retrouva son assurance : on se sentait plus nu devant les questions portant sur vos réactions en face d'une femme nue que lorsqu'on vous demandait lequel de ces deux angles vous mettait le plus à l'aise ou quelle couleur vous associiez avec le danger.

Puis vinrent les simulations holographiques de situations effectives. Une drogue apparentée aux néoactis leur permit de s'identifier complètement avec les situations simulées dans lesquelles ils furent placés, tout en les laissant libres de déterminer leur ligne d'action dans la contexture des illusions, le tout en liaison avec des ordinateurs chargés de garder les situations simulées en consonance avec toutes les réponses qu'ils pouvaient fournir.

Une falaise s'écroula sous les pieds d'Amber, l'entraînant dans une chute mortelle.

Jane prononça la sentence d'un homme coupable du meurtre de sa fille. Elle le condamna à la prison à vie plutôt qu'à la mort.

Amber cassa la pelle dont il se servait contre un caillou. Il se vit infliger une amende de trois jours de travail supplémentaire pour sa négligence.

Une grosse araignée velue grimpa le long de la jambe de Jane. Elle resta, paralysée, incapable de bouger, de crainte de se faire piquer au moindre tressaillement.

Amber participa au jury présidant au mariage de Jane. Les onze autres membres ne lui reconnurent pas le droit de se marier.

Le prophète Elias annonça à ses ouailles que dorénavant tout le travail de la colonie serait effectué par les femmes, tandis que les hommes passeraient toutes leurs journées à le servir et à chanter les hymnes.

La foule huait Amber, lui criant : « Nabot! » et « Idiot! ».

Quelqu'un donna un vilain nom à Jane, qui se retrouva dans l'instant un couteau de cuisine à la main en train d'en frapper son offenseur. Elle contempla alors le couteau dans ses mains...

A mesure que les jours passaient, les situations devenaient de plus en plus étranges :

Une falaise s'écroula sous les pieds d'Amber, mais il écarta ses grandes ailes et prit son essor sans le moindre désagrément.

Jane prit part au vote dans le cas d'un colon accusé d'avoir fait éclore prématurément l'œuf de sa femme.

La foule se moquait du petit corps velu d'Amber. « Six-pattes, » l'appelait-on. « Affreux moustique! Suceur de sang! »

Une grosse araignée velue grimpa le long de la

jambe de Jane, attirée par la rosée qu'elle sécrétait dans les poches placées sous ses bras. Jane la mangea, conservant seulement l'une de ses grappes oculaires pour remplacer l'un de ses propres yeux défaillants.

Amber regarda les deux hermaphrodites se féconder l'un l'autre dans une tentative pour donner naissance à une pelle qui remplacerait celle qu'il avait cassée.

Jane tua Amber et le planta, montant la garde sur la tombe afin que personne ne puisse le déterrer avant qu'il ne germe.

– Sur les trente-huit mondes où vous auriez tous les deux de grandes chances de survivre physiquement, vingt-huit présentent une ou plusieurs particularités importantes qui vous placeraient dans l'impossibilité psychologique d'y être jamais heureux.

– Par exemple? demanda Jane.

Vittoria Johnson actionna un commutateur et consulta l'écran de son bureau.

– Eh bien, Diamond est l'exemple type. Votre survie y serait assurée – pas un de ceux que nous y avons envoyés n'est mort jusqu'à présent et nous *pensons* que les cristaux pensants établis là sont immortels ou peu s'en faut – mais, tout en étant chacun de votre côté conscient de la présence de l'autre, vous ne pourriez jamais communiquer. Vous vivriez des existences complètement solitaires.

– Nous voulons être ensemble, dit Amber.

– Et c'est pourquoi Diamond ne saurait vous convenir. Voyez aussi Rossini. C'est un monde idyllique, mais les colons y ressemblent à des araignées géantes à quatorze pattes. Cela ne vous tracasserait plus beaucoup au bout de quelques semaines, Mr Mallory, mais vous, Miss Mallory, avez une aversion trop profonde pour les araignées pour être heureuse sous une telle apparence.

Jane approuva de la tête, le souvenir des araignées qu'elle avait cru vraies étant encore trop frais pour qu'elle pût y puiser quelque réconfort.

– Et en ce qui concerne les mondes auxquels nous pourrions nous adapter? demanda-t-elle.

– Malheureusement, il n'y a que quatre possibilités qui s'offrent à vous : les autres colonies nous ont communiqué des spécifications préliminaires pour les nouveaux immigrants qui vous excluent radicalement.

– Quatre, c'est encore bon, dit Amber.

– Attendez, dit Jane. Quels sont ces quatre mondes? Et comment sont-ils?

– Chaos, Deirdre, Unicité et Paradis de Veldte.

– Paradis de Veldte? questionna Jane. Pouvez-vous nous parler d'abord de celui-ci?

– Bien sûr.

La conseillère pressa quelques boutons sur son bureau et un paysage vint remplacer le mur derrière elle. Une large plage de sable noir brillant s'étendait face à une mer pourpre; sur les collines basses dominant la plage un village de huttes à façades arrondies s'abritait sous d'énormes arbres à feuilles blanches. Le ciel était d'un gris d'étain légèrement lumineux.

– Voici Paradis de Veldte. C'est un de nos mondes les plus courus. Et qui nous laisse l'entière responsabilité de la sélection – si c'est là que vous décidez d'aller, vous le pouvez.

Amber sourit à Jane, qui lui rendit son sourire.

– Il n'y a pas de continents. Les colons habitent sur d'innombrables petites îles au milieu d'une mer d'eau douce aux dimensions de la planète. La vie y est paradisiaque : fruits, pseudo-mollusques et algues comestibles abondent, et depuis dix-sept ans que la colonie a été fondée pas un colon n'est tombé malade ou n'est mort de vieillesse, bien que quelques-uns se soient noyés. Il n'y a pas d'animaux dangereux, terrestres ou marins; l'air et l'eau sont toujours tièdes, mais jamais trop, et s'il y a parfois des orages, ceux-ci ne sont jamais très violents. Les colons, en fait, les voient arriver avec plaisir et les saluent par des festivités. A tout prendre, un monde doux et agréable.

– Et c'est tout ça qui lui vaut d'être appelé un paradis? demanda Jane.

– Dans un sens. Le premier explorateur à l'avoir visité était un homme du nom de Veldte et il a refusé de revenir. Il a dit aux envoyés chargés de découvrir ce qui lui était arrivé que rien ne pourrait jamais le convaincre de revenir. Ce monde était devenu le paradis de Veldte. Nous l'avons donc appelé ainsi. Et pour autant que nous le sachions, Veldte est toujours là-bas.

Ses mains effleurèrent un autre bouton. Le paysage s'évanouit et fut remplacé par deux silhouettes couvertes d'écailles rouges et luisantes, souples et reptiliennes d'allure mais observant comme l'homme la station verticale, avec de lourdes arêtes orbitaires, pas d'oreilles visibles et des faciès légèrement saillants.

– Les colons ne sont pas vraiment amphibies mais ils sont parfaitement à l'aise dans l'eau. Comme les phoques, peut-être, ou les loutres de mer. Remarquez les mains et les pieds palmés et les amples poitrines : ils peuvent rester sous l'eau l'équivalent de vingt de nos minutes.

– L'équivalent de vingt de nos minutes? questionna Jane.

– L'estimation du temps diffère selon les dimensions. C'est ce qui fait que les différentes dimensions sont des dimensions différentes. Vivant simultanément dans deux dimensions, nos explorateurs sont capables de déterminer les équivalences. Mais, pour revenir à mon propos, les colons de Paradis de Veldte voyagent fréquemment d'une île à l'autre sur des embarcations taillées dans le bois tendre des arbres géants : les îles sont très proches les unes des autres, si proches qu'il n'est pas rare qu'un colon puisse voir une autre île du rivage de celle où il se trouve, quelle que soit la direction dans laquelle il ou elle choisit de regarder. Le colon moyen passe rarement beaucoup de temps sur une île avant de s'aventurer vers une autre destination.

» La vie est facile. Les gens passent la majeure partie de leur temps soit à nager et à pêcher au harpon, soit à jouir des plaisirs du sexe et de la conversation. La figure de droite est masculine – geste du doigt –, vous remarquerez les arêtes orbitaires légèrement plus larges et l'appendice caudal plus lourd. L'autre figure est féminine. Aucune des autres différences sexuelles n'est apparente, sauf quand un Paradisien est engagé dans l'acte sexuel.

« L'acte sexuel avec quelque chose comme ça? » songea Jane. Mais les silhouettes aux écailles rouges avaient une beauté étrangère bien à elles.

– Les Paradisiens n'ont pas de littérature écrite, continua la conseillère, mais ils ont une mémoire eidétique et ont fait renaître l'art du conte oral. Ils passent aussi une grande partie de leur temps en débats et spéculations philosophiques. C'est cependant le sexe qui polarise l'essentiel de leur attention.

» Bien que la morphologie paradisienne soit telle que la reproduction n'a lieu que rarement (nous n'avons enregistré qu'une trentaine de naissances en dix-sept ans d'existence de la colonie), elle bénéficie d'une vaste gamme de réponses sexuelles, et les colons paradisiens, qu'ils soient de sexe masculin ou féminin, se trouvent beaucoup plus attirés par l'expression sexuelle qu'ils ne l'étaient en tant qu'êtres humains. La société paradisienne est d'ores et déjà bien plus intéressée par le sexe que ne l'a jamais été n'importe quelle société humaine connue, et elle est en train de développer un cérémonial sexuel hautement sophistiqué, presque un langage, dont on ne saurait trouver aucun équivalent chez les hommes.

– Mais qu'est-ce qu'ils *font*? demanda Amber.

Jane se demanda jusqu'à quel point il avait pu comprendre le discours de la conseillère.

– Ce qu'ils font? Pas grand-chose au sens habituel du terme. Ils n'érigent pas de gratte-ciel, ne construisent pas de routes, n'élèvent pas de barrages, ne se promènent pas en avion. Ils bavardent, s'amusent et jouissent de la compagnie d'autrui. Souvenez-vous, la vie est si facile pour eux que personne n'a besoin de travailler pour s'assurer le gîte et le couvert; et la sexualité est devenue un véritable mode de vie, pas quelque chose qui se sublimerait dans le désir d'accomplir ou de dominer. Il n'y a pas de propriété à protéger et pas de gouvernement ni de police. Un bateau ou une hutte de feuillage se construisent en quelques heures, un harpon en quelques minutes. Pourquoi essaieraient-ils d'altérer leur environnement naturel? Il est déjà parfaitement adapté à leurs besoins.

– Ça ne m'enchante pas tellement, dit Amber. Je ne crois pas que ce soit ce qu'il nous faut.

– Tout le monde là-bas semble très heureux comme ça, lui retourna Vittoria Johnson. Vous auriez tous les deux besoin d'un petit conditionnement – ou déconditionnement, si le mot vous fait moins peur – pour surmonter les préjugés et les inhibitions sexuelles dont vous êtes chargés, mais une fois cette étape franchie vous vous adapteriez très bien au style de vie paradisien. Vos profils psychologiques l'indiquent très clairement.

– Je ne veux pas être conditionné, dit Amber.

– Nous ne ferons rien qui puisse interférer avec votre libre arbitre ou la structure de base de votre personnalité, le rassura la conseillère. Nous vous ouvririons seulement quelques options que votre éducation a bloquées.

– Qu'en est-il des autres mondes? demanda Jane.

– Eh bien, le premier sur la liste est Chaos. C'est un de mes préférés; j'ai déposé une demande pour y être transférée quand viendra le moment de prendre ma retraite.

» Chaos, en fait, n'est pas un monde; au sens où la Terre en est un, du moins. Ce n'est pas une planète. Ce que c'est pourrait se décrire comme une multitude de petits environnements, quelque chose comme des bulles, dont chacune peut loger de trois à neuf colons. Nous les appelons les mondes-bulles. Et les véritables caractéristiques physiques de chaque monde-bulle sont déterminées selon les désirs et les besoins de leurs occupants.

» Par exemple, supposons que tous les occupants d'un monde-bulle veuillent vivre en plein air. Alors l'environnement sera tel qu'ils auront l'impression de vivre en plein air. Ou bien disons qu'ils ont tous envie de vivre dans une grande maison. Alors le monde-bulle imitera l'intérieur d'une grande maison. Et si tous les occupants de ce monde-bulle particulier veulent que tout soit peint en noir et blanc, avec des portes qui se ferment entre les pièces, des tas d'escaliers et pas de lumières vives, eh bien, il en sera ainsi. Mais si quelqu'un veut que sa chambre à lui, ou à elle, soit rouge vif, il en sera ainsi aussi – avec peut-être un grand escalier qui la séparera des pièces noires et blanches. C'est un exemple très simple, bien sûr : au cas où il y aurait n'importe quelle espèce de conflit important... si, disons, la moitié des gens voulaient vivre dans des pièces rouge vif où ils pourraient écouter en permanence de la musique jouée très fort tandis que l'autre moitié serait plutôt tentée par une vie au sein d'eaux vertes où régnerait un silence absolu – alors leurs besoins et désirs combinés se manifesteraient de façon un peu plus complexe. Peut-être sous la forme d'un bord de mer, avec du sable rouge et de la musique jouée fort hors de l'eau, et du vert partout ainsi qu'un complet silence sous la surface. Ou peut-être que tout virerait au jaune et qu'il y aurait des écouteurs à la disposition de ceux qui désirent écouter de la musique. Ou peut-être que la moitié des gens auraient des oreilles et pas les autres, tout le monde ayant par contre la faculté de voler. Et ainsi de suite.

– Ça paraît... Je ne sais pas, dit Jane. Est-ce qu'on peut choisir ses compagnons?

– Non. Et quand bien même vous le pourriez, cela ne ferait aucune différence : les mondes-bulles n'arrêtent pas de se mélanger et de se diviser. Parfois d'une minute à l'autre.

» Quand deux mondes-bulles fusionnent, ils forment pour un temps un nouveau monde-bulle, bien plus gros, avec deux fois plus de gens à l'intérieur pour déterminer ses caractéristiques. Mais très vite le gros monde-bulle se redivise en deux mondes-bulles normaux. Et à ce moment-là, une partie des gens de chaque monde-bulle précédent va dans chacun des nouveaux mondes-bulles. De sorte que vous vous retrouvez constamment dans de nouveaux mondes pourvus de caractéristiques déterminées par de nouveaux groupes de gens.

– Et qu'est-ce qui décide de la destination finale de tel ou tel individu? demanda Jane.

– L'endroit où vous vous trouvez au moment où le gros monde-bulle se divise. Si vous et Amber restiez ensemble, vous vous retrouveriez probablement dans le même monde. Et même si vous vous perdiez, vous finiriez fatalement par vous retrouver.

– Ça a quelque chose d'effrayant, dit Jane.

– Il est certain qu'on a là un milieu hautement instable. C'est pourquoi on l'appelle Chaos. Et beaucoup de gens peuvent le trouver terrifiant. Vous-même, Miss Mallory, pourriez vous y adapter, bien qu'il vous en coûterait pas mal d'efforts au début. Mais c'est surtout Mr Mallory, à notre avis, qui trouverait là l'environnement idéal pour apprendre à utiliser ses nouvelles possibilités.

– Mais Amber et moi pourrions être séparés?

– Pour un temps, si vous ne faites pas attention.

– Non, dit Amber.

– Et le troisième monde? demanda Jane. Deirdre.

La conseillère toucha la console placée sur son bureau et un autre paysage apparut derrière elle. Les couleurs étaient vives, presque électriques : une jungle inextricable de plantes à feuilles rouges, de lianes brunes, d'arbres à troncs gris, de fleurs argentées, le tout sous un ciel jaune citron. Un soleil énorme, cruellement blanc, embrasait les cieux.

– Voici Deirdre, expliqua la conseillère. C'est un monde nouvellement colonisé et notre implantation y est réduite : un seul établissement et pas plus d'une centaine de personnes. Tout y est occupé par la jungle, pour autant que nous avons pu le déterminer, et les colons sont engagés dans une lutte de tous les instants pour empêcher la jungle de leur reprendre leur terrain. Nous ne savons pas s'il existe des saisons; depuis deux ans (de notre temps, car il s'écoule là-bas un peu plus rapidement), depuis deux ans, donc, que la colonie a été fondée, les conditions sont restées pratiquement inchangées, mais bien sûr il est encore trop tôt pour être sûr de quoi que ce soit.

» Bien que certains insectes soient dangereux – très dangereux, de sorte que les colons doivent rester dans leurs cases, la nuit, pour s'en préserver – aucun des autres animaux découverts jusque-là ne semble constituer une menace et aucun colon n'a encore été victime d'une quelconque maladie. La jungle, elle, produit bien plus de fruits comestibles, de semences et autres choses du même genre que ne le ferait une jungle terrestre équivalente, mais tous les essais des colons en matière de culture et de domestication animale ont été des échecs complets. Heureusement, les produits naturels abondent et ils ont pu faire des progrès d'ordre technologique dans d'autres domaines. La production d'instruments de métal par exemple.

» Mais on ne peut faire vivre qu'une population limitée sur une économie réduite à la chasse et à la cueillette, si abondante que soit la nourriture sur Deirdre. Et cette population doit consacrer la majeure partie de son temps à assurer sa simple survie. Aussi cette colonie ne sera-t-elle jamais en mesure d'effectuer de réels progrès vers un mode de vie plus civilisé tant qu'elle n'aura pas appris à domestiquer la flore et la faune indigènes – ce qui pourrait bien, en définitive, se révéler impossible. C'est dire que son développement futur est encore très incertain – d'où, par voie de conséquence, le peu de popularité que s'est acquis ce monde. Mais il semble qu'il soit susceptible de vous convenir à tous les deux, si vous pouvez supporter l'idée d'avoir à passer chaque nuit barricadés chez vous pour être à l'abri des insectes.

– Ils ne sont pas du genre araignée? demanda Jane.

– Généralement non. Et Deirdre est superbe en plus. Dans le style plutôt flamboyant qui est le sien. Et les Deirdriens eux-mêmes sont plutôt séduisants. Tenez, laissez-moi vous montrer...

Elle joua de nouveau avec sa console; le paysage de jungle s'évanouit et fut remplacé par deux personnages verts, de haute taille, qui semblaient porter des bottes et des gantelets pourpres.

Au second coup d'œil, les deux figures étaient moins humaines qu'elles ne le paraissaient au premier. Elles étaient totalement dépourvus de poils, et ce qui pouvait d'abord passer pour des bottes et des gantelets se révélait être de lisses enveloppes d'écailles pourpres minuscules. Les yeux sans paupières étaient jaunes, avec des pupilles noires. Le nez, large et froncé, présentait trois narines. Les lèvres étaient fines et bleuâtres, les dents d'un bleu plus soutenu. Les oreilles étaient larges, arrondies et bien collées au crâne. Bien que les deux figures eussent à peu près la même taille, l'une avait les organes génitaux externes caractéristiques du mâle et l'autre de petits seins rondelets.

– Après ce que je vous ai dit de la vie sur Paradis de Veldte, il se peut que vous soyez curieux de la vie sexuelle des Deirdriens. Eh bien, les Deirdriens n'en ont *aucune*. Ils donnent l'impression d'être assez bien équipés pour la reproduction et leurs caractères sexuels secondaires sont étrangement analogues aux nôtres, mais il y a quelque chose qui manque. Peut-être y a-t-il une saison des amours dans le secret de quelque retraite, peut-être faut-il quelque chose d'autre, mais quoi qu'il en soit, les colons se sont retrouvés dépourvus de toute activité sexuelle, de quelque sorte que ce soit, depuis leur transfert. Autre raison pour laquelle cette colonie n'est pas très populaire.

» Quant à la société qu'ils ont constituée, elle appartient à l'un de nos modèles standard. Elle est fondée sur un système de crédits-travail, chacun étant requis de gagner le même nombre de crédits par période de dix jours. Tous les dix jours, les colons se rassemblent et classent les tâches qui ont besoin d'être faites par ordre de préférence. Plus la tâche est indésirable, plus vous gagnez de crédits pour la faire. Et ainsi de suite.

– Est-ce qu'ils nous prendront? demanda Amber.

– C'est fort possible. Ils ont besoin de gens qui, comme vous, sont prêts à travailler dur en échange d'un minimum d'aisance matérielle. Jusqu'à présent, ils n'ont pu trouver les gens dont ils auraient besoin pour que soit simplement assurée la survie au jour le jour de la colonie, et à plus forte raison assez de travailleurs pour libérer les gens dont ils auraient besoin à plein temps dans le domaine de la recherche fondamentale. C'est pourquoi je pense que vous seriez les bienvenus parmi eux.

– Nous allons faire notre demande, dit Amber.

– Et aussi pour Paradis de Veldte, ajouta Jane. Ça ne peut pas être plus mal qu'ici. Même s'il faut être conditionné.

– Mais vous disiez qu'il y avait encore un autre endroit...

– Oui. Unicité. Les colons s'appellent eux-mêmes « uniquement des gens » – pas « les gens uniques », « uniquement des gens », c'est tout, pour signifier qu'ils ne sont pas meilleurs que n'importe qui d'autre – pour autant, s'entend, que leur valeur *innée* est concernée. Ils ont appelé leur monde Unicité pour affirmer leur attachement à l'idée d'une communauté parfaite, plutôt que pour illustrer quelque concept transcendantal et mystique. En fait, ils rejettent toutes les religions révélées. Leur monde...

Il était sévère, sombre, d'apparence glacée. Le soleil : une tache de blanc en veilleuse; au-dessous : des plaines étranglées par des enchevêtrements de pics noirs et cassants; au loin : une ligne dentelée de montagnes bleues. Un monde à la rébarbative majesté, sans douceur ni bienveillance.

– Dans leur société, l'accent est placé sur la perfectibilité de l'homme en tant qu'être social – et sur l'état de totale corruption de tous les membres, hommes et femmes, des sociétés terriennes contemporaines. Peu importent les talents et l'expérience qu'un immigrant peut avoir eus sur Terre, il ou elle commence au bas de leur hiérarchie sociale, accomplissant des besognes qui correspondent au statut le plus bas – lesquelles, notons-le, ne sont pas forcément les plus serviles. Au bout d'une période donnée – environ trois mois, pour donner la plus proche équivalence – le nouveau venu se voit consentir une chance d'entreprendre son ascension dans leur échelle sociale, essentiellement en participant à des rencontres communes – notamment celles qu'ils appellent leurs « jeux guerriers » et au cours desquelles les membres de la communauté attaquent les imperfections qu'ils perçoivent les uns chez les autres en un combat verbal et émotionnel. Tout rang ou statut est aboli durant les jeux guerriers, n'importe qui peut attaquer n'importe qui et n'importe qui, homme ou femme, peut se voir attaqué...

Jane avait décidé de ne pas opter pour Unicité avant même que Vittoria Johnson ne lui eût montré à quoi ressemblaient les colons – grands, redoutablement pâles, avec une peau huileuse, des yeux sombres et solennels, et des traits aussi accidentés et rébarbatifs que leur environnement.

– En dépit du tableau peu engageant que je viens de vous brosser de la vie sur Unicité, vous feriez bien d'envisager son éventualité. Bien que le mode de vie adopté par les habitants mette peu l'accent sur le confort, et bien qu'ils aient choisi de rendre très difficile la transition de notre société à la leur – jusqu'à en faire une véritable épreuve –, ils ont néanmoins réussi à construire une société dans laquelle la connaissance de soi, la franchise, l'honnêteté, la confiance et la compréhension pénètrent tous les aspects de la vie. Une société dont les membres sont véritablement proches les uns des autres et intimement solidaires. Et c'est là quelque chose qui ferait accepter à beaucoup de gens n'importe quelle épreuve pour y atteindre.

« Non, pensa Jane. Deirdre ou Paradis de Veldte. »

– Il y a enfin une chose à laquelle vous tout particulièrement, Mr Mallory, auriez intérêt à penser. C'est le fait que, tout le monde sur Unicité étant obligé de commencer au bas de l'échelle, votre manque de talents et de spécialités ne ferait pas obstacle à votre insertion dans cette société. Vous auriez une chance d'apprendre à vous servir de votre force et – espérons-le – de votre intelligence nouvelles, avant de trouver définitivement votre place dans la société. Songez-y.

– Entendu, dit Amber.

12

Manuel Candamo et Delia Slater, les deux Correspondants de Deirdre, flottaient à l'horizontale dans le clair liquide huileux de leur système de survie artificielle. Des respirateurs de plastique brun masquaient leur visage; des crustacés de métal scintillants déambulaient le long de leurs corps flasques, les massant, prélevant des échantillons de leur sang, leur injectant divers produits.

– Est-ce que nous ressemblerons à ça? demanda Amber.

– Après le transfert, vous voulez dire? questionna Vittoria Johnson.

Amber fit oui de la tête.

– Non. Aucun de vous deux n'a les qualités requises pour être un Correspondant ou un Explorateur. Et faute d'avoir ces qualités – faute de pouvoir maintenir deux modèles incompatibles de réalité au niveau cellulaire, et de pouvoir les maintenir ensemble – votre corps mourra quand vous serez transférés.

– Pourquoi ça?

– Votre nouvelle vision de la réalité contamine votre ancien système de perception. Tout se passe au niveau cellulaire, ne l'oubliez pas, ce qui signifie en l'occurrence que vos cellules perdent la faculté de se conserver et de se reproduire. Le résultat est une sorte de cancer généralisé instantané.

– Grand-mère est morte d'un cancer, dit Amber.

– Je sais. Mais elle n'a transmis la prédisposition à aucun de vous deux.

– Est-ce que ça fait mal?

– Non. Tout se passe très vite et nous vous donnons des drogues pour bloquer la moindre douleur qui pourrait intervenir. Voyez-vous, le processus se présente en gros comme ceci : vous êtes transféré et votre conscience se crée un nouveau corps en harmonie avec ses nouveaux modes de perception. Mais le choc est trop grand et vous êtes recatapulté vers votre ancien corps dans sa matrice perceptive coutumière. Seulement, les cellules de votre ancien corps se sont déjà emballées, et quand il meurt, ce choc-*là* fournit l'élan qui va compléter votre transfert.

Amber hocha affirmativement la tête mais Jane reconnut son expression : il était dérouté mais trop embarrassé pour poser encore des questions. Elle lui expliquerait tout cela plus tard.

– Pourquoi le nouveau corps ne meurt-il pas quand on est recatapulté en arrière? demanda-t-elle à la conseillère.

– Parce que nous l'en empêchons. Nous vous empêchons de perdre contact avec lui, tout comme nous nous assurons que vous vous libérez bien de votre ancien corps pendant la première partie du processus.

» A moins que les gens concernés ne soient des Correspondants, bien sûr. Mais dans un sens, ils sont bien plus mal lotis que vous. Après leur entraînement, il leur faut maintenir les deux modèles de réalité pour conserver chacun de leurs corps : si un Correspondant perd *l'un ou l'autre* de ces deux corps, il meurt.

Un tableau lumineux s'anima au-dessus du bac de Delia Slater.

– Il a fait le saut, dit un technicien. Il sera conscient dans quelques minutes.

Ils attendirent, contemplant la forme dans le bac. Les crustacés de métal ralentirent, s'arrêtèrent. Les minutes passaient. Amber en avait le vertige.

Et voici que Delia Slater se dressait sur ses pieds, ôtant les crustacés de son corps, se débarrassant de son respirateur. Il s'extirpa du bac, s'enveloppa dans le peignoir que lui tendait le technicien.

– Hello, Delia, dit la conseillère. Vous vous sentez bien?

– Hello, Vittoria. Au poil, lui retourna le Correspondant en s'essuyant la figure avec une serviette que lui avait fournie le technicien. (Il jaugea un moment Amber et Jane.) Vous êtes les nouveaux postulants? demanda-t-il.

– Oui, répondit Amber.

– Manuel sera là bientôt. C'est lui le Directeur du Recrutement. Je suis le directeur adjoint, mais uniquement parce que je suis le seul autre membre de la colonie à pouvoir revenir ici pour jeter un coup d'œil à vos personnes et poser quelques questions. Mais j'ai d'abord un petit travail de routine à faire avec les ordinateurs. Si vous voulez bien m'excuser quelques minutes...

– Je vous en prie, Delia, lui dit la conseillière.

Il quitta la pièce, la démarche légèrement incertaine.

– Il lui faut retrouver un nouvel équilibre chaque fois qu'il se transfère, expliqua Vittoria Johnson. Mais encore cinq minutes et il marchera parfaitement.

– Qu'est-ce qu'il fait? demanda Jane.

– Il se sert des ordinateurs. Il a une mémoire photographique en matière de chiffres et l'équipe de recherche de Deirdre n'a qu'à le programmer lui, pour programmer les ordinateurs ici.

Ils attendirent.

Des voyants lumineux se mirent à briller au-dessus du bac de Manuel Candamo.

– Manuel est là, dit un autre technicien.

Au bout de quelques instants, le second correspondant était debout et ôtait son respirateur. C'était un homme de petite taille, très mince, avec une peau couleur de miel sombre et des yeux profondément enfoncés.

– Les choses sont beaucoup plus faciles avec Manuel qu'avec Delia, expliqua Vittoria Johnson comme le Correspondant finissait d'éponger l'huile sur sa peau et jetait un peignoir vert sur ses épaules.

– Beaucoup plus, approuva le Correspondant en s'asseyant dans un fauteuil en face du trio. Est-ce que Delia est toujours occupé avec son ordinateur?

– J'en ai bien peur.

– Vous me direz quand il en aura fini. (Puis s'adressant à Amber et à Jane, il dit :) On ne peut pas vraiment commencer sans lui mais en attendant je vais vous communiquer quelques informations. Et d'abord,

Delia et moi avons déjà transmis les indications vous concernant, et il a été voté de vous accepter. *Mais* cela ne veut pas dire que vous êtes définitivement acceptés : Delia et moi avons le droit de mettre notre veto sur cette décision et de vous refuser. Et l'exercice ou le non-exercice de notre veto dépendra de l'impression que vous nous ferez aujourd'hui.

» Par ailleurs, il y a un certain nombre de choses au sujet desquelles vous n'avez pas à vous faire de souci. La première, ce sont vos qualifications générales : vous paraissez tout ce qu'il y a d'acceptable, Jane; et nous avons décidé de parier sur votre intelligence et votre force physique, Amber. La vraie question qui nous préoccupe aujourd'hui est celle-ci : serez-vous tous les deux capables de vous adapter au genre de vie que nous menons sur Deirdre?

– Les tests montrent..., commença Vittoria Johnson.

– Ils n'en montrent pas *assez*, Vittoria. Vous vous souvenez de Jack Ryerson? Vos tests prouvaient qu'il était pour nous le colon idéal. Et il aurait pu être une précieuse recrue pour notre petite société *s'il* n'avait pas décidé d'aller se promener dehors la première nuit où il a pu marcher. Ce qui signifie que les insectes l'ont eu. Et *s'il* avait pensé à bien fermer le rabat de l'entrée derrière lui pour empêcher les insectes de tuer son compagnon de chambre. Ce que, malheureusement, ils ont fait.

– Vous ne savez pas pourquoi...

– Non. Et vous non plus, en dépit de vos tests. Mais on a perdu deux de nos membres alors qu'on aurait dû n'en perdre aucun.

– Bon, dit Delia Slater en entrant. (Jane remarqua que sa démarche était plus assurée que lorsqu'il avait quitté la pièce.) Commençons.

– Très bien, dit Manuel Candamo. Commençons par vous, Jane. Quel effet vous font les insectes? Peur?

– S'ils sont dangereux.

– Ils sont pire que ça. Mortels, à part une ou deux espèces.

– Alors j'en ai peur.

– Pas de peurs particulières? Rien qui les rendrait pires que tout ce qui vous effraie par ailleurs, rien qui serait susceptible de vous donner des cauchemars, par exemple?

– Rien côté insectes, répondit Jane. J'ai peur des araignées, mais pas au point de ne pas pouvoir supporter de me trouver dans la même pièce qu'une de ces bestioles. Et ces insectes dont vous parlez ne ressemblent pas tant que ça à des araignées, non?

– Pas tant que ça. Juste un peu, certains d'entre eux.

– La ressemblance n'est pas assez grande pour constituer un problème, dit Vittoria Johnson.

– C'est ce que dit votre rapport, dit Manuel Candamo, mais c'est à Jane que je pose la question.

– Je n'ai jamais eu peur des abeilles, des fourmis ou de quoi que ce soit dans le genre, dit Jane. Et j'ai été quelquefois piquée. (Elle réfléchit un instant, puis ajouta :) Et j'aime bien les lucioles.

– Très bien. Et vous, Amber?

– J'aime bien les lucioles aussi. Et... j'ai eu une collection de papillons. Pendant quelque temps. Je n'aime pas les abeilles mais... je n'en ai pas vraiment peur.

– Ça viendra, prophétisa Delia Slater.

– Ce qui ne sera pas plus mal, tant que vous resterez raisonnable en ce domaine, dit Manuel Candamo. Je crois que c'en est assez pour ce sujet. Maintenant...

– Vous n'arriverez jamais à apprendre quoi que ce soit d'utile avec des questions pareilles, observa Vittoria Johnson. Elles sont trop superficielles.

– Pas de nouveaux faits, reconnut Candamo. Mais ce ne sont pas des faits que je recherche. Vous le savez très bien.

– Manuel travaillait autrefois pour la Baja Continental Life, expliqua Delia Slater à Amber et Jane. La compagnie d'assurances qui déteste les ordinateurs. Il continue de se croire meilleur qu'un ordinateur.

– Différent.

– Non, meilleur.

– Plus souple, en tout cas. Mais pour revenir à ce

qui nous a amenés ici... Quels sont vos sentiments à l'égard du travail, Amber?

– Nous voulons travailler dur.

– C'est comme ça qu'on a été élevés, ajouta Jane.

– Est-ce que vous avez une petite expérience de la chose? D'un véritable travail physique?

– Non, admit Jane. J'ai juste été serveuse.

– Et vous, Amber?

– Non. Mon physique... je ne peux rien faire de très dur. Rien de ce qui est dur pour les autres. Mais je veux pouvoir le faire. Je veux avoir un bon physique pour pouvoir travailler dur.

Candamo l'observa un instant puis hocha légèrement la tête.

– Très bien. Peut-être aurez-vous cette chance sur Deirdre. Mais vous vous rendez bien compte que ce sera votre seule chance? Une fois que vous serez là-bas, vous y serez pour le reste de votre vie.

– Point final, insista l'autre Correspondant. Pas de gentil Institut de Transfert Dimensionnel pour vous ouvrir une porte de sortie moyennant une somme minime. (Il fit une grimace à Vittoria Johnson et se retourna vers eux.) Certains d'entre nous peuvent être assez difficiles à vivre. Moi par exemple. Mais Manuel est pire. Et les autres...

– Ce qui m'amène à mon nouveau chapitre, enchaîna Manuel Candamo. La colonie de Deirdre est un essai de société utopique. Et pour qu'elle survive comme quelque chose dont chacun de nous aimerait faire partie, ses membres doivent être disposés à lui consacrer tout leur être, et ceci pas tellement en tant qu'elle est, euh, ce qu'on pourrait appeler une machine-à-assurer-le-confort-matériel qui est là quand on a besoin de se loger ou de se nourrir, mais...

– Pas en tant qu'elle est une simple unité économique, intervint Slater.

– C'est ça. La colonie n'est pas seulement un dispositif économique. C'est une communauté. C'est-à-dire un groupe d'individus qui se serrent les coudes, s'entraident et, par-dessus tout, s'intéressent les uns aux autres. Une communauté de gens désireux de donner et de partager, pas seulement sur le plan matériel, mais aussi sur le plan émotionnel et spirituel.

– C'est exactement ce que nous voulons, dit Jane, Amber l'approuvant d'un signe de tête.

– Mais vous ne savez même pas comment nous sommes, dit Delia Slater. Comment pouvez-vous faire le don total de vos personnes – car c'est bien ce dont il s'agit – à une poignée de gens que vous n'avez jamais rencontrés ?

– Quel choix avons-nous ? demanda Jane.

– Aucun, admit Slater.

– Alors c'est ce que nous voulons faire.

– Et vous, Amber ? demanda Manuel Candamo. Vous comprenez bien de quoi il retourne ?

– C'est comme la Confrérie. Chacun essaie d'aider les autres.

– Je crois que c'est une assez bonne vision des choses. Est-ce que l'un de vous deux est joueur ?

– Eh bien... juste le sweepstake, dit Jane.

– Tous les deux ?

– Oui.

– Bon. Delia, c'est le moment de leur faire ton sermon aux joueurs.

– Si vous venez sur Deirdre, c'est un gros risque que vous prenez, commença l'autre Correspondant d'un ton parfaitement sérieux. Un risque bien plus gros qu'avec la plupart des autres colonies.

» Prenez un endroit comme Alter. Tout ce dont vous auriez à vous préoccuper, c'est de vous entendre avec les autres colons. C'est le moindre risque. Prenez maintenant un endroit comme Nacre, où il faudrait vous habituer à vivre sous la forme d'une grosse palourde. C'est un risque d'un degré supérieur. Vous pourriez vous révéler incapables de vous habituer à une telle vie. Et puis prenez Thorntree, avec ses arbustes bleus barbelés, ou n'importe quel autre monde de rechange où tout ce qui vit ne songe qu'à vous bouffer. C'est encore un autre degré de risque. Trois degrés donc. Auxquels il vous faudra faire face *en même temps* sur Deirdre, bien qu'il soit probablement plus facile de s'habituer à être l'un d'entre nous que de s'habituer à être une palourde.

» *Mais*... il y a un quatrième degré de risque sur Deirdre. Tout ce que j'ai mentionné jusque-là représente un danger pour vous en tant qu'individus; sur Deirdre, c'est la colonie elle-même qui est en danger. Il se peut que nous n'arrivions pas à survivre. Et si c'est le cas, il n'y aura pas de société pour nous protéger et nous nourrir.

» Si nous ne parvenons pas à trouver un moyen de faire de l'agriculture ni à découvrir comment nous sommes censés nous reproduire, nous ne pourrons jamais développer un mode de vie plus confortable, plus élaboré. L'Institut n'abandonne jamais vraiment ces colonies, mais songez à ce que sera la situation sur Deirdre, si nous restons encore trente ou quarante ans sans nouveaux colons. Songez au tableau : pas de récoltes sur lesquelles compter, pas de jeunes pour donner un coup de main, et tout le monde vieux et faible... mais *obligé* de travailler toujours aussi dur pour survivre. Est-ce que ça vous plairait de vieillir et de vous affaiblir tout en sachant qu'il vous faudra trimer sans désemparer jusqu'au dernier jour de votre vie? Et tout ça pour rien – pour ne faire bénéficier personne après vous de la façon dont vous aurez passé votre vie? Ne vous précipitez pas pour répondre. Songez seulement au problème.

– Ecoutez, leur dit le Correspondant d'Unicité. Nous ne voulons pas vous masquer la vérité. Ce n'est pas notre genre. Et la première chose qu'il faut que vous sachiez, c'est que nous ne voulons pas de vous. Pas des *vous* que vous êtes maintenant. Pas de ces vous corrompus, menteurs, tricheurs, égoïstes qu'il faut que vous soyez pour survivre dans cette société-ci. Et si vous ne voulez pas nous aider à tuer ces vieux vous, alors nous nous en occuperons sans vous.

– Vous ne présentez pas les choses de façon très engageante, Charlie, observa Vittoria Johnson.

– Engageante? Vous voulez dire agréable? Comme s'il s'agissait d'une partie de plaisir? Ce n'en est pas une. Ecoutez, dit-il en se tournant vers Amber, le fait d'avoir grandi dans cette société signifie que vous en portez une partie en vous. Comme un cancer qui finira par vous tuer si personne n'opère. D'accord?

» Et nous pouvons procéder à l'ablation et vous sauver la vie. Mais nous n'utilisons pas d'anesthésique. Ça fera mal. Plus mal que tout ce que vous pouvez imaginer. Mais vous serez heureux d'avoir souffert. Ensuite.

★

– Il faut que nous donnions notre réponse demain. Que nous leur disions où nous voulons aller, dit Jane. Tu as pris une décision?

– Je... j'aurais besoin qu'on m'aide. Comme avec le sweepstake, Jane. Un Rituel des Questions.

– Tu n'as jamais gagné au sweepstake.

– Non. On dirait que non, mais... je suis là. Comme si j'avais gagné.

– Très bien. On se fera un Rituel des Questions si tu veux. Après dîner?

Amber fit oui de la tête.

Jane formula la question pour eux deux.

– Devons-nous nous faire transférer sur Deirdre, Paradis de Veldte, ou... (Elle hésita, puis ajouta consciencieusement :)... Unicité, ou devons-nous rester ici?

Ils n'avaient pas d'Inducteur mais, assis l'un en face de l'autre sur la moquette bleue du salon de leur suite, ils sentirent la paix du Latihan sourdre en eux...

Amber se frayait un chemin à travers l'épaisse végétation de Deirdre à grands coups de machette. Ses muscles se déplaçaient souplement, harmonieusement sous sa peau; il se sentait leste, alerte, confiant dans sa force. Un dur soleil blanc filtrait à travers les rouges frondaisons au-dessus de sa tête, arrachant des couleurs éclatantes aux broussailles environnantes, allumant sa lame.

Une palme pourpre s'abattit devant son coutelas,

révélant une grappe de petits globes rouges. Il en cueillit un et le mit dans sa bouche.

Il n'avait jamais rien mangé d'aussi bon.

...et Jane était sur Deirdre, levant les yeux vers Amber : son beau visage vert qui respirait l'intelligence, ses muscles puissants sous sa peau. Si détendu, si confiant, si heureux.

– C'est merveilleux! lui disait-il. Merveilleux! Maintenant que tu es enceinte, nous savons que la colonie survivra...

... et Jane était sur Unicité :

– Idiote, idiote, idiote! Idiote comme ton frère!

Ils dansaient en rond autour d'elle, leur peau pâle couverte d'une espèce d'humeur visqueuse. À un signe du meneur de jeu, ils s'immobilisèrent tous, un pied en l'air.

– Et maintenant, Jane, dit-il, c'est ta dernière chance. Si cette fois tu ne fais pas correctement les pas, nous serons obligés de te frapper encore. Mais nous savons que tu es perfectible, Jane, exactement comme nous autres. Perfectible, Jane : tu peux y arriver si tu veux bien essayer. Tout ce que tu as à faire, c'est m'imiter.

Et ses pieds se lançaient soudain dans d'affreuses figures compliquées que Jane était sûre de ne jamais pouvoir imiter...

... Et Jane était sur Paradis de Veldte, écoutant Amber qui disait :

– Je n'en peux plus! (Ses écailles rouges lançaient des éclairs comme il balançait sa tête en un mouvement devenu chez lui caractéristique.) Ce n'est pas que je n'ai plus aucun sentiment pour toi, j'en ai, mais... tu es incapable de discuter philosophie! Incapable de faire l'amour comme il faut! Tu n'es même pas capable d'imaginer des histoires intéressantes... Tu es incapable de faire quoi que ce soit correctement!

– J'essaie, dit Jane.

– Je sais que tu essaies. Et c'est peut-être ça le plus

pénible de tout – te voir essayer, essayer et essayer encore sans jamais arriver à quelque chose qui ne soit pas assommant. Assommant à en mourir. En tout cas, j'abandonne. Je pars. Je me suis fait un bateau ce matin et je pars. Tout de suite. Peut-être qu'on se reverra un de ces jours...

Elle le regarda se diriger vers la plage...

...mais non, elle n'avait pas quitté la Terre après tout.

Jane pénétra dans l'ascenseur, pressa le bouton de l'étage où elle et Amber avaient loué temporairement un appartement. Le remodelage de son visage était terminé et sa beauté dépassait tous les rêves qu'elle avait jamais pu faire. *Elle* était plus belle que dans tous les rêves qu'elle avait pu faire.

Amber éclata en larmes quand il la vit.

– Tu es magnifique, lui dit-il en pleurant de joie.

Le matin suivant, elle trouvait la note sur la table de la cuisine : « Chère Jane, disait-elle, je me suis fait transférer sur Diamond. Tu es maintenant si belle que je ne pourrais être qu'une pierre autour de ton cou comme disait père. Je pars. Comme ça tu pourras être heureuse. Adieu. Affectueusement à toi, Amber. »

Elle appela l'Institut mais personne là-bas ne voulut rien lui dire. Elle n'arriva jamais à savoir s'il s'était vraiment fait transférer sur Diamond.

– Qu'est-ce que tu as obtenu? demanda Jane.

– J'étais sur Deirdre. Tout était magnifique. J'étais vraiment heureux, je mangeais un fruit et c'était meilleur que tout ce que j'ai jamais goûté dans ma vie. Et toi?

– Deirdre.

Elle ne se sentit pas l'envie d'entrer dans les détails.

– Alors on va là?

– Oui.

Manuel Candamo intercepta Amber comme il sortait de la cabine de simulation où il venait d'expérimenter le plus proche équivalent de l'existence d'un Deirdrien que pouvait offrir l'Institut.

– Comment ça se passe? demanda le Correspondant.

– Très bien.

Ils s'installèrent à une table et programmèrent tous les deux un café.

– Ce n'est pas la même chose, vous savez, dit le Correspondant. Ça aide pas mal, mais ce n'est pas la même chose.

– Je sais. On me l'a déjà dit.

Les efforts exagérés du correspondant pour essayer de lui faire comprendre des choses qu'il était tout à fait capable de comprendre par lui-même irritaient toujours Amber. Cela le vexait qu'à l'instar de Joseph, le Correspondant le traitât comme s'il était encore moins intelligent qu'il savait l'être; il se sentait dégradé par ce genre de bonnes intentions.

– Ecoute, Amber, dit le Correspondant. Il n'y a pas de retour en arrière possible. Tu ne reverras plus personne qui ressemble à un être humain. Tu n'entendras plus jamais le son d'une voix humaine. Plus jamais. Songes-y. Songe à toutes les petites et grandes choses qui vont fatalement te manquer si tu te fais transférer.

– Notre père s'appelle Alfred Mallory, dit Jane à la conseillère. Le connaissez-vous?

– Non.

– Il travaille comme électronicien ici à Espanore, sur des trucs qui ont à voir avec le transfert. Je ne sais pas exactement quoi. En tout cas, il nous déteste. J'ai peur qu'il fasse quelque chose pour... pour nous faire du mal s'il en a la possibilité. Est-ce que vous pourriez, euh, faire faire à quelqu'un d'autre ce qu'il fait habituellement, pendant notre transfert?

– Vous avez vraiment peur de lui?

– Oui.

– Il ne devrait pas être à un poste de grande responsabilité, de toute façon. Mais laissez-moi vérifier, voir ce qu'il fait exactement. (Elle programma sa demande d'information sur la console à son bureau et lut la réponse sur l'écran.) Vous n'avez pas à vous inquiéter, dit-elle à Jane. Il y a dix jours qu'il a quitté son travail ici.

– Pourquoi ça? demanda Amber.

– Il n'a donné aucune raison.

Ils se rendirent d'abord là-bas en rêve. Allongés dans des matrices de plastique, le corps et le cerveau bourrés de drogues tandis que des machines fournissaient à leur système nerveux les stimuli électroniques appropriés, ils commencèrent à percevoir leur nouveau monde.

Au début, ils n'étaient que de légères vapeurs imprégnant l'air et la roche, la vie et la non-vie, sans pouvoir faire la différence : à peine conscients, exultants. Lentement, au bout de douzaines, puis de centaines de séances, ils se mirent à prendre consistance, à avoir une conscience moins diffuse, à éprouver des joies plus précises. Ils se trouvaient de moins en moins en résonance avec l'inorganique, de plus en plus avec l'organique; bientôt, ils furent attirés par le magnétisme des transférés vers l'établissement de la colonie, où ils flottèrent paresseusement, brumes impalpables au-dessus des grossières constructions grises. A chaque séance, leurs êtres impalpables étaient un peu plus proches de la forme matérielle, le rêve un peu plus proche de l'état de veille.

– C'est votre dernière chance d'arrêter, leur dit un technicien en combinaison bleue après leur cent trente-septième séance. La prochaine fois, vous prendrez l'aspect des autres colons et toute interruption à partir de là vous tuerait.

– On continue, dit Amber.

– Veillez bien à ce que frère Ashoka soit là pour notre recatapultage, ajouta Jane à l'adresse de Vittoria Johnson.

... poussée intérieure... effondrement qui était en même temps explosion-expansion... deux corps tirant leur matière de l'air environnant, du sol soudain là, au-dessous d'eux, explosant dans l'existence matérielle...

Amber était étendu sur le sol, contemplant l'arbre qui se dressait au-dessus de lui et le ciel au-delà. Les feuilles de l'arbre étaient rouges, mais d'un rouge comme il n'en avait jamais vu, n'en avait jamais imaginé la possibilité... Le ciel était d'un jaune si clair, si doux, si radieux; le soleil d'un blanc si violent, si flamboyant... Il n'avait jamais rien vu d'aussi lumineux, d'aussi beau, d'aussi écrasant.

C'était tellement étrange de percevoir le monde avec un cerveau sain.

– Il est là! Il a fait le saut!

Les mots, indistincts, étaient étranges mais il les comprit assez facilement. Il s'efforça de se dresser sur ses pieds, se sentit un instant pris de panique quand ses muscles refusèrent de lui obéir.

– N'essayez pas de bouger. Il va vous falloir réapprendre complètement à vous servir de votre corps.

Des faces vertes, étranges mais pas effrayantes, des mains fermes qui le soulevaient et l'emportaient dans une case en bois où on le couchait sur un lit de feuilles pourpres sèches.

– Inn... nuuhh....

Il n'arrivait pas à former les mots avec son nouvel appareil vocal.

– N'essayez pas de parler, dit quelqu'un. Tout va bien. Elle est passée sans problème. Vous allez vous trouver recatapulté dans quelques minutes, mais quand vous reviendrez vous serez dans cette case avec nous.

Amber se sentait au chaud, bien installé et très fatigué. Il s'endormit.

Frère Ashoka contemplait les corps privés d'esprit des deux êtres qui avaient été ses amis.

– Ils seront endormis quand ils reviendront, lui expliqua le technicien. Vous serez averti de leur retour quand les voyants lumineux se mettront à clignoter, mais il leur faudra encore quelques minutes pour reprendre conscience.

Les minutes s'étirèrent en heures. Soudain les voyants se mirent à clignoter et le technicien dit :

– Les voilà.

Mais frère Ashoka ne put distinguer aucun changement dans les corps flasques qui flottaient dans les bacs. Le technicien pompa la solution liquide, leur ôta leur respirateur. Ils restèrent sans réaction.

– Vous êtes sûr qu'ils vont bien? demanda frère Ashoka.

– Sûr et certain. Il va seulement leur falloir un peu de temps pour reprendre conscience.

Frère Ashoka attendit. Enfin Jane remua, ouvrit les yeux.

– Frère Ashoka! s'écria-t-elle. C'est merveilleux là-bas! Si beau! Si incroyablement beau...

– Vrai, approuva Amber en se dressant sur son séant. Je n'ai jamais rien vu de pareil...

– Vous êtes contents d'avoir fait cela, alors? demanda frère Ashoka.

– Oui, dit Amber. C'est tellement... On ne se sent pas bien ici. Vous devriez en faire autant.

Frère Ashoka sourit.

– Je ne dis pas non. Vous me tiendrez au courant de la vie là-bas, n'est-ce pas?

– Naturellement, dit Jane. C'est vous notre contact.

– Je vous ai apporté quelque chose pour vos derniers instants sur Terre. J'ai demandé aux enfants de ma classe de vous confectionner un gâteau comme cadeau d'adieu...

Il leur tendit à chacun une assiette contenant une petite tranche de gâteau.

– Vous ne pourrez plus manger de gâteau, là-bas, d'après ce que j'ai entendu dire, ajouta-t-il.

– Il est bon, dit Amber.

Il en prit une autre bouchée.

– Très bon, approuva Jane. Vous les remercierez pour nous.

– Bien sûr, promit frère Ashoka.

Ils continuèrent de parler jusqu'à ce que Jane, puis Amber, ferment les yeux et glissent dans le sommeil.

– Ils sont morts, dit le technicien. Le transfert est terminé. (Il fixa frère Ashoka.) Vous avez l'air assez

calme. Ça ne vous ennuie pas de les voir comme ça?
– Non.
– Moi si. A chaque fois. Je n'arrive pas à m'y habituer. (Il fit un geste en direction des corps.) Bien sûr, tout me dit qu'ils sont en vie quelque part ailleurs, mais je ne peux jamais aller y voir. Tout ce que je vois, ce sont ces paquets de chair qui restent en arrière.

★

Sans la moindre impression de transition, Amber se retrouva dans l'ombre de la case sur Deirdre.
– Ne vous inquiétez pas, le rassura-t-on. Tout va très bien. Vous êtes tous les deux en bon état et vous voilà avec nous pour de bon maintenant. Mais cela fait un choc d'avoir à s'habituer à un nouveau système nerveux : rien d'inquiétant là-dedans, mais vous allez avoir besoin de beaucoup de sommeil cette nuit. Nous vous avons préparé une petite fête pour demain matin, quand vous vous sentirez bien réveillés. Mais pour le moment il faut essayer de dormir.
Amber dormit.

13

L'Esprit-Forêt dormait. Une crise ne manquerait pas de le réveiller, mais il n'y avait pas de crise : les colons de la Terre n'avaient créé jusque-là aucune véritable rupture, moins qu'un tremblement de terre, un volcan ou un orage, et l'Esprit-Forêt n'était pas encore conscient de leur présence.
Une bombe-bourdon explosa en un nuage de spores. Sur les millions de spores fertiles du nuage, deux vinrent se poser sur le sol défriché de la colonie, tandis qu'une autre allait atterrir à un endroit complètement différent où une nouvelle bombe-bourdon était nécessaire. Ces trois spores furent autorisées à vivre et à germer. Les autres moururent.

Dans son sommeil, le corps de l'Esprit-Forêt se porta vers la lumière du soleil, lança des vrilles chercheuses dans les profondeurs rocheuses, toujours plus loin, en quête des minéraux dont il avait besoin. Il exigeait de la viande : neuf ours fruitiers se rendirent dans la caverne qui abritait le corps de l'Esprit-Forêt et se livrèrent à lui tandis que d'autres ours fruitiers s'accouplaient pour produire neuf petits. L'Esprit-Forêt dormait.

Un arbre craqua dans le vent, tomba. La nuit vint; les insectes, auxquels l'accès à l'intérieur comestible de l'arbre n'était plus interdit par son épaisse écorce protectrice, s'y agglutinèrent, s'y enfoncèrent, dévorèrent tout ce qu'il y avait pour eux à dévorer. A l'aube ils étaient partis, laissant ce qui revenait aux champignons et aux micro-organismes : les seuls êtres vivants, outre les insectes, que l'Esprit-Forêt ne s'était pas incorporés après avoir vaincu les autres esprits-forêts et pris possession de la totalité de Deirdre. Et encore, même les insectes avaient leur place dans l'écologie de l'Esprit-Forêt.

Le jour déclinait; une orchidée puante ouvrit sa sombre fleur; la brise vespérale transporta l'odeur de charogne qu'elle dégageait, la répandit dans l'atmosphère. Attirés par la puanteur, des insectes se rassemblèrent, se faufilant un par un dans l'étroit conduit qui donnait accès au centre de la fleur.

A l'intérieur, la bataille faisait rage, les insectes se dévorant les uns les autres pour être dévorés à leur tour par l'orchidée. Une nouvelle orchidée puante était nécessaire pour remplacer celle qui avait été tuée par la chute de l'arbre; sans sortir de son sommeil, l'Esprit-Forêt pesa et jugea, sélectionnant les impératifs, produisant stimulations et inhibitions : plutôt que de laisser un insecte échapper à sa fleur pour aller féconder une autre orchidée, la plante se referma à l'aube et entama son processus d'auto-fécondation. La graine, une fois formée, serait confiée à un ours fruitier qui introduirait sa longue langue jaune dans la fleur coopérative, recueillerait la graine, puis la transporterait à quelques centaines de pas pour la déposer là où elle était requise.

Dans son sommeil, l'Esprit-Forêt ne rêvait pas. Il ne savait pas ce que c'était de rêver.

Quand il se réveilla dans le noir, l'air renfermé de la case dégageant une odeur qui rappelait un peu, mais pas tout à fait, celle de la vanille, Amber sentit que quelque chose n'allait pas. Les feuilles sur lesquelles il était couché étaient douces, mais d'une douceur différente de toutes celles qu'il avait connues, sa respiration, lente quand il s'était réveillé – bien trop lente – était à présent inhumainement rapide, et c'était *anormal :* une palpitation continue de petits muscles dans sa poitrine attirait l'air par sa narine centrale, le faisant circuler dans sa poitrine et l'en rejetant d'un même mouvement ininterrompu, par les deux narines latérales, inspiration et expiration n'alternant pas mais ayant lieu simultanément.

Son corps manifestait sa présence par d'étranges tensions musculaires, des sensations viscérales insolites et, ce qui était pire, par des absences : non seulement celle du rythme humain, familier, de sa respiration, mais aussi celle de tensions et de sensations qui avaient tellement fait partie de lui qu'il ne s'était jamais rendu compte de la conscience qu'il en avait. C'était comme si son corps avait été étiré, plié et tordu sur un chevalet d'inquisiteur – la douleur en moins. Et c'était peut-être le plus terrible de tout : qu'il pût ressentir un étrange bien-être au lieu d'une multitude de mortelles agonies – car cela l'arrachait à tout ce qu'il avait été à un niveau si fondamental que tout ce qu'il pouvait se dire n'avait aucun effet sur sa panique.

« Je n'ai pas mal, se répétait-il en vain. Tout va bien. Ceci est un nouveau corps, un corps bien portant. Je m'y habituerai. »

« Il faut que je m'y habitue. »

Mais rien ne l'avait préparé à la terrifiante anormalité.

Jane s'était matérialisée de l'autre côté de la colonie et Amber était déjà endormi au moment où on l'avait installée dans la case. Un des colons qui l'avaient transportée, un homme – « non, pensa-t-elle, pas un homme. Un Deirdrien. Nous ne retournerons plus jamais chez les humains » – qui lui avait dit s'appeler Will, l'aida à se mettre sur son séant et maintint dans ses mains sa tête dodelinante afin qu'elle pût voir Amber.

– C'est votre cousin, lui dit Will. Il dort à présent – on dort beaucoup après le transfert, par petits sommes, comme les chats – mais il a fait le saut sans problème.

La silhouette allongée sur le lit de feuilles pourpres était difficile à distinguer dans la pâle lumière. Ce que Jane en vit était complètement étranger, absolument insolite au premier abord, et pourtant, plus elle regardait, plus la forme endormie lui rappelait l'Amber qu'elle avait connu sur Terre. Mais il paraissait si grand, si puissant ici! Plus grand que tous les colons qu'elle avait vus jusque-là, avec ses épaules larges, son corps pétri de nouvelles configurations de muscles...

« Il sera si heureux ici », songea-t-elle comme des mains pleines de douceur l'allongeait sur le lit de feuilles préparé à son intention.

– Nous allons fermer la case pour la nuit afin d'empêcher les insectes d'entrer, expliqua l'une des curieuses voix brouillées. Ils deviennent plutôt mauvais pendant la nuit. Mais vous ne serez pas seuls; Will dort ici ainsi qu'un autre nouveau qui a fait le saut quelques semaines avant vous. Demain matin nous viendrons vous chercher pour une petite fête où vous pourrez rencontrer tout le monde.

Etendue dans l'obscurité à l'odeur douceâtre, encore trop énervée pour dormir, Jane entendit la respiration d'Amber s'accélérer brusquement jusqu'à se transformer en un sifflement rauque, entendit le bruit qu'il faisait en se tournant et en se retournant sur sa couche, ses petits gémissements informes. Il est terrifié, réalisa-t-elle, avide de le toucher, de le tenir et de le consoler, tout en sachant qu'elle ne pouvait rien faire. Elle attendit donc, les oreilles tendues, incapable de faire quoi que ce soit à part souhaiter qu'il pût partager la joie qu'elle ressentait.

Sa respiration finit par se calmer. Elle espéra qu'il s'était endormi.

Soudain elle se sentit elle-même très fatiguée. Elle s'endormit.

De nouveau réveillé au milieu de l'obscurité et de l'anormalité, Amber s'efforça de se calmer. « Je vais procéder à un Latihan, se dit-il. Un Rituel des Questions. Je demanderai à Dieu comment me débarrasser de cette calamité. »

Dans le contexte du Latihan, la relaxation devenait soudain facile. Il abdiqua de sa volonté et posa sa question : « Qu'est-ce que je peux faire pour que ce corps soit correct? »

Mais il n'y eut ni réponse, ni vision, ni sens de la présence de Dieu. Rien qu'un vide terrifiant.

« J'aurai peut-être besoin de Jane, se dit-il, s'accrochant au seul espoir qui lui restait. C'est plus dur tout seul. »

Il essaya de forcer sa gorge et son étrange appareil vocal à former le mot « Latihan » mais ne réussit à produire que quelques pénibles croassements. Au bout d'un moment, il abandonna.

Il resta étendu sur son lit de feuilles douces, si douces, incapable de bouger, incapable de parler, impuissant. Abandonné de Dieu.

La fête se déroula sur ce que les colons appelaient la Place – l'espace découvert au centre du camp où ils mangeaient ensemble et tenaient leurs assemblées. Will et un colon qui se présenta sous le nom de Tom calèrent Amber et Jane contre les troncs de deux arbres que les colons avaient laissés debout lorsqu'ils avaient nettoyé l'endroit. Puis, un par un, les colons s'avancèrent, les embrassèrent et les baisèrent sur le front, puis se présentèrent et décrivirent les rôles qu'ils tenaient dans la colonie. Amber, déjà presque suffoqué par la senteur vanillée, se sentit défaillir sous les attouchements de tant d'étrangers.

Il y avait John Abercromie, Karl Archard et Robert Cortona, tous Planificateurs (ou colons, comme ils l'expliquèrent eux-mêmes à Amber et Jane, chargés des projets à long terme et de la coordination générale), Ray Jarvis, Coordonnateur à la Recherche et Ecologiste, Mircea Van Horn, Directeur de la Santé – qu'Amber prit d'emblée pour un docteur – et bien d'autres pourvus de titres comme l'Espion, le Père Noël (une femme du nom de Catherine Cypers, qui était chargée des « récompenses et blâmes »), la Jambe de Bois (le responsable de l'approvisionnement en bois), le Chiendent (une femme du nom de Jo Anne Rittner, dont la fonction était d'apposer son veto sur toute décision qui ne lui plaisait pas, moment à partir duquel elle cessait d'être le Chiendent et où l'ensemble de la communauté votait pour décider si son veto devait être maintenu ou non), la Caisse de Charité, le Préposé au Parking, la Voix dans le Désert... Il y avait trop de gens et de postes pour qu'Amber pût tout retenir. Et après que John Wosky, le Gentil Organisateur – ce qui signifiait qu'il était chargé des distractions et festivités de la communauté – lui eut dit qu'il entrait dans les fonctions de Gentil Organisateur, ou de Gentille Organisatrice, de changer les titres correspondant à chaque poste chaque fois qu'il lui en venait la fantaisie, Amber n'essaya même plus de se charger la mémoire. Et il s'endormit bientôt après au son de grossières flûtes de bois, pour se réveiller une fois de plus dans la case des Nouveaux Venus.

Durant les dix jours qui suivirent (les colons ayant décidé d'abandonner la semaine de sept jours), la colère d'Amber contre Dieu, qui l'avait abandonné, cessa peu à peu d'occuper son esprit – bien que parfois, durant les journées éclatantes et souvent durant les longues nuits, celle-ci revînt le suffoquer.

Alors il faisait un nouvel essai de Latihan, et c'était chaque fois un nouvel échec.

Mais lui et Jane eurent bientôt d'autres sujets de préoccupation, car à mesure que les jours passaient ils avaient tendance à retomber de plus en plus en enfance. Arriva enfin le moment où ils se retrouvèrent bébés – étranges bébés, en vérité, avec les connaissances et l'intelligence de véritables adultes mais aussi l'incapacité des nouveau-nés de parler ou de coordonner leurs mouvements. Et avec la régression physique vint une régression mentale parallèle, une rapide réapparition de comportements infantiles. Ils comprenaient parfaitement bien le discours adulte et suivaient des leçons chaque matin sur ce qu'ils avaient besoin de savoir s'ils devaient devenir des membres actifs de la colonie, mais ils prenaient tous les deux un plaisir infantile à babiller, charmés par le son de leur propre voix. Comme des bébés, ils se déplaçaient à quatre pattes, tirant leur plaisir de leur seule capacité de marcher; comme des bébés, ils apprenaient à contrôler leurs yeux et leurs mains en jouant à des jeux simples et en se servant des jouets tout aussi simples que les autres colons leur avaient fabriqués, faisant et refaisant toujours la même chose pour le seul plaisir de la faire; comme des bébés, ils étaient nourris à la cuillère et habillés par Will et ses assistants de vêtements amples taillés dans de l'écorce attendrie. Mais à la différence des bébés humains, ils n'avaient pas de problème en matière de contrôle des intestins et de la vessie : un Deirdrien éliminait ses déchets sous la forme d'un gaz au délicat parfum.

Mais les semaines puis les mois passant, les fruits, de noirâtres et blets qu'ils étaient (peu importait leur couleur première, tous les fruits deirdriens viraient au noir sitôt leur peau rompue sans que cela les rendît moins comestibles) se transformant en fruits frais, légumes, graines tubercules et morceaux de viande éventuels, d'étape en étape, de la reptation à la marche à quatre pattes puis à la marche debout, du gazouillis dépourvu de sens à la parole plus ou moins organisée, la joie enfantine d'Amber dans l'accomplissement des plus simples actions s'amenuisa pour finalement s'éteindre tout à fait.

Et enfin, après des mois de babillage, Amber réussit à articuler le mot « Latihan » sous une forme compréhensible pour Jane.

– Vouif, dit Jane en hochant la tête.

Ils s'assirent l'un en face de l'autre et fermèrent les yeux, concentrés sur leur volonté de détente.

– Non, dit bientôt Jane. Non.

– Laftihan! articula Amber dans un accès de colère. (Il la poussa.) Laftihan!

– Non, dit Jane sans se troubler.

Elle se leva et s'en alla voir quelques-unes de ses nouvelles amies à leur travail.

Jane n'avait pas perdu son premier sentiment de joie. Elle était tout excitée par son nouveau sentiment d'appartenance, par la nouveauté et la beauté du monde qui l'entourait. Mais Amber continuait d'être sous le coup d'une puissante impression d'anormalité, d'exil loin de son corps contrefait, en dépit de sa nouvelle taille et de sa nouvelle force. Et bien qu'il se sondât quotidiennement en quête d'un signe de croissance de son intelligence, il ne se voyait pas moins stupide qu'il l'avait toujours été.

Et bien que ses compagnons colons l'eussent accepté, il était persuadé que Dieu l'avait banni.

14

Un vent se levait. L'arbre à hélices sentit frémir ses feuilles roses hypersensibles, sentit ses graines à quatre pales se tordre au bout de leurs longues tiges, sentit ses graines impatientes de tournoyer, comme ivres, dans l'air.

Un impératif. Mais, dans son sommeil, l'Esprit-Forêt contra l'impératif de l'arbre par une inhibition : le vent soufflait dans la bonne direction, mais ce n'était pas le bon vent; les graines ne vivraient pas assez longtemps pour germer.

L'arbre retint fermement ses graines, refusant de les libérer.

– Dites à Amber que je vois deux raisons à l'incapacité où il se trouve de ne pouvoir éprouver le Latihan, deux raisons qui lui laissent encore de l'espoir, dit frère Ashoka à Manuel Candamo dans le micro du téléphone. La première est qu'il est peut-être encore trop jeune – en termes deirdriens : rappelez-lui que la confrérie n'ouvre à personne avant l'âge de seize ans.

– Et la seconde? demanda le Correspondant.

– Il se peut que ni lui ni Jane n'émettent un signal assez fort pour déclencher le Latihan – ce qui serait possible si quelqu'un l'ayant pratiqué assez longtemps sans l'Inducteur se trouvait avec eux. Du moins, ça va de soi, si l'on admet en premier lieu que vos structures neurales sont compatibles avec le Latihan.

– Ça va de soi. D'autres nouvelles à leur transmettre?

– Juste une. Dites-leur que leur père est devenu éditeur. Il vient de lancer sa propre compagnie d'édition, spécialisée dans les manuscrits érotiques. La collection Onan. Il a des tas d'ennuis avec les autorités de Drummond Island.

– Très bien. Je leur dirai. Je suis désolé de ne pas avoir le temps de bavarder davantage avec vous, mais j'ai un tas d'autres appels à faire.

Le ciel citron s'était comme congelé, sans se charger de nuages, paraissant plutôt s'épaissir, comme une crème qui se serait solidifiée. Et à présent la pluie tombait, arrivant de l'ouest en rideaux obliques de lourdes gouttes noires. Des mares commencèrent à se former. Amber laissa tomber à terre les lourdes fleurs de cuivre qu'il était en train de transporter au camp et se précipita vers sa case.

Il aurait été fatal de marcher dans une mare. Dans les flaques d'eau noire grandissantes, des œufs microscopiques étaient en train d'éclore. Des millions de larves d'insectes vermiformes grouillaient après la liberté et commençaient à grossir, attaquant tout ce qui vivait, se dévorant entre elles quand elles ne trouvaient pas d'autres victimes, mais grossissant, grossissant à une allure fantastique. Si Amber avait marché dans la plus petite flaque, il aurait été mort en quelques secondes, grignoté en quelques minutes, les larves trouvant encore le moyen de devenir plus grosses au cours de leur progression éclair depuis ses pieds à travers ses veines et ses artères, routes de leur avance dévastatrice. Mais ses sandales d'écorce le préservaient du sol mouillé – tant qu'il ne marchait pas dans une mare.

Les petites grenouilles-tatous, accroupies au bord des flaques, embrochaient les larves à l'aide de l'aiguillon de leurs pattes avant et les gobaient en attendant leurs véritables proies : les insectes adultes que les larves allaient devenir. Les grenouilles recouvraient presque le sol près de l'endroit où Amber avait lâché ses fleurs, mais elles se firent moins nombreuses comme il approchait du camp, disparaissant presque entièrement quand il atteignit le terrain découvert.

En dépit de la rapidité avec laquelle s'étendaient les mares, de bonnes portions de sol échappaient encore à l'inondation – tantôt des crêtes naturelles et des affleurement rocheux, tantôt des élévations de terrain artificielles – de sorte qu'Amber put regagner sans problème la case qu'il partageait avec Jane. Comme les larves n'avaient aucun goût pour le bois, celles-ci étaient bâties, comme toutes les autres installations du camp, sur de courts pilotis de bois.

– Grâce à Dieu, tu y es arrivé, dit Jane comme Amber faisait irruption dans l'obscurité de la case.

Elle remit le rabat en place et s'employa à le lacer. Dehors, le sol normalement rougeâtre était presque complètement recouvert d'un noir liquide visqueux.

Jane avait presque fini de lacer le rabat quand la pluie s'arrêta et que mourut le vent. Le ciel se mit à brilloter, donnant l'impression de s'enfuir; le blanc soleil commença à palpiter, rayonnant trois, quatre et jusqu'à cinq fois plus fort que la normale. Des vagues successives de chaleur s'abattirent sur eux. L'eau noire dégageait d'épaisses vapeurs huileuses qui rendaient la respiration difficile.

– Dépêche-toi, dit Amber.

– On n'aurait pas besoin de se dépêcher si tu avais été plus prudent, dit Jane.

Elle en termina avec son laçage, vérifia l'étanchéité du rabat. Une obscurité épaisse régnait dans la case, impressionnante, suffocante; l'air était lourd de la senteur vanillée de leurs corps.

– Comme je voudrais, rien qu'une fois, revoir le lac Huron, dit Jane. Ou simplement un verre de vraie eau. Je donnerais n'importe quoi pour pouvoir boire une fois encore un verre de vraie eau.

– On n'a jamais soif ici, dit Amber.

– Ce n'est pas la même chose. C'était agréable de boire. Et la baignade me manque.

– Il a plu beaucoup plus fort que d'habitude, observa Amber. Jamais le sol n'avait été complètement recouvert.

– Non. C'est la première fois. Qu'est-ce qui t'est arrivé? Si tu avais tardé un peu plus...

– J'étais en train de ramasser des fleurs de métal. De cuivre. Ali m'a dit où je pouvais en trouver. En tout cas je n'ai pas vu le ciel changer, tant et si bien que je n'ai pas eu le temps de me creuser un abri dans un arbre. Alors j'ai couru.

Il s'immobilisa, l'oreille aux aguets. Un bourdonnement continu emplissait l'atmosphère comme les insectes survivants, à présent adultes et forts de leur nombre, prenaient leur essor.

– J'espère que les crapauds-glisseurs les auront tous, dit Jane. Mais j'ai bien peur que ce soit trop demander.

– Certes.

Quelque chose heurta le mur : un insecte, encore peu habitué à évoluer dans l'air, qui venait d'entrer en collision avec le mur d'écorce de la case. Ils attendirent, tendus, mais le bruit ne se répéta pas.

– Si seulement on pouvait avoir un peu de lumière

là-dedans, dit Jane. Un moyen de voir les choses, histoire d'être sûr qu'aucune de ces sales bêtes n'a réussi à se faufiler à l'intérieur. Je suis là à attendre dans le noir, juste à attendre, sans jamais savoir si... Il m'arrive parfois de penser que l'un d'entre eux t'a peut-être piqué, qu'il est en train de pondre ses œufs dans toi et que lorsqu'il en aura fini avec toi il s'en prendra à moi...

– Rien n'est entré, dit Amber. (Dehors le bruit d'ailes commençait à s'affaiblir.) On ne risque rien. Si nous avions quelque chose en train de brûler ici, ils le sentiraient : et tu *sais* ce que l'odeur de la fumée leur fait.

– Oui. (Elle marqua un temps et poursuivit :) Je crois qu'il y en avait plus cette fois. Le bourdonnement était plus fort.

– Et il a duré plus longtemps.

– John – John le Météorologue, pas John Abercromie – m'a dit que les pluies étaient de plus en plus fortes. Quand lui et Cassie sont arrivés ici, les mares étaient minuscules et on pouvait rester dehors sous la pluie à condition d'éviter les parties basses et de rentrer dès que le soleil ressortait. Tout ça il y a seulement un peu plus d'un an.

– Il y avait trop d'insectes pour les crapauds-glisseurs, dit Amber. La plupart d'entre eux seront de retour ce soir.

L'obscurité pesait sur lui, l'emprisonnait comme un linceul gluant.

– Je suis heureuse que tu aies tout de suite essayé de revenir ici, dit Jane. Si tu étais resté dans la forêt, un des adultes aurait pu t'avoir. Comme celui qui a piqué John Abercromie.

– Comment va-t-il aujourd'hui? demanda Amber.

– Il ne peut toujours pas marcher mais il dit que sa jambe lui fait moins mal. Mircea pense qu'il devrait pouvoir marcher dans deux ou trois jours.

– On ne nous a rien dit au sujet des insectes, dit Amber. Personne ne nous a rien dit à l'Institut. S'ils l'avaient fait...

– Ils l'ont fait. Mais ils n'avaient aucun moyen de

nous dire ce que c'était exactement. Ils ont essayé...

– Pas assez. Ils se seraient mieux débrouillés s'ils n'avaient pas eu besoin de nous. Besoin de n'importe qui.

Il était conscient de l'inutilité de son amertume mais ne s'en sentait pas moins amer.

– On serait venus de toute façon. On n'aurait pas pu rester *là-bas*. Tu sais très bien que...

– On aurait pu aller sur Paradis de Veldte.

– Peut-être, mais on est mieux ici que là où on était avant, non ? Même avec les insectes. C'est une *vraie* vie que l'on a ici.

– Toi, peut-être.

– En tout cas, il ne pleut que tous les deux mois.

– Et si la pluie continue d'empirer ?

Amber pouvait voir la chose, il en avait une image mentale aussi nette qu'une vision dispensée par le Latihan : l'eau noire montant autour de la case tandis que Jane et lui, blottis à l'intérieur, écoutent le lourd martèlement de la pluie sur le toit, la pluie qui n'en finit pas de tomber pendant que l'eau noire s'infiltre à travers le plancher, perle paresseusement sur les murs, sirop mortel grouillant d'une armée de vers insatiables qui grossissent à une allure incroyable, se nourrissant les uns des autres aussi bien que du contenu de la case... Eux deux grimpant aux murs, essayant d'atteindre le toit, lâchant peut-être prise, tombant : hurlements rapidement étouffés jaillis de gorges n'ayant plus rien d'humain, bruit des larves en train de festoyer, de tout terminer en quelques instants... ou alors attendant cramponnés dans l'obscurité gluante, attendant que les vers parviennent à maturité et que s'élève le fatal bourdonnement de leurs ailes cornées à l'intérieur de la case...

Une voix à l'extérieur de la case : Jo Anne, Chant du Coq de la communauté pour ces dizaines de jours.

– Ça va, vous deux ?

– Pas de problème, cria Jane. Est-ce que tout le monde va bien ?

– On dirait. Vous pouvez sortir maintenant, si vous voulez. Ils ne reviendront plus avant la nuit.

Amber s'escrima dans le noir sur le laçage du rabat, se sentit pénétrer d'un immense soulagement dès qu'il aperçut la lumière du jour.

– Il y a une assemblée pour décider des préférences ce soir, dit Jane.

– Je n'irai pas, dit Amber. Il faut que j'aille récupérer mes fleurs de cuivre et que je les mette en forme.

– Ça ne va pas te prendre toute la soirée, répliqua Jane.

– Il se pourrait que si.

– Mais tu ne viens jamais aux assemblées. Pourquoi? Tu as des opinions – tu veux que les gens de la Terre en sache plus sur les insectes, non? – et ton vote est aussi valable que celui de n'importe qui. Et tu n'obtiendras jamais de choisir ton travail si tu ne viens pas aux assemblées préférentielles.

– Peu m'importe ce que je fais tant que je sers à quelque chose, dit Amber. Et je sers à quelque chose : je travaille dur, non? Mais ce monde n'est pas le mien.

– Tu es pourtant bien plus fort et intelligent ici...

– Et alors? Ça ne m'empêche pas de rester stupide et emprunté. Et ce corps – c'est faux, ce n'est pas moi – Dieu doit l'avoir en horreur; il m'en veut d'essayer de trahir la destinée qu'Il m'avait préparée. Ou quelque chose, je ne sais pas quoi, mais – je devrais être humble, stupide... Chaque nuit, une fois que tu es endormie, j'essaie de pratiquer le Latihan, mais c'est le vide absolu...

Jane lui prit la main et la pressa.

– Tu n'es pas seul ici, Amber.

– Si, je le suis.

– Non. Tout le monde ici t'aime bien. Et moi je t'aime. Je suis là avec toi. Je serai toujours avec toi.

– Mais... l'obscurité, l'eau noire qui monte, les insectes... qu'est-ce que tu peux y faire? Qu'est-ce que l'un ou l'autre de nous peut y faire? Nous allons mourir tout seuls ici sans pouvoir rien y faire. Rien!

– Amber, je t'en prie...

Il lui rendit la pression de sa main et se dégagea.

– Il faut que j'aille ramasser les fleurs que j'ai

lâchées. Je te verrai ce soir, quand tu reviendras de l'assemblée.

Il se courba, sortit de la case, puis il fit halte et se retourna vers Jane.

– Je suis désolé, Jane. Il y a des moments où je me sens si triste... Je déteste l'obscurité, cette attente là-dedans... Mais je me sens mieux à présent. Parole. Je suis sûr que ça va aller.

– Est-ce que tu viendras à l'assemblée ? S'il te plaît ?

– Non.

– Manuel prendra ensuite les messages à faire passer et c'est à notre tour. S'il te plaît ?

– Non. J'ai trop à faire. C'est le seul moment où je me sens heureux – quand je travaille. J'ai besoin de travailler. Si tu en as l'occasion, demande à Manuel de dire à frère Ashoka que je vais bien mais que le Latihan me manque énormément. D'accord ?

« Il est devenu plus fort et plus intelligent, pensa Jane. Bien plus intelligent qu'il n'en a idée. » Elle le suivit des yeux jusqu'à ce qu'il eût disparu dans la forêt. « Mais il n'en est que plus malheureux. »

– De la chance avec tes récoltes, Lyn ?

– Salut, Eric. C'est toi l'Espion, cette dizaine ?

– J'en ai bien peur.

– Il n'y a pas de récolte. Rien ne pousse.

– La jungle semble pousser assez vite, elle. Il m'a encore fallu couper une vingtaine de stolons aujourd'hui et on a trouvé une bombe-bourdon qui poussait sur la case de Mircea. Plus l'assortiment habituel de pousses non identifiées.

– Le problème n'est pas que les plantes ne veulent pas pousser ici. Le problème, c'est qu'elles ne veulent pas pousser pour nous. Si j'arrache une plante et que je la replante à cinquante centimètres de son emplacement originel, elle meurt. Même exposition, même terrain, même quantité de soleil, même tout ce que tu voudras – ça ne l'empêche pas de mourir. Même si je transporte avec elle la terre dans laquelle elle poussait à l'origine, elle meurt. Et ça ne vaut pas seulement pour les plantes adultes : graines, spores, stolons et le reste, tout refuse de pousser pour moi. Pour n'importe lequel d'entre nous.

– Pourquoi ?

– Je n'en sais rien. Demande à Jarvis, peut-être qu'il sait – encore qu'il m'ait dit ce matin qu'il n'avait pas la moindre idée de ce qu'il y avait là-dessous. C'est comme si chaque plante avait un endroit précis où elle est censée de pousser et un seul. Point final, comme dirait Manuel.

★

Amber avançait à travers la forêt. Il n'y avait pas de sentier – la broussaille repoussait trop vite pour que sa coupe présentât quelque utilité – mais il avait appris à se guider sur des points de repère devenus familiers : un affleurement rocheux verdâtre qui ressemblait à une tortue, une petite colline avec trois arbres à hélices à son sommet, une cuvette envahie de buissons de baies vertes. Les baies étaient presque mûres, constata-t-il. Il faudrait que quelqu'un vienne les cueillir avant qu'elles ne soient trop mûres, sinon les ours fruitiers en feraient leur profit. Du moins si les insectes ne devançaient pas tout le monde.

Les fleurs se trouvaient là où il les avait lâchées, six disques pesants de bois et de métal – que l'on appelait du cuivre parce qu'il était tendre et rougeâtre, bien qu'il fût assuré qu'il n'avait pas grand-chose à voir avec le cuivre terrestre. Amber avait mangé les succulents fruits bleus du centre dès qu'il avait découvert les fleurs brillant dans le soleil – c'était le privilège du ramasseur, assez mince compensation pour le transport des lourdes fleurs à travers la forêt – et chacun des disques avait un petit trou rond en son centre à l'emplacement du fruit.

Il mit les fleurs dans le gros sac de fibre d'écorce qu'il avait apporté, balança le sac par-dessus son épaule droite et s'en revint au camp à travers l'épais sous-bois. Une fois arrivé, il ferait brûler le bois et martèlerait le métal bouillant en feuilles grossières que quelqu'un de plus compétent dans le travail du métal – probablement Josephus Cypers, le Forgeron, encore qu'il puisse très bien s'agir d'un de ses assistants – transformerait en couteaux, outils, pelles, pointes de flèches ou ustensiles de cuisine.

– Dites-moi, Jane, pourquoi Amber ne vient-il jamais aux assemblées préférentielles?

– Je ne sais pas trop. C'est sans doute, euh, qu'il préfère avoir à s'acquitter de n'importe quelle tâche.

– Mais c'est... Et si vous lui apportiez une de nos ardoises? Il pourrait signaler ses préférences sans avoir à venir aux assemblées. Ça me compliquerait un peu la tâche, mais pas exagérément, et si vous pouviez vous arranger pour qu'il donne son ardoise à Delia avant que l'inscription ne s'efface...

– Ce n'est pas cela, Laurent, dit Jane, d'autant plus tendue qu'elle savait très bien qu'en dépit du désir sincère de l'Organisateur du Travail de se montrer serviable, elle devait surveiller ses paroles.

Pour le bien d'Amber : Laurent Eliade se préparait à remplacer Karl Archard, le Planificateur sortant, et il commençait déjà à se comporter en homme investi d'une autorité. Si elle lui donnait une mauvaise impression, il pourrait estimer de son devoir de signaler l'attitude d'Amber à Sandra Moss, la spécialiste de l'adaptation psychologique que John Wosky avait baptisée, dans ce que Jane commençait à considérer comme une tentative d'humour des plus douteuses, la Police de la Pensée. Peut-être n'était-ce pas censé être drôle : il se pouvait que John eût voulu rappeler par là à Sandra (que Jane avait trouvée à la fois charmante et chaleureuse les quelques fois où elle avait parlé avec elle) que sa fonction n'était pas de supprimer les déviations, mais de favoriser un spectre aussi large que possible d'adaptations compatibles. Et pourtant...

« Elle ne l'aime pas, pensa Jane. Comment puis-je espérer d'elle qu'elle comprenne ce dont il a besoin quand elle ne l'aime pas? »

– Ce n'est pas qu'Amber essaie d'éviter les assemblées, continua-t-elle. Je veux dire par là qu'il n'essaie pas de se couper de la communauté ou de fuir les gens ou quoi que ce soit de ce genre. C'est plutôt que... bon, il faut que vous vous rappeliez qu'il a été toute sa vie l'objet de traitements spéciaux; il n'a jamais pu faire grand-chose à part des travaux que les gens inventaient pour lui simplement pour qu'il se sente bien, et voilà que maintenant... bon, je crois qu'il a comme dans l'idée que quelle que soit la chose à faire, il peut la faire. Il n'y a là rien de sûr, mais... bon, vous voyez ce que je veux dire? Pourquoi il ne tient pas à remplir les Ardoises de Préférences?

– De la façon dont vous présentez les choses, oui, mais... est-ce qu'il ne devrait pas quand même contribuer à élire les gens et à créer de nouveaux postes? Vous n'allez pas me dire que ce genre de participation s'opposerait au plaisir qu'il prend à jouer les hommes à tout faire?

– Non, mais...

Jane marqua un temps, ahurie par sa confiance en elle, par la façon dont elle était capable d'organiser son argumentation. « C'est comme si la Terre m'avait entretenuc dans la stupidité moi aussi, pensa-t-elle. Comme si je n'avais jamais eu une chance d'apprendre que je pouvais être n'importe quoi sauf godiche et muette. On me disait que j'étais stupide et j'avais fini par le croire. Mais ici... »

– Vous avez raison, bien sûr, dit-elle. Mais il faut voir la situation du point de vue d'Amber. Je crois que pour l'instant il ne pourrait que se sentir encore plus éloigné de nous s'il venait à nos meetings. Nous sommes tous là, à inscrire sur nos ardoises nos préférences question travail et à donner nos listes à Delia pour qu'il puisse les transmettre sur Terre et les faire traiter par ordinateur, et qu'est-ce que fait Amber? Il reste assis là, embarrassé, sans faire de liste, sans rien dire à Delia... Ne voyez-vous pas que c'est *là* le meilleur moyen pour qu'il se sente pire qu'un étranger? Il faut vous rappeler à quel point il est susceptible; il a passé seize ans à essuyer des moqueries et des quolibets parce qu'il était un retardé mental et maintenant, maintenant il est juste encore un peu timide. Donnez-lui le temps de s'intégrer. C'est tout ce dont il a besoin : rien qu'un peu de temps pour s'habituer à être un membre de la communauté.

– Ce n'est pas comme s'il ne faisait pas sa part de travail, mais... oui, peut-être qu'il lui faut seulement un peu plus de temps pour s'adapter. C'est ce que j'espère.

– Je suis sûre que c'est ça.

Mais, se mêlant au soulagement de Jane d'avoir protégé Amber d'un espionnage inopportun, une inquiétude pointait :

« Il a changé depuis que nous sommes ici, songea-t-elle. Avant il était ouvert et confiant quand on était seuls ensemble, mais maintenant il est complètement refermé sur lui-même, il s'est fait une petite chambre à l'intérieur de sa tête et m'en a fermé l'accès. Et dans le même temps qu'il m'en a fermé l'accès, il s'est enfermé lui-même à l'intérieur. »

Il fallait absolument qu'elle l'aidât; elle l'aimait; c'était sa responsabilité. Mais une responsabilité trop lourde à porter pour elle toute seule; elle avait besoin d'aide. Si seulement John avait baptisé Sandra différemment... Mais il ne l'avait pas fait, et Jane avait peur d'aller la trouver pour lui demander son appui.

Frère Ashoka aurait pu l'aider, de cela elle était sûre, mais la seule façon de le mettre au courant de la situation était de faire passer l'information par Manuel Candamo. Manuel était quelqu'un de gentil, en qui on pouvait avoir confiance, un modèle de discrétion, tout le contraire d'une commère – mais ses responsabilités, comme Jane l'avait appris avant même qu'elle fût transférée, incluaient le devoir d'informer la communauté de tout ce qui, à ses yeux, dans les messages qu'il transmettait, touchait au bien-être de la colonie. « Je deviens folle, se dit Jane. Comme si c'était là un Etat policier où chacun ne cesserait de m'espionner, attendant que je me trahisse. »

Une fois le métal aplati en feuilles, Amber retourna à sa case. Jane n'était pas encore là. Du centre du camp lui parvenait le bruit des voix : l'assemblée devait se prolonger. Il fut un instant tenté de rejoindre tout le monde, mais il reconnut la tentation pour ce qu'elle était et la repoussa.

Il fit le tour de la case, palpant du bout des doigts les coutures des plaques d'écorce, assemblées en murs que les insectes étaient incapables de pénétrer. Quelle que soit la personne que Jo Anne choisirait à l'assemblée de ce soir pour la remplacer au poste d'Inspecteur des Bâtiments, celle-ci serait bientôt là pour vérifier la sécurité de la case, comme il ou elle vérifierait la sécurité de tous les bâtiments du camp avant la tombée de la nuit; mais Amber préférait le réconfort que lui donnait sa propre inspection.

Il pénétra dans la cahute, vérifia le laçage contre la lumière du ciel – serré – mit le rabat en place. Puis il s'assit, se défit de sa volonté, et déclencha le Latihan.

Rien.

– Je n'ai plus rien à faire ici ce soir, déclara Laurent. Aussi, à moins que quelqu'un n'ait une objection, ma participation à l'assemblée s'arrêtera là. Manuel n'a pas pour ce soir d'affaire importante à transmettre concernant la communauté; ceux d'entre vous dont c'est le tour peuvent donc recourir à ses services.

Jane était la huitième. Manuel Candamo, que rien ne distinguait des autres, était assis sur une souche.

« S'il devine à quel point Amber se sent coupé de tout, il le dira à Sandra, pensa-t-elle. Et s'il découvre à quel point il est déprimé, il risque de considérer qu'il est devenu fou. Peut-être qu'il est fou. Peut-être qu'ils peuvent l'aider : peut-être qu'il a besoin de leur aide, désespérément. Mais je suis la seule à qui il confie ses secrets. S'il découvre qu'il ne peut même pas avoir confiance en moi... »

– Avez-vous un message ce soir, Jane? demanda Manuel.

– Oui, mais je crains qu'il ne ressemble fort à celui de la dernière fois. Dites à frère Ashoka qu'il est très important pour Amber et moi que nous trouvions un moyen de pratiquer le Latihan ici. Demandez-lui de procéder au Rituel des Questions.

– Il ne peut pas faire grand-chose, Jane. Il est là-bas; vous êtes ici. Le Latihan vous manque donc tellement?

– Enormément. Il nous manque à tous les deux.

– On doit renoncer à beaucoup de choses ici. C'est notre lot à tous. Moi-même, j'avais une des meilleures collections du monde de jazz noir américain. Des disques aussi bien que des bandes et des holopyramides. Je croyais pouvoir écouter mes enregistrements durant le temps où j'aurais été de retour dans mon corps sur la Terre; personne ne m'avait dit qu'il serait dangereux d'y rester plus longtemps que le strict nécessaire... Et les tambours et les flûtes de bois ne sont pas tout à fait la même chose.

– Non, approuva Jane.

– On manque d'un tas de choses ici. Le sexe, par exemple, et pourtant, l'un dans l'autre, le jeu en vaut la chandelle. C'est du moins ce que j'espère.

Il se leva et se dirigea vers un lit de feuilles sur un petit monticule de terre. Il s'y allongea, croisa les mains sur sa poitrine et relâcha ses muscles. Un peu plus tard, il s'étira et se dressa sur son séant.

– Frère Ashoka dit qu'il va voir ce qu'il peut faire, mais il craint qu'il ne vous reste plus que l'espoir de voir revenir votre pouvoir avec le temps.

– Merci, dit Jane.

15

– Bonjour, Amber, Jane! lança Tom à travers le rabat. Ça va, vous deux?

– Oui! cria Amber en cherchant ses sandales dans le noir.

– Vous n'avez pas entendu le gong?

– Non, mais nous sommes réveillés, dit Jane. On

n'entend jamais le gong, sauf si le vent souffle dans la bonne direction. Nous attendions que quelqu'un vienne nous dire si nous pouvions sortir sans danger.

Amber enfila ses sandales et noua rapidement la ceinture de son vêtement de fibre d'écorce.

– Le petit déjeuner doit être prêt. Vous êtes les derniers sur ma liste de réveil.

Amber délaça le rabat mais le laissa en place, empêchant la lumière de pénétrer jusqu'à ce que Jane dise :

– Je suis habillée à présent, Amber.

Il rejeta le rabat sur le côté. La dure lumière du matin montra Jane souriante, sa peau verte semée de marbrures de santé plus foncées.

Elle le regarda, sentit son sourire s'effacer : « Il a toujours l'air tellement triste. » Son visage était d'un vert trop crémeux, marqué de plis profonds. Ses traits obéissaient à un dessin qui n'avait rien d'humain, mais Jane avait appris à déchiffrer les expressions deirdriennes.

– Je suis prête, dit-elle à voix haute. Allons-y.

Ils se dirigèrent vers le centre du camp, passant devant des îlots de cases semblables à la leur, et arrivèrent bientôt sur la Place.

Une douzaine de colons étaient allés à la chasse la veille et en étaient revenus avec un certain nombre d'ours fruitiers, des cochons sauvages et quelques quasi-écureuils : ces animaux n'étaient pas particulièrement communs mais ils craignaient tellement peu les colons qu'ils se laissaient facilement abattre sitôt repérés. Il y avait donc de la viande au menu ce matin-là, cuite sur un feu en plein air, assez loin des habitations pour que les relents de fumée n'allèchent pas trop les insectes qui se réveilleraient à la tombée de la nuit, et servie sur des plateaux d'écorce durcie avec l'accompagnement habituel de légumes et de fruits.

– Bonjour, Amber, Jane! leur lança un Deirdrien inhabituellement trapu. Venez vous asseoir avec nous.

– Bonjour, Josephus, dit Amber comme Jane et lui posaient leurs plateaux à sa table.

– Jane, connaissez-vous ma femme, Catherine? C'est elle le Père Noël.

– J'ai bien peur de n'avoir encore mérité aucune récompense, dit Jane.

– Ni aucun blâme. Non que j'aie jamais eu à en donner beaucoup ici, ce qui me change fort à propos de mes anciennes occupations. J'étais dans la police. Hello, Amber.

– Salut, Catherine.

– Savez-vous que nous n'aurons qu'une demi-journée de travail aujourd'hui? reprit Josephus. Manuel dit que c'est Noël sur Terre et qu'il faut célébrer ça. Reprenez de la viande, Amber; j'ai moi-même abattu deux cochons et ils sont extraordinairement bons.

– Mais durs, observa sa femme.

– Pas plus durs que d'habitude, répliqua Josephus.

– Comment ça va pour vous, Amber? demanda un peu plus tard Catherine.

– Très bien. Rien de spécial à signaler.

– Est-ce que vous vous sentez devenir plus intelligent?

– Non. C'est-à-dire que... j'ai une meilleure mémoire et je vois et entends bien mieux, mais je... c'est toujours pareil dans ma tête. Exactement comme avant.

– Ce n'est pas vrai, dit Jane. Tu es en train d'apprendre un tas de nouveaux trucs. Comme ceux que Josephus t'enseigne à la forge.

– Tu es un bon ouvrier, renchérit Josephus. Et tu n'es pas stupide. Tu apprends bien; je t'ai observé. Tu n'as pas besoin d'être plus intelligent que tu ne l'es.

– Qu'est-ce qui vous a amenés ici? Sur Deirdre, je veux dire, Josephus? demanda Jane.

Elle n'aimait pas le tour que commençait à prendre la conversation.

– Le fait que nous nous aimons et qu'il n'y a pas de sexe ici. C'est la réponse abrégée; l'explication complète est plus longue. Vous la voulez?

– Oui, dit Amber.
– Eh bien, quand Catherine et moi avons décidé de nous marier, nous avons opté pour le Mariage Absolu...
– Je ne vois pas ce que c'est, dit Jane.
– C'est suisse, expliqua Josephus. Je ne pense pas que ça existe encore ailleurs...
– C'est illégal partout ailleurs, précisa Catherine.
– Exact. En tout cas, dans le Mariage Absolu les deux conjoints se font conditionner de manière à ne pouvoir avoir de relations sexuelles que l'un avec l'autre; tout rapport sexuel hors du mariage devient impossible.
» Je faisais partie avec quelques amis de... je crois que vous pourriez appeler ça un club d'escrime, encore que ce ne soit pas tout à fait ça – juste histoire de s'amuser, vous comprenez, mais nous nous servions de sabres véritables. Et comme le gouvernement refusait de donner son approbation pour quelque chose d'aussi dangereux...
– Le gouvernement hollandais, dit Catherine. Nous sommes de nationalité hollandaise.
– Nous devions nous rencontrer dans l'Enclave Extralégale de Pékin. En tout cas, un ami et moi étions un jour en train de nous affronter au sabre, sans essayer de nous faire vraiment du mal, vous comprenez – on portait tous les deux des armures de plastique – mais si on ne risque pas de se faire du mal, où est le sport?
– Tu parles d'un sport! dit Catherine. Qu'on puisse se faire du mal ou non dans ce genre d'exercice, c'est quelque chose de complètement stupide.
– Bref, Mikhail m'a touché à une jointure de mon masque de protection et le plastique s'est fendu. Il n'y a pas de docteur dans l'Enclave et le temps que Mikhail me fasse donner des soins à l'extérieur, j'avais une lésion cérébrale définitive. Rien de comparable à votre cas, Amber : cela n'a pas affecté mon intelligence. Ça m'a tout simplement rendu définitivement et désespérément impuissant.
» Catherine et moi étions toujours liés l'un à l'autre

et toujours amoureux l'un de l'autre, mais c'était une situation impossible, elle avec tout un ensemble de désirs sexuels que j'étais incapable de satisfaire et moi... eh bien, ma libido restait la même, mais j'étais dans l'impossibilité totale d'y donner suite. Nous avons donc décidé de nous faire transférer.

– Nous avons obtenu l'argent en poursuivant en justice la compagnie qui avait fabriqué le masque de Josephus, ajouta Catherine. Nous pensions à l'origine nous faire transférer dans un monde où nous aurions pu de nouveau avoir des rapports sexuels – Alter ou Paradis de Veldte ou n'importe quel endroit; il y avait un tas de mondes qui promettaient – mais les psychologues de l'Institut nous ont dit que le conditionnement que nous avions subi nous empêcherait de nous accoupler à *tout corps* autre que celui auquel nous avions été conditionnés, même si la personnalité appropriée était là. Nous avons donc jugé qu'un monde sans sexe d'aucune sorte était la moins mauvaise solution. Et nous voilà ici.

– Formulez votre question, dit frère Perceval à frère Ashoka.

– Qu'est-ce que je peux faire pour aider Amber et Jane? demanda frère Ashoka.

Il y avait un bébé qui criait dans son berceau. Frère Ashoka savait que sa mère ne tarderait pas à venir le consoler mais le berceau était pourvu de l'air conditionné, fermé par un épais couvercle de verre que ne pouvaient traverser les paroles de réconfort de frère Ashoka, le couvercle en question étant lui-même verrouillé.

Il entendait la mère dans la pièce voisine mais elle ne paraissait pas pressée de venir et, pour il ne savait quelle raison, il lui était de son côté impossible de lui parler et de lui demander de se dépêcher.

Sous le couvercle de verre, le bébé étouffait, les yeux lui sortant de la tête, son visage plissé, gonflé d'une impuissante colère.

★

– Tu as fini de nettoyer? questionna Tom.

– Je pense. Laisse-moi demander à Ned... Hé, Ned, tu as encore besoin de moi?

– Pas pour le moment. Seulement après le dîner.

Tom entraîna Amber dans la forêt.

– Là. (Il pointa le doigt en direction de quatre sphères délicates, d'apparence cristalline, sur de hautes tiges grises.) Tu as déjà vu ça?

– Non. Qu'est-ce que c'est?

– Des pièges à insectes. Là, penche-toi un peu plus mais ne les touche pas. Tu vois l'insecte là-dedans? Les globes s'ouvrent pendant la nuit et dégagent quelque parfum auquel les insectes ne peuvent pas résister.

L'insecte était encore vivant. Il était deux fois plus long que le plus long doigt d'Amber, avec de magnifiques ailes pourpre et or comme celles d'un papillon.

– Superbe, laissa échapper Amber. On dirait un papillon. Je croyais qu'ils ressemblaient plutôt à, disons, des guêpes ou, pas des araignées, mais...

– Certains y ressemblent. Et ne te laisse pas abuser par celui-ci. Regarde.

Tom approcha sa main du globe. L'insecte arqua aussitôt le dos et un noir aiguillon denté, long comme la moitié du pouce d'Amber, jaillit de son abdomen. Puis, sans plus attendre, il harcela la cloison transparente qui le séparait de la main de Tom.

– Dans le genre papillon, on fait mieux, commenta Tom.

– Qu'est-ce que ces plantes en font après les avoir attrapés? demanda Amber.

– Elles les digèrent. Ça prend dans les trois, quatre jours. Reviens demain et tu verras cette bestiole morte; encore deux ou trois jours et le cadavre aura disparu. Je viens souvent ici regarder mourir ces maudits machins, ajouta-t-il. Ça me redonne le moral.

Bien qu'on lui eût seulement demandé d'aider au

nettoyage, Amber se porta volontaire pour aider aussi au service du dîner. On lui confia le soin de pousser le chariot qui servait à transporter la viande de l'endroit écarté où avait lieu la cuisson, à la Place.

Quand les colons eurent fini de manger, tambours et flûtes de bois firent leur apparition, ainsi que d'autres bizarres instruments qu'on avait inventés et dont on tâchait d'apprendre à jouer. Cela donnait une musique des plus approximatives, mais tout le monde semblait l'apprécier, même Manuel Candamo.

Même Amber. Mais quand il en eut fini avec les tâches qu'on lui avait assignées, il se força à regagner la solitude de sa case.

16

– Amber? Jane? Vous êtes réveillés?

– C'est toi, Tom? lança Jane dans l'obscurité à la gauche d'Amber.

– Dans l'exercice de mes fonctions; c'est toujours moi le Chant du Coq. Bonjour.

– Bonjour. On est dehors dans une minute.

– Prenez votre temps : j'ai décidé de commencer à la fin de ma liste et de vous réveiller les premiers. Je suppose qu'aucun de vous deux n'a entendu le gong?

– Non, dit Amber en commençant à délacer le rabat.

– Le nouveau gong? demanda Jane.

– On l'a essayé pour la première fois ce matin. Il a presque rendu sourde Jo Anne quand elle a tapé dessus. Elle parle de démissionner de sa fonction de Réveille-Matin pour reprendre celle de Chant du Coq.

– Peut-être qu'on l'aurait entendu si on avait été réveillés, avança Amber.

Il rejeta le rabat de côté et sortit de la case, suivi de près par Jane.

– Ça ne suffit pas. Il est censé vous réveiller.

– C'est toujours bon de savoir qu'on peut sortir sans danger.

– Exact. A condition de ne pas continuer à dormir après le gong.

– Pourquoi pas toute une collection de gongs ? proposa Jane. Quelqu'un frappe sur le premier et quand les autres l'entendent, ils frappent sur le leur.

– Ça prendrait beaucoup de métal, dit Tom. Et beaucoup de gens.

– Pas tant de métal que ça. Et ça ne prendrait pas plus de quelques minutes avant le petit déjeuner, au moment où personne ne fait grand-chose de toute façon.

– Sans doute, mais... voyez-vous, on investit tout ce travail dans, bah, disons quatre gongs de plus, d'accord ? Et on les utilise alors uniquement pour réveiller les gens, alors qu'il y a toutes sortes d'autres activités prévues pour d'autres moments de la journée que l'on a bien du mal à faire se dérouler à l'heure ? Il y aurait bientôt quatre personnes de plus à glandouiller devant leur case en attendant le signal de frapper *leur* gong.

– Pourquoi ne pas en installer un dans la forge ? proposa Amber. Et en mettre à d'autres endroits où des gens seraient déjà en train de travailler ?

– Bonne idée, mais ils n'iraient pas très bien pour réveiller les gens le matin. On aurait besoin de toute une nouvelle série de gongs, et nous en sommes déjà à huit. Et si...

– Vous allez être en retard, lui rappela Jane.

– Juste. On reparlera de tout ça plus tard dans la journée.

Il n'y avait qu'une douzaine de personnes en train de manger quand Amber et Jane arrivèrent sur la Place, pour la plupart des membres du personnel de cuisine et de service. Ils s'installèrent à une table où trois serveurs finissaient leur repas, mais l'occasion ne leur fut pas laissée d'aller au delà des bonjours et des hellos : d'autres colons commencèrent à arriver et à s'asseoir, forçant leurs compagnons de table à liquider leur plateau pour se mettre à leur travail. Quelques minutes plus tard, ils furent rejoints par Bill Simmons.

– Comment vous vous trouvez ici, Amber? demanda-t-il.

– Très bien, je suppose.

– Vous n'avez pas l'air tellement enchanté de la merveilleuse occasion qui vous a été octroyée.

– Octroyée?

– C'est vrai, ce mot ne devait pas faire partie du vocabulaire avec lequel vous êtes venu ici. Qu'en est-il de cette seconde chance que l'Institut vous a garantie?

– Tout va très bien pour moi.

– Sûr. Comme nous tous : vous êtes en train de vous rendre compte que la vie sur Deirdre n'est pas tout à fait comme vous aviez été amené à l'espérer. Vous vous souvenez de ce qu'ils disaient? « Une nouvelle vie – nouvelle sous TOUS les aspects... Peut-être trouverez-vous dans un de ces mondes ou dans un de ceux qui restent encore à découvrir la vie à laquelle vous avez toujours aspiré, vos rêves devenus réalité... » Seigneur!

– Vous n'étiez pas forcé d'y croire, dit Jane.

– D'y croire? C'est un de mes bons amis qui *a écrit* ça. Et c'est moi qui l'ai illustré. Bien sûr que j'y ai cru! Vous vous souvenez de cette image, celle avec toutes ces cabanes en rondins écarlates?

– Oui, dit Amber.

– Ça représentait l'endroit où nous sommes. Deirdre. Très mal, car personne ne s'est soucié de me donner des détails exacts pour commencer, mais ils ont quand même utilisé mon travail. C'était un chouette tableau, même s'il était loin de la vérité, alors ils l'ont utilisé. Et vous vous souvenez qu'on ne voyait jamais des portraits de colons dans ces brochures? Un tas de jolis paysages, des plantes et des animaux mignons tout plein, mais pas de gens? A part les magnifiques cristaux de Diamond, bien sûr, mais partout ailleurs... L'Institut avait peur que la gueule des colons ne flanque la trouille aux gens. Sûr qu'il n'avait pas tort. Et je regrette de ne pas l'avoir eue, la trouille.

– Pourquoi êtes-vous ici? demanda Amber.

– Si vous saviez à quoi vous en tenir? ajouta Jane.

– Le charme. Je me suis laissé prendre au charme de tout le truc. J'ai même accepté de travailler pour l'Institut afin de bénéficier du tarif consenti aux employés pour le transfert.

– Mais pourquoi cet endroit-ci? demanda Jane.

– J'ai eu un jour l'occasion de bavarder avec Manuel Candamo et il m'a raconté un tas de trucs, comme quoi c'était merveilleux ici, que tout ce qu'on avait à faire quand on avait faim, c'était d'aller dans la forêt et de cueillir les fruits des arbres. A l'en croire, ça paraissait le paradis tropical dont tout le monde rêve. Voilà pourquoi je suis ici. Alors que j'aurais pu aller sur Paradis de Veldte...

– Encore faux, Bill, dit Manuel en se joignant à eux. Je n'aime pas déballer des histoires en principe, mais puisque tu as déjà mis mon nom sur le tapis... (Ses narines frémirent sous le coup de l'amusement.) En fait, dit-il en s'adressant à Jane, Bill a une peur pathologique des serpents. Ça a quelque chose à voir avec le fait qu'ils rampent. Et il a un casier judiciaire. Il n'aurait donc pas pu aller sur Paradis de Veldte.

– Un tout petit casier judiciaire, rectifia Bill. Une seule condamnation. Pour un délit de rien du tout : désordre sur la voie publique.

– Suffisamment grave, en tout cas, pour barrer ton transfert sur Paradis de Veldte. Surtout si l'on considère qu'une accusation pour voie de fait a été retenue contre toi.

– Si tu voulais vraiment être réglo, Manuel, tu mentionnerais le fait que cette accusation a été abandonnée avant même que l'affaire ne vienne devant le tribunal. Et *aussi* que le type avec lequel j'ai fini par me colleter était le fils du maire de l'endroit.

» Voyez-vous, dit-il sur un ton de fausse camaraderie par lequel il cherchait à s'attirer les grâces d'Amber et de Jane, c'était une bagarre de bistro à laquelle je ne me serais jamais mêlé si j'avais eu un peu plus de jugeote. Je le reconnais : j'ai commis une erreur stupide. Mais j'étais ivre, ce n'était pas de ma faute, et j'ai fini par me faire jeter dans la glace par une espèce de péquenot presque deux fois plus gros que moi. C'était dans une petite ville du Texas : je ne faisais que passer, mais le type avec lequel je me suis bagarré était un gars du pays qui avait des relations. Vous *savez* comment ils sont avec les gens de la ville dans ces petits bleds. J'ai donc été inculpé.

– Je vois, dit Jane, s'apercevant qu'elle connaissait parfaitement les sentiments des gens de la province à l'égard de ceux qui mettaient en avant le fait qu'ils venaient de la grande ville. Manuel, s'enquit-elle, comment se fait-il que vous ayez tellement insisté sur la nécessité qu'il y avait à nous entendre avec tout le monde ici, alors qu'on y trouve des gens comme *lui*? Est-ce parce qu'il travaillait pour l'Institut?

– Non, dit Bill Simmons. C'est parce que je suis extraordinairement précieux ici. *Je* suis l'une de ces personnes avec lesquelles il faut que vous arriviez à vous entendre, parce que la colonie a besoin de moi.

– Ce qui est malheureusement la vérité, reconnut Manuel. Encore que nous ne l'aurions jamais accepté si le moindre danger ou comportement violent avait été à craindre de sa part.

– Je me suis d'abord fait volontairement conditionner, dit Bill. Avant même de présenter ma demande. Histoire de faire la preuve de ma bonne foi. Et c'est pour *ça* que je pense qu'ils auraient pu m'accepter pour Paradis de Veldte.

– Qu'est-ce qui vous rend si précieux ici? s'enquit Amber.

– Mon génie artistique unique et mes incroyables talents mathématiques. Mettez le tout ensemble et vous avez un appareil photo capable de prendre un cliché ici et de le transmettre sur Terre. Ce qui veut dire ceci : je n'ai qu'à voir quelque chose et je suis en mesure d'établir un programme dans ma tête, qui permettra à un ordinateur de reproduire ce que je vois.

– Ainsi vous transmettez des images du paysage à l'Institut afin qu'ils puissent faire des brochures plus précises? demanda Jane.

– Non, dit Manuel. Il fait des observations pour la communauté scientifique et les fait passer à la Terre.

– Un dessin vaut mieux qu'un long discours, comme dit le proverbe, fit remarquer Bill.

– Et voici le gong, dit Manuel. C'est l'heure de la réunion.

Ils se dirigèrent vers la partie dégagée de la Place où se tenaient les assemblées; Amber et Jane s'écartèrent de Bill Simmons tout en marchant.

John Abercromie, vêtu comme tout le monde d'un manteau sans manches en fibre d'écorce grise, les écailles pourpres de ses bras luisant sous le dur éclat du soleil matinal, s'avançait à pas lents vers le Tertre du Commandement. Comme sa mauvaise jambe lui interdisait presque tous les travaux physiques, la colonie avait voté un relâchement temporaire de la règle stipulant que les Planificateurs devaient gagner le reste de leur quota obligatoire de crédits-travail comme membres du fonds général du travail, en prêtant main forte à quiconque avait besoin d'assistance. Il faisait donc office d'Organisateur des Tâches.

– Nous voilà tous réunis, dit-il au bout d'un moment.

– Où est l'autre John? demanda Jo Anne.

– Paralysé. Une pseudo-guêpe l'a eu la nuit dernière. Elles ne doivent pas aimer les John. (Il attendit que se calment les murmures et reprit :) Il faut que quelqu'un s'occupe de le débarrasser des poches à œufs avant que les larves n'éclosent. Ce sera ton travail pour aujourd'hui, Mircea.

– Combien y a-t-il de ces poches? s'enquit Mircea.

– Cinq ou six. Une des boursouflures est affreusement grosse.

– J'aurai besoin d'aide, dit Mircea. Krishna?

– Bien sûr.

– Une seconde, dit John. Judy a été infirmière sur Terre. Je sais qu'elle est encore Nouvelle Venue, on ne peut donc espérer aucune aide de sa part, mais j'aimerais qu'elle regarde afin qu'elle puisse commencer à se faire une idée de la façon dont vous procédez. Au cas où elle aurait un jour à relayer Krishna.

– Très bien, mais si elle se fourre dans nos pattes...

– Will détachera une de ses gardes d'enfants auprès de vous pour veiller à ce qu'elle n'en fasse rien. Dès qu'elle commence à vous embêter, ouste, dehors, d'accord ?

– Sûr. Tu as fait transporter John dans la case-dispensaire ?

– Oui. Will, as-tu quelqu'un à recommander pour garder un œil sur Judy ?

– Que diriez-vous de Pat ?

– Personnellement, ça me va, dit Pat.

Et elle se dépêcha d'emboîter le pas au Directeur de la Santé et à son assistante.

– Delia a transmis toutes vos demandes préférentielles à la Terre en vue de leur traitement par ordinateur, continua John. Les résultats se sont révélés très proches de ceux de la dizaine dernière, sauf que la cueillette et la chasse ont un petit peu plus de succès, et seront par conséquent d'autant moins cotées, tandis que la fonction d'Espion a perdu un peu de son intérêt et grimpe...

– Qui c'est la Caisse de Charité cette fois ? demanda Bill Simmons.

– Rosabeth.

John énuméra ensuite les deux cent vingt-trois tâches que les colons avaient jugées créditables et donna les cotes que les ordinateurs avaient calculées pour chacune d'elles : elles allaient d'une demi-heure de crédit par heure de travail pour les tâches jugées les plus agréables, à deux heures de crédit par heure pour les tâches jugées les moins désirables.

Amber n'ayant soumis aucune liste de préférences, les ordinateurs l'avaient assigné au fonds général du travail. Rosabeth était remplacée dans sa fonction de Préposée au Parking (qu'elle assurait en plus de son travail d'Ecologiste) par Justine, mais quand Amber se porta volontaire pour aider cette dernière, elle déclina son offre.

– Rosabeth dit que vous êtes resté trop longtemps à arracher des choses et à couper des stolons. C'est un dur travail; vous ne devriez pas faire tout le temps ça.

– Ça ne me fait rien, dit Amber.

– J'aimerais quand même mieux avoir quelqu'un d'autre. Voyons voir... Hé, est-ce qu'il y en a qui ont envie d'arracher des fleurs et de sabrer des racines? Nous avons plus de trente stolons ce matin.

– Moi, dit Catherine.

– Très bien, mais il me faut quelqu'un d'autre.

– Je prends, lança Ray Jarvis.

– Et votre propre travail? demanda Justine.

– Je n'ai eu aucune chance dans mes études écologiques ici; ce qu'il me faut, c'est une inspiration. Et je suis aussi susceptible d'être inspiré en arrachant les mauvaises herbes qu'en faisant n'importe quoi d'autre.

– Ce qui vous laisse sur la touche, Amber, dit Justine. Peut-être pourriez-vous voir si Dan n'a pas besoin d'aide. (Elle sourit.) Du moment que vous ne voulez pas trop vous spécialiser.

« Ses dents sont si sombres qu'elles en sont presque noires, pensa Amber. Comme si elles étaient gâtées. Qu'est-ce qu'on est moche quand on sourit ici! »

– Que diriez-vous de prendre quelqu'un avec vous et d'aller dans la forêt me dépouiller ces massifs de baies vertes dont vous me parliez hier, je crois... non, c'était avant-hier, n'est-ce pas? proposa Dan.

– Pas de problème, répondit Amber.

Il regarda autour de lui. Bien qu'il connût tout le monde par son nom, la plupart des colons restaient pour lui des étrangers après six mois parmi eux.

– Tom? demanda-t-il d'un ton mal assuré.

– Certainement. Ravi de pouvoir dépanner. J'aime bien la forêt, de toute façon.

Ils allèrent chercher des sacs de fibre d'écorce dans une remise et s'enfoncèrent dans la forêt. Amber n'eut aucune difficulté à retrouver la cuvette où il avait repéré les baies.

– Encore deux ou trois jours et les ours fruitiers se les faisaient toutes, dit Tom en arrivant sur les lieux.

– Effectivement, reconnut Amber.

Les baies viraient au noir sitôt cueillies, la tache sombre s'étendant de la queue sectionnée jusqu'à effacer entièrement le vert originel du fruit.

« Comme de la pourriture », songea Amber. Elles n'en étaient pas moins excellentes au palais, leur goût rappelant vaguement le fromage de Limbourg et le miel – combinaison qui n'aurait guère enthousiasmé Amber sur la Terre, mais qu'il trouvait tout à fait satisfaisante ici. Tom n'arrêtait pas d'en manger tout en travaillant; Amber grignotait une baie de temps en temps, mais pas plus qu'il ne lui en fallait pour compenser le déjeuner qu'il était en train de sauter.

– On a un tas de provisions au camp, dit-il au bout d'un moment. Trop. Ça ne me paraît pas très sensé de continuer à accumuler plus de choses qu'il nous en faut.

– Les fruits ne se conservent pas, lui rappela Tom.

– Oui, mais... que fais-tu de la pulpe d'écorce? Voilà quelque chose qu'on peut conserver autant de temps qu'on veut et Ned m'a dit que nous en avions assez pour tenir six mois.

– Tu aimes la pulpe d'écorce?

– Bien sûr que non. Personne n'aime ça. Je n'en mange qu'autant que c'est nécessaire à la santé. Mais dans ce cas, pourquoi perdre tant de temps – et tuer tant d'arbres – si nous n'avons pas envie d'en manger?

– Parce que ça se conserve indéfiniment. Et parce qu'on a peur de l'hiver.

– Il n'y a pas d'hiver, ici.

– Tu en es sûr?

– Non, évidemment. Mais il n'y en a pas encore eu.

– Non. Pas depuis deux ans et demi que la colonie existe. Et rien n'indique qu'il doive jamais y en avoir.

Ou plutôt, il n'y a aucun signe que nous soyons en mesure d'interpréter comme indiquant qu'il doive jamais y en avoir. Mais si l'hiver ou quelque chose d'approchant était au coin de la porte? Si ça commençait demain pour durer trois ans? Ou dix ans? Deirdre est encore pour nous un monde étrange et nous devons être prêts à affronter toutes les surprises qu'il pourrait nous faire.

» N'empêche que l'idée de manger de la pulpe d'écorce pendant dix ans ne me sourit guère, ajouta-t-il.

– Le tarif pour les tests sera de cinq mille dollars, annonça Curtis Adamaski à frère Ashoka, remboursables s'il apparaissait que vous avez les qualités requises pour être Correspondant ou Explorateur.

– La Confrérie s'est offerte pour prendre en charge mes examens, dit frère Ashoka.

– Bon. Mais cela m'amène à un autre problème : je crains que même si vous réussissez parfaitement les tests nous ne puissions vous transférer immédiatement. Précisément parce que vous êtes membre de la Confrérie de la Lumière Prismatique. Non que nous ayons quoi que ce soit contre votre religion en tant que telle, comprenez-moi bien, mais tant que nous n'aurons pas constaté que les Mallory s'adaptent bien à la vie de colons, nous estimons préférable de suspendre le transfert de toute autre personne qui aurait été exposée à votre Inducteur.

– Et s'ils ne s'adaptent pas bien?

– Alors il nous faudra déterminer si cela vient ou non de leur qualité de membre de la Confrérie. La situation est un peu compliquée dans le cas de Mr Mallory, bien sûr...

– Bien sûr. Combien de temps vous faudra-t-il pour prendre votre décision?

– Pour avoir une certitude? Des années. Mais nous en saurons sans doute assez beaucoup plus tôt pour prendre une décision à votre propos. C'est-à-dire, ça va de soi, si les examens montrent en vous un sujet apte au transfert.

– Mais vous allez me faire passer les tests tout de suite?

– Dès que vous le désirerez.

Cliff, qui faisait office de Jambe de Bois, avait d'abord choisi un arbre. Puis ses assistants l'avaient abattu, avaient pratiqué une première incision dans l'écorce, l'avaient enfin dépouillé entièrement de son enveloppe en grandes spirales, laissant le cœur couvert de pulpe à Dan Webster.

Une partie de la pulpe, cependant, adhérait à l'écorce. Si une averse d'eau noire avait menacé, le soin de disposer de la pulpe restante aurait été abandonné aux insectes; en la circonstance, Jane se retrouva en train de gratter l'écorce avec une pierre aiguisée. Ce travail aurait pu être monotone et ennuyeux, mais elle se surprit à apprécier sa lente simplicité.

– Nous ne pourrons pas aller beaucoup plus loin sans quelque espèce de microscope, dit Ray Jarvis à John Dolland. C'est toi le spécialiste de l'équipement. Essaie de trouver un moyen de nous fabriquer des lentilles.

– Avec quoi? On ne peut même pas faire de la poterie avec la terre qu'on a ici, encore moins du verre.

– Et les matériaux organiques?

– Par exemple?

– Oh... Prends cette pseudo-guêpe qui a eu John Frye. Elle avait une espèce de cornée transparente qui protégeait ses yeux à facettes. Et les crapauds-tatous doivent avoir un genre de protection pour leurs yeux, sinon ce seraient *eux* qui se feraient bouffer par les insectes. Sers-toi de ton imagination.

– Merci. Tu sais ce qu'on a fait de la guêpe de John?

– Brian est en train de l'étudier. Pour autant qu'on puisse y arriver sans microscope.

– Je vais aller le trouver et voir s'il y a quelque chose à tirer de cette bestiole.

– Merci.

Une fois l'écorce grattée, il fallait la pilonner avec des marteaux de pierre afin d'éliminer l'enveloppe extérieure, dure comme de la corne, et de rendre les couches inférieures assez flexibles pour pouvoir tenir lieu d'étoffe. Jane s'était trouvée apprécier la lente monotonie du grattage, mais l'effort supplémentaire qu'impliquait l'usage du marteau vint lui gâcher son plaisir.

« Peut-être lorsque je serai plus forte », se dit-elle.

– Vous ne semblez pas apprécier votre travail autant que tout à l'heure, lui dit Grace Benson, la Directrice du Textile.

– Je crois que non, reconnut Jane. C'est plus amusant de gratter. Mais je m'habituerai au pilonnage.

– Vous venez d'une petite ville, non?

– D'une commune même. La commune de Drummond Island.

– Est-ce que vous vous y connaissez un peu en filage ou tissage?

– J'ai bien peur que non. A Drummond Island on achète son linge dans les magasins et on gagne sa vie en louant des bateaux aux touristes de la ville.

– Effectivement, les seules personnes que j'ai rencontrées qui avaient quelque expérience en matière de filage et de tissage étaient de riches désœuvrés, dit la Directrice de la Production Textile – et elle observa alors une pause chargée de signification.

« Elle est en train de me donner le temps de saisir qu'elle a dû faire partie de ces riches désœuvrés, traduit Jane. Et alors? Ça n'a plus d'importance ici. »

– Je suppose que vous devez en connaître un bout sur la question, dit-elle.

– Pas mal, admit Grace Benson. Et j'aimerais apprendre aux autres ce que je sais afin qu'on puisse commencer à produire de *véritables* textiles.

– Qu'est-ce que vous reprochez à la fibre d'écorce?

– Un tas de choses. D'abord, c'est rugueux et ensuite trop lourd pour ce climat. Ça se rapproche davantage du cuir que de n'importe quoi d'autre. Du cuir d'arbre. J'aimerais nous voir produire quelque chose qui ressemblerait plutôt à du coton, ou peut-être à de la laine légère. Ça vous intéresserait d'apprendre?

– J'aimerais bien essayer, mais je suis censée pilonner l'écorce aujourd'hui.

– J'ai déjà dit à John que j'avais besoin de quelqu'un d'autre et je lui ai demandé qui il pouvait libérer.

– Moi?

– Vous. En fait, ce n'est qu'une formalité, que je lui pose la question, puisque vous travaillez déjà pour moi. La fibre d'écorce relève de ma responsabilité. Mais comme votre liste de préférences ne mentionnait pas le filage ou le tissage, j'ai pensé qu'il valait mieux m'adresser d'abord à lui. Ça ne vous *plaît* pas tellement de pilonner l'écorce, n'est-ce pas?

– Pas tellement, admit Jane. Mais je n'essaie pas d'échapper à mes responsabilités.

– Vous n'y échapperez pas. (Mrs Benson sourit.) Ce n'est pas le travail qui manque.

– Il n'y a plus une baie sur les branches et les sacs ne sont qu'aux deux tiers pleins, dit Tom. Tu crois que tu pourrais les rapporter tout seul au camp?

– Je pense. Pourquoi?

– Ce coin n'était pas si fourni, finalement. J'aimerais aller voir si je peux en trouver un autre.

– D'accord, dit Amber en hissant les sacs sur ses épaules.

– Vous ne semblez pas avoir la coordination nécessaire, dit Grace Benson à Jane. Est-ce que vous faites les exercices que Krishna vous a enseignés?

– Tous les jours, dit Jane.

– Eh bien, espérons que ce n'est qu'une question de temps. Il faut à certains d'entre nous un peu plus de temps pour s'adapter qu'à d'autres. Peut-être que vous feriez mieux de vous remettre au pilonnage aujourd'hui. Il est possible que vous arriviez à la coordination nécessaire d'ici deux ou trois semaines. Si c'est le cas, on pourra essayer de nouveau.

« Pas question », songea Jane.

Tom contemplait d'un œil joyeux l'insecte emprisonné dans le globe cristallin. Il était vermillon, avec des mandibules, des crochets et des pinces vert olive, et des ailes noir foncé. Pas une pseudo-guêpe; eût-il été libre, son intérêt envers Tom se serait borné à le tuer et à le dévorer. Pas d'histoire compliquée d'ovipositeurs et de poches à œufs.

L'insecte allait et venait à l'intérieur du globe. En quête d'une sortie qui n'existait pas.

Dans un accès d'audace, Tom tapota le globe avec une baguette. L'insecte se mit à bourdonner rageusement, vibrant des ailes, ouvrant et refermant ses pinces. De petites gouttes d'un liquide marron se mirent à luire à la pointe de ses crochets : sans doute une espèce de venin.

« Tu es dedans et moi dehors, pensa Tom. Cette fois, c'est toi qui vas te faire bouffer. »

Il n'avait jamais haï ces bestioles – craint, oui, mais pas haï – jusqu'à la nuit où un certain nombre d'entre elles avait pénétré dans une case et dévoré David, le premier Correspondant de la colonie et son meilleur ami.

Prenant bien la précaution de ne pas mettre la pointe de la baguette en contact avec la moindre partie de son corps, il porta l'extrémité qui avait touché le globe juste au-dessous de son appareil olfactif, sur sa joue droite. Le parfum était là, tel qu'il en avait gardé le souvenir : suave et subtil, frais comme l'air de la Terre après un orage. Rien à voir avec l'infection d'une orchidée puante.

Il sortit du carré de globes-pièges, se servant de sa baguette pour empêcher les globes de le toucher : une goutte de l'essence volatile sur lui et il se réveillerait au milieu de la nuit en train de se faire dévorer. Et même si les insectes n'arrivaient pas à franchir les murs de sa case, le puissant effet du parfum les empêcherait de retomber en léthargie avec le jour : ils l'auraient dès qu'il sortirait de sa case.

Mais il était toujours prudent, et ça valait vraiment

le risque encouru de les voir piégés et bouffés. Il s'éloigna en riant.

Les sacs de baies vertes étaient volumineux mais assez légers et Amber les portait sans difficulté; la route qui ramenait au camp était assez familière pour qu'il n'eût pas à y faire trop attention.

« Le Latihan ne marche plus pour moi, se dit-il, revenant, comme c'était toujours le cas quand son esprit n'était pas occupé, aux questions qui lui importaient le plus. Mais Dieu ne se couperait pas de moi, quelle qu'ait pu être la grandeur de mon erreur quand j'ai pensé qu'il voulait que je vienne ici. Ce n'est pas un Dieu vengeur, comme le croient les Chrétiens. Tout cela est une sorte d'épreuve. Ce doit être une épreuve. Mais qu'est-ce qu'Il veut de moi? »

Il fut un instant conscient de la complication de son train de pensées, mais il chassa cette conscience de son esprit : l'observation de soi était chose nécessaire mais trop de conscience de soi touchait à l'arrogance.

Quand il vit l'affleurement rocheux en forme de carapace de tortue, il tourna à droite et dirigea ses pas vers deux grands arbres qui partaient d'un même tronc.

« Ce monde, songea-t-il. Tout y est distraction. » Il leva les yeux vers les feuilles d'arbres cramoisies. A sa gauche, il pouvait apercevoir quelques fleurs de bronze, trop petites pour être cueillies, qui brillaient dans la lumière mouchetée de la forêt. « C'est magnifique ici, mais je ne suis pas encore prêt pour la beauté. Je ne la mérite pas; elle me distrait, éloigne mes pensées de Dieu. Je dois me vouer entièrement à Toi, Seigneur, tourner le dos à ce monde pour me concentrer sur Toi seul. »

Alors Dieu remédierait peut-être à ce qui n'allait pas en lui. Alors Dieu lui ouvrirait peut-être de nouveau les bras.

Amber arriva en vue du camp, mais il n'était pas prêt à affronter ses compagnons colons. Il posa les sacs de baies par terre, s'assit à côté. Il avait besoin de réfléchir.

Ray Jarvis trancha le stolon. Ce morceau de racine était assez long pour faire un bon manche de pelle, si l'on pouvait le redresser suffisamment au feu.

Sa machette était encore émoussée. Il retourna à la forge pour la donner à aiguiser à Josephus.

La ligne d'action d'Amber s'imposa à lui avec une soudaine clarté. Il lui fallait construire lui-même sa propre case, quitter celle qu'il partageait avec Jane.

Ce n'était pas bien qu'ils dorment tous les deux dans la même case. Même ici, où le sexe était réduit à néant. Il aurait du mal à expliquer sa décision à Jane sans blesser sa sensibilité, mais il n'avait pas le choix. Il devait faire ce qui était bien.

Il se dressa sur ses pieds, remit les sacs sur ses épaules. Reprit sa marche en direction du camp.

17

Josephus avait abattu deux ours fruitiers et Bill Simmons était revenu avec quelque chose que John Wosky baptisa aussitôt souris-monstre : un animal à l'air doux, avec une fourrure rose et un long museau pointu, d'environ deux fois la taille d'un ours fruitier, que Robert Elgin déclara être insectivore sur la base d'un examen de ses dents. Il y avait donc de la viande sur la table à dîner.

Mais Amber refusa d'y toucher en dépit des prières de Jane.

– Souviens-toi de ce qui t'es arrivé sur Terre quand ta mère se refusait à te donner de la viande à manger, dit-elle enfin. Tu ne veux pas te faire de mal?

– C'est différent ici, Jane, intervint Tom en une tentative de conciliation. Il est beaucoup plus facile de rester en bonne santé avec un régime végétarien ici.

D'après Krishna, on pourrait très bien faire avec uniquement des fruits et un peu de pulpe d'écorce.

– Il devrait quand même manger de la viande, insista Jane.

– Non, dit Amber. Je n'en veux plus.

– Pourquoi ça? s'enquit Tom.

– J'ai besoin de... (Amber marqua un temps, cherchant ses mots.) J'ai besoin de me purifier, dit-il enfin.

– En ne mangeant pas de viande?

– Oui. En ne prenant aucune part à la mort d'êtres vivants. Ça me semble un bon point de départ.

– Vous ne voyez pas d'inconvénient à ce que nous autres mangions de la viande? demanda Tom.

– Non. C'est seulement... c'est seulement que ça ne me paraît pas bien pour moi. C'est tout. (Il prit une dernière bouchée du melon qu'il était en train de manger.) Il faut que j'aille travailler à ma case, dit-il en se levant. Je vous verrai plus tard.

– Tu n'as pas assez mangé, dit Jane. Tu finiras par tomber malade. S'il te plaît. Mange encore un peu.

– Non. Merci, mais... je n'ai besoin de rien de plus.

Il ramassa son plateau et s'éloigna.

– Il ne veut plus m'écouter, dit Jane.

– C'est un adulte à présent, lui rappela Tom d'un ton doux. Il a le droit de penser ce qu'il veut, du moment qu'il apporte sa contribution à la communauté. Et il y a un certain nombre d'autres personnes parmi nous qui ne mangent pas de viande : Krishna, Catherine, Ed, et sans doute beaucoup d'autres que j'ignore. La viande n'est pas vraiment nécessaire à la santé ici.

– Ce n'est pas ça, dit Jane. Il... il ne fait plus vraiment partie de la communauté. Il s'est coupé de nous.

– Je ne sais pas, dit Tom. Il a le droit d'avoir sa vie privée. Et ce n'est pas comme s'il ne participait pas. Il fait plus que sa part de travail, en fait. Comme cette case qu'il est en train de se construire. S'il en avait fait la demande, je suis sûr qu'il aurait obtenu au moins quelques crédits-travail pour le temps qu'il y passe, mais il n'en a voulu aucun. Et quand je lui ai proposé de l'aider, il m'a dit qu'il préférait y travailler seul à ses moments perdus.

– Justement, dit Jane. Ne voyez-vous pas... il ne fait qu'accomplir les gestes de la vie, il feint d'être l'un d'entre nous, alors qu'il s'est enfermé à l'intérieur de sa tête, là où il peut se cacher de nous tous...

– De vous, vous voulez dire?

– Oui. Je n'arrive plus à l'atteindre. Il est... distant, poli, mais... je ne sais pas! Il *m'inquiète*, Tom.

– En avez-vous touché un mot à Sandra?

– Non. L'idée de, eh bien, de le dénoncer – comme s'il était un criminel – ne me plaisait pas.

– C'est stupide, Jane. Si vous pensez qu'il a besoin d'aide, parlez-en à Sandra. Peut-être qu'elle vous montrera que tout ça n'est pas si grave que vous le croyez.

– Mais, – et pour la première fois elle laissa passer sa peur dans sa voix – s'il devient fou, Tom? S'il était déjà devenu fou?

– Alors il a plus que jamais besoin d'être aidé.

– Il dit qu'il m'aime toujours, qu'il veut continuer à faire partie de la communauté, mais... il est maintenant si froid, si distant. Comme si je n'étais même pas là quand il me parle. Il était censé devenir plus intelligent, mais...

– Il est plus intelligent, dit Sandra. Ça ne fait aucun doute. Il a appris à faire des choses qu'il n'aurait jamais réussi à faire sur Terre.

– Oui, je sais, mais... il était toujours comme un enfant, toujours à essayer d'apprendre de nouvelles choses, et j'espérais qu'ici...

– Qu'ici il s'épanouirait, s'intéresserait de plus en plus au monde autour de lui, trouverait tout nouveau tout beau?

– Vous présentez ça sous un jour tellement ridicule...

– Il commence à grandir, Jane. Ça signifie qu'il commence à changer. Vous ne pouvez rien y faire.

– Mais il se ferme à tout le monde, il se replie sur

lui-même, sans dire à personne ce qu'il pense... Et cette idée qui lui est venue – qu'on ne pouvait pas dormir dans la même case parce que nous ne sommes pas mariés. Comme s'il essayait de devenir une espèce de saint.

– Tout se passe comme s'il essayait *effectivement* de devenir une sorte de saint. Et les saints sont différents, Jane. C'est une tout autre façon de penser.

– Alors vous ne pensez pas qu'il ait quelque chose qui ne tourne pas rond?

– Je n'ai pas dit ça. Pour parler brutalement, les chances qu'il soit en train de devenir fou sont plus grandes, bien plus grandes, que celles d'une transformation par laquelle il passerait et qui ne mettrait pas en danger, de notre point de vue, sa santé mentale. Mais ce que j'essaie de vous faire voir, c'est qu'il est tout aussi perdu pour vous en tant que saint qu'il le serait s'il était fou. La question est donc : voulez-vous faire votre possible pour l'aider, que vous deviez finir ou non par le perdre, ou voulez-vous rester accrochée à lui?

Cette nuit-là, de retour dans la case qu'il partageait encore avec Jane, Amber entendit le grattement et le bourdonnement d'ailes cornées : deux énormes insectes qui devaient se battre ou s'accoupler de l'autre côté du rabat.

« Ils ont l'air pire que cette espèce de papillon que m'a montrée Tom, pensa-t-il. Il faut que je fasse attention à bien construire ma case. Qu'elle soit parfaitement sûre. Sinon je finirai comme John. »

Voilà qu'il se retrouvait soudain à l'enterrement de John : « John Abercromie, le Planificateur, debout sur sa jambe bandée, regardait les quatre fossoyeurs – Karl Archard et Robert Cortona, les deux autres Planificateurs, ainsi que les deux autres John de la colonie, John Dolland et John Lannier – creuser la tombe peu profonde dans le sol meuble et rougeâtre. Nu – la colonie aurait pu se permettre de sacrifier un peu de fibre d'écorce pour lui faire un linceul mais y avait renoncé par principe – son corps marqué de plaies aux endroits où Mircea avait réussi à extraire cinq des six poches à œufs que la pseudo-guêpe avait déposées en lui et présentant une noire entaille sur l'abdomen, là où les œufs avaient été si profondément enfouis que la tentative de Mircea pour les extraire avait été fatale, il était déposé dans la fosse. Puis les colons défilaient un par un, chacun lançant une poignée de terre sur son corps. Et enfin, chacun ayant rendu son hommage au mort, les quatre fossoyeurs pelletaient le reste de la terre sur le corps et la tassaient. La cérémonie terminée, tout le monde faisait cercle dans un silence gêné, puis les gens commençaient à s'éloigner, seuls ou par petits groupes.

» Mais ce n'est qu'un souvenir! comprit Amber dans un sursaut. Et pourtant il avait été si vif, si convaincant, si proche de la réalité.

» Mon nouveau cerveau, se dit-il. Je suis vraiment plus intelligent à présent; je peux me souvenir des choses comme si elles étaient réelles. Tellement réelles...

» Le Latihan, pensa-t-il. Mes Latihans de la Terre. Si j'arrive seulement à me souvenir de ce que c'est d'être avec Dieu, à me souvenir de ces moments au point d'avoir l'impression de les vivre, si je peux recréer pour moi ce que c'est d'être en Présence du Seigneur, d'être pur, alors peut-être, peut-être pourrai-je me rendre à nouveau digne de Lui. »

Jane ne serait pas de retour à la case avant quelque temps. Elle était à une séance d'Ereintement-Vomissement. Comme d'habitude, Amber avait choisi de rester à l'écart : il n'avait aucun désir de participer aux batailles verbales au cours desquelles les colons lâchaient la bride à leurs colères rentrées et attaquaient ce qu'ils n'aimaient pas les uns chez les autres – tout ça au nom de la perfectibilité, mais la perfection qu'ils cherchaient à atteindre n'était pas la même que celle à laquelle Amber avait décidé de se consacrer.

« Avant, Dieu me facilitait l'accès à Sa Présence parce que j'étais faible. Mais maintenant qu'Il m'a accordé de trouver la force d'esprit et de volonté qui me manquait alors, Il exige plus de moi.

» Mon premier Latihan, décida-t-il. Quand je me suis rendu compte pour la première fois que Dieu me parlait... »

Le souvenir masqua le présent. Et soudain ce ne fut plus un souvenir. Le ciel s'ouvrit et Dieu descendit sur lui en flammes de feu et de glace.

– Si nos examens étaient le seul facteur entrant en ligne de compte, nous accepterions de vous transférer, annonça Curtis Adamaski à frère Ashoka. Mais les Mallory constituent notre test pour les personnes qui ont subi les altérations de la conscience entraînées par l'exposition à votre Inducteur. Et alors que Jane Mallory, selon le rapport de Manuel Candamo, semble s'adapter très bien à la vie sur Deirdre, son cousin semble se retirer complètement de la vie de la communauté. Et cela pour des raisons que l'on dirait religieuses.

– Mais...

– Bien sûr, nous reconnaissons que son ancien retardement mental fait de lui un cas très spécial, mais Manuel Candamo nous a signalé qu'il ne parle presque exclusivement que de ses efforts pour se purifier – afin, ai-je cru comprendre, de se rendre digne de Dieu. Sa cousine n'a dit que très peu de chose à son propos, ce qui est tout à fait compréhensible, mais elle a déclaré qu'il quittait la case qu'ils avaient partagée jusque-là parce qu'il considère comme immoral que deux personnes non mariées dorment dans la même case. Ce qui, vous devez l'admettre, est d'une bizarre irrationalité sur un monde où il n'y a ni sexe ni sexualité.

– L'attitude d'Amber envers le Latihan n'a jamais été tout à fait la même que celle des autres membres de la Confrérie, fit remarquer frère Ashoka.

– Je comprends. Mais peut-être s'agit-il de quelque chose d'universellement présent qui apparaît plus clairement dans les cas extrêmes. Toutefois, je vous accorde que l'Inducteur peut très bien ne rien avoir à faire avec son état mental actuel. Et qu'en l'occurrence, les choses ne tourneront pas forcément au désavantage de Mr Mallory. Mais vu qu'il semble bien s'écarter de plus en plus de la norme deirdrienne, nous estimons nécessaire de l'observer encore avant d'accorder le transfert à tout autre membre de la Confrérie de la Lumière Prismatique.

– Mais Jane s'en tire très bien, non?

– Pour autant que nous puissions le savoir.

– Alors parfait. Je comprends votre point de vue, mais... écoutez. Je connais Amber depuis sa plus tendre enfance; c'est presque un fils pour moi et c'est moi qui l'ai initié au Latihan : s'il doit s'en trouver mal d'une façon ou d'une autre, j'en porte en partie la responsabilité. D'après ce que vous m'avez dit, on dirait qu'il a grand besoin d'une assistance spirituelle. Je peux l'aider.

– Croyez bien que je sympathise, dit Curtis Adamaski sans paraître sympathiser avec qui que ce soit en quoi que ce soit, mais je crains que nous ne puissions vous accorder le transfert.

– Mais si vous estimez que Jane est une bonne recrue...

– Alors peut-être pourrons-nous vous transférer.

– Ray m'a entretenu du problème des insectes, dit John. C'est pourquoi j'ai réclamé cette réunion extraordinaire. Il a... euh, eh bien, pas exactement une solution, mais une idée qui pourrait être de quelque utilité. Il pense que si nous ramassons tout un tas de grenouilles-tatous et les ramenons à la colonie...

– Elles ficheront le camp, dit Roger Elgin. Elles n'aiment que les fourrés.

– Toute la question est là. Elles ne peuvent pas grimper et ne font que des bonds de quelques centimètres de haut. Si nous construisons une clôture d'écorce d'une trentaine de centimètres de haut tout autour du camp, elles ne pourraient pas partir et nous aideraient à contenir la prolifération des insectes. La construction de cette clôture nous prendrait moins d'une journée de travail si tous ceux qui n'ont pas quelque chose d'essentiel à faire s'y mettaient.

– Et comment allons-nous les capturer? demanda Catherine.

– Facile. Sauf quand il pleut, elles dorment le jour. Nous n'avons qu'à les ramasser et à les mettre dans des sacs comme des fruits.

– Que fais-tu des aiguillons pleins de barbelures de leurs pattes avant? demanda Mircea. Ils peuvent faire d'assez vilaines blessures. Et ils doivent être sacrément costauds pour embrocher les larves.

– Les grenouilles ne se réveillent pas quand on les manipule, dit John. Ray et moi avons essayé.

– Et si elles meurent une fois que nous les aurons transportées ici? demanda Lyn. Comme toutes les plantes que j'essaie de transplanter?

– Ray? interrogea John.

– Je crois que c'est un risque à courir. J'aimerais confier à Dan la construction de la clôture. Des objections? Très bien, voyons voir qui a des choses de première nécessité à faire et qui peut consacrer sa journée à la mise en place de la clôture.

– Aimeriez-vous donner un coup de main pour les Nouveaux Venus? demanda Will à Jane.

– Je n'y connais rien question bébés ou autres choses du même genre, répondit dubitativement Jane.

– Ce n'est pas vraiment nécessaire. Vous n'aurez besoin que de patience. Ces bébés-là comprennent l'anglais. Et votre expérience avec votre cousin, là-bas, sur Terre, quand il était mentalement retardé, pourrait se révéler utile.

– Très bien, dit Jane.

– J'ai parlé à Grace et elle m'a dit qu'elle pouvait se passer de vous aujourd'hui. Venez. Je vais vous montrer comment les nourrir.

Le bâti était terminé et les plaques d'écorce en place. Amber était en train de percer des trous dedans pour pouvoir les lacer très serré. C'était un travail monotone, ennuyeux, et quand il sentit s'élever l'appel de sa mémoire, comme cela lui était si souvent arrivé dernièrement, il s'y abandonna avec joie.

« Dieu se dressant vaguement dans le ciel de toute Sa hauteur, Son corps le monde lui-même. Sa face toutes les créatures, Son Sourire, le Sourire qui recouvre toutes les expressions possibles, grand comme la lune. Il commence à parler et Amber est pétrifié par la majesté de Son articulation, par des mots trop imposants pour la compréhension humaine... »

Amber réintégra brusquement le présent. Il faisait presque noir. Il lui faudrait se dépêcher s'il voulait regagner la case qu'il partageait encore avec Jane avant que les insectes ne sortent de leur léthargie diurne.

Il prit la direction de la case en faisant bien attention où il mettait les pieds. Les grenouilles-tatous étaient réveillées et sautillaient de-ci, de-là; il était difficile de ne pas leur marcher dessus.

De retour dans la case, allongé sur le dos sur son lit de feuilles, une pensée le traversa brusquement : « Ce n'était pas comme la première fois. C'était quelque chose de nouveau. »

Avait-il enfin trouvé le chemin qui devait le ramener à Dieu? Ou était-ce une illusion, une tentation peut-être, qu'il était censé surmonter?

« Impossible d'avoir une certitude, se dit-il, résistant à la voix intérieure qui lui disait que le succès était à portée de sa main. Il faut que je sois désormais encore plus strict avec moi-même, que je me surveille de plus près. De cette façon, j'arriverai peut-être à trouver la vérité. »

★

Dans une partie de Deirdre éloignée de la colonie, un volcan depuis longtemps assoupi entra brusquement en éruption. Il se mit à vomir d'énormes nuages de fumée, de cendres et de gaz empoisonnés, déversa des flots de lave rouge sur la région environnante, recouvrant des centaines de milliers de plantes et d'animaux de roche en fusion, tuant d'innombrables autres créatures dans les incendies provoqués. Deux espèces d'une sorte de mousse qui poussait sur les pentes du volcan et nulle part ailleurs furent complètement détruites.

Le désastre était des plus sérieux : l'Esprit-Forêt émergea de son sommeil séculaire. La nature de l'événement fut perçue : un impératif prit forme. Des événements semblables furent évoqués; le type de réponse qui s'était révélé le plus approprié fut sélectionné. Un processus de repeuplement fut mis en place.

Des plantes qui normalement se reproduisaient de façon neutre commencèrent à développer des fleurs : l'hybridation devenait nécessaire pour qu'apparussent des rejetons appropriés aux nouvelles conditions. Des plantes capables de briser la roche pour en faire du terreau se mirent à produire des spores. Tout ce qui entourait la région sinistrée se mit à pousser à un rythme accéléré, des racines surgissant de toutes parts pour s'emparer de la roche à peine refroidie.

Le processus de repeuplement établi, l'Esprit-Forêt eut son attention attirée du côté de la colonie humaine : les colons constituaient un obstacle manifeste à la domination de l'Esprit-Forêt.

La nature de la menace ne se conformait à aucun schéma précédemment enregistré : l'impératif qui se dessinait manquait de netteté. Mais il y avait une correspondance partielle avec le schéma qui signifiait la concurrence d'un autre esprit-forêt. Une première réponse allait être tentée avec la séquence d'actions qui avait assuré la victoire de l'Esprit-Forêt sur tous ses concurrents.

Tout autour de la colonie, les fruits commencèrent à dépérir. Des racines et des tubercules comestibles commencèrent à mourir. Un piège à insectes s'ouvrit, libérant une sorte de papillon blanc capable de tuer et de dévorer un colon en quelques minutes; autour du globe qui venait de s'ouvrir, les autres globes multipliaient par cent leur sécrétion de liqueur volatile. Les insectes se pressaient vers eux par myriades, repartaient affolés et épargnés.

Ours fruitiers, quasi-écureuils, cochons sauvages et souris-monstres se cherchèrent et s'accouplèrent.

Tom gardait une grenouille-tatou à l'intérieur de sa case dans l'espoir qu'elle saurait s'occuper de tout insecte qui réussirait à s'introduire chez lui. Il avait pris l'habitude de la caresser avant de s'endormir. La grenouille-tatou n'avait jamais réagi par quoi que ce fût qui pût ressembler à de l'affection, mais elle n'avait jamais paru en porter ombrage.

Cette fois-là, elle lui enfonça les deux piquants de ses pattes avant dans la main.

Il faisait noir dans la case; il ne pouvait pas voir la bestiole pour l'attraper. Elle le piqua de nouveau au pied et il réussit à la coincer.

Elle se débattit, essayant de le piquer encore. A l'extérieur la nuit grouillait d'insectes; il n'osait pas ouvrir le rabat pour jeter la grenouille dehors, mais s'il la lâchait dans la case, il était certain de se faire encore piquer.

Finalement, il l'écrasa sous son talon.

18

– C'est à la demande de Ray Jarvis que nous avons convoqué cette assemblée, dit John Abercromie.

Il était debout sur le tertre en compagnie du Coordonnateur à la Recherche; Laurent Eliade et Robert Cortona, les deux autres Planificateurs, se tenaient un peu en retrait sur le côté.

– La grenouille-tatou qu'il gardait dans sa case l'a piqué au cou pendant qu'il dormait la nuit dernière. Il n'en est pas mort, bien sûr, et Mircea dit que la blessure est sans gravité, mais ça lui a fait très mal. Ce que nous avons besoin de savoir, c'est si quelqu'un d'autre a eu des ennuis avec sa grenouille. Dans ce cas, levez la main.

Quatre mains se levèrent.

– Toi d'abord, Brian, dit John. Tu as aussi une grenouille dans ta case, non?

– J'avais. Dès que je suis rentré la nuit dernière, cette satanée bestiole a essayé de me piquer. Mes écailles m'ont pas mal protégé – elle guignait mon pied – mais ça m'a fait un mal de tous les diables. Puis elle a essayé de remettre ça et j'ai dû la tuer.

– Et toi, Tom?

– Même histoire, sauf qu'elle m'a eu à la main *puis* au pied.

– Sarah?

– Ma grenouille m'a piquée au côté alors que j'étais allongée. Je n'ai pas pu l'attraper dans le noir et elle essayait toujours de m'avoir; alors je me suis enveloppée dans de la fibre d'écorce pour me protéger des insectes et j'ai couru me réfugier chez Justine.

– C'était la dernière des idioties à faire, Sarah, dit Brian. Tu as de la chance de ne pas t'être fait bouffer.

– Pourquoi ne pas fabriquer un genre de vêtement protecteur qu'on pourrait porter quand on a besoin de sortir la nuit? suggéra Bill Simmons. En peau de grenouille ou quelque chose comme ça?

– On verra ça plus tard. Ça ne paraît pas une mauvaise idée. Mais tu avais la main levée, Will.

– J'ai entendu du bruit la nuit dernière mais je n'y ai pas prêté attention; beaucoup de Nouveaux Venus ont du mal à dormir de façon continue. Mais quand j'ai ouvert le toit ce matin, pour faire entrer la lumière, j'ai vu qu'Ellen et Mike étaient blessés. Rien de grave, heureusement, mais Ellen était pratiquement sans défense, et si une des grenouilles l'avait touchée à l'œil...

– Ce n'est pas arrivé, l'interrompit Catherine. Occupons-nous de ce qui s'est effectivement passé.

– Exactement, dit John. Qui d'autre garde des grenouilles dans sa case? Personne? C'est bien ce que je pensais. Cela signifie donc que *toutes* les grenouilles-tatous qui pouvaient attaquer des gens la nuit dernière l'ont fait. Les autres, qu'est-ce que vous en déduisez?

– Qu'elles n'aiment pas être gardées dans les cases? suggéra Bill Simmons.

– Ceci est une affaire sérieuse, Bill, dit John.

– Et ce que j'ai dit ne l'est pas moins, répliqua Bill. Pourquoi ne serait-ce pas une réaction au fait qu'elles se trouvaient enfermées?

– En tout cas, déclara Ray Jarvis, une chose est claire, c'est que si elles se mettent à attaquer les gens, il n'est pas prudent de les garder dans le voisinage. Il faut s'en débarrasser.

– Voilà à quoi je voulais en venir, dit John. Nous avons besoin de deux personnes pour rassembler toutes les grenouilles qui se trouvent à l'intérieur de la clôture et les rejeter à l'extérieur. L'opération ne présente aucun danger; à présent elles dorment.

– Je veux bien m'en occuper, offrit Jarvis.

– Moi aussi, dit Sally.

– Bon. Voilà une question de réglée. Maintenant...

– John, je crains que cela ne règle pas la question, dit Jarvis.

– Qu'est-ce que tu veux dire?

– Regarde ce qui est arrivé cette nuit. Un animal que nous pensions avoir apprivoisé a changé de comportement, et en a changé complètement. Et pas seulement un animal isolé, mais chaque spécimen de l'espèce que nous pouvions observer. *De plus*, ce changement est tel que, pour la première fois sur Deirdre, nous avons été attaqués par autre chose que des insectes. Cela est important; nous ne pouvons pas négliger le fait. Et si tout le reste se met à changer? Et si, par exemple, les insectes se mettent à sortir pendant le jour? Il est vital que nous découvrions pourquoi les grenouilles-tatous se sont toutes mises à nous attaquer.

– Je suis d'accord, dit Rosabeth.

– Moi aussi, renchérit Robert Elgin.

– Et en ma capacité de Département de la Défense, je me sens tenu de vous recommander à l'avenir la plus grande prudence chaque fois que vous vous trouverez au voisinage de n'importe quel type d'animal, ajouta Josephus. Eux aussi pourraient bien devenir féroces.

– Comment ça? interrogea Bill Simmons. Ils sont trop petits et n'ont ni crocs ni griffes. Auriez-vous peur d'être câlinés à mort?

– Vous dites n'importe quoi, Bill, releva John. Ray, je veux que toi et Bob, et toi avec, je pense, Josephus, procédiez à une étude de ce qui se passe avec les grenouilles et les autres animaux. En attendant, retournons tous à nos occupations ordinaires.

– La nuit dernière, la forêt a développé près de quatre-vingt-dix stolons, et des plantes poussent partout à l'intérieur de la clôture, annonça Rosabeth. Y compris des espèces que je n'ai jamais vues. Je vais avoir besoin d'au moins cinq personnes pour m'aider aujourd'hui, trois pour l'ébranchage et deux pour l'arrachage.

– Et pour ce qui est de la réparation de la clôture? demanda Ted. Il y a des stolons qui sont carrément passés à travers.

– Dan s'en occupe. De toute façon, nous ne *voulons* plus garder de grenouilles dans le périmètre de la colonie.

– Je veux bien aider au désherbage, dit Jane.

– Entendu, mais il nous faut encore quatre personnes. Pourquoi pas vous, Amber?

Amber ne répondit pas. Il demeura absolument immobile, le regard fixant le vide.

Tom passa une main devant ses yeux. Jane le saisit par le bras. Aucune réaction.

– Paralysé! cria le colon qui se tenait de l'autre côté d'Amber en s'écartant de lui. Une guêpe de jour...

– Non! l'interrompit Brian avant que la panique ne s'emparât du groupe. Il n'existe pas de guêpes de jour. Et regardez-le. Il ne présente aucun des signes habituels : il n'est pas raide, son visage n'est pas déformé; il n'est enflé de nulle part. Il est simplement dans une sorte de transe.

– Est-ce qu'il est en train de s'adonner à cet exercice spirituel dont vous étiez tous deux coutumiers avant de venir ici? demanda Rosabeth à Jane.

– Le Latihan? Je ne crois pas. Non, je suis sûre qu'il ne fait pas un Latihan... je le sentirais, je le sentirais en moi si c'était le cas. Nos cerveaux ne nous permettent pas le Latihan ici. Aucun de nous deux ne peut plus s'y adonner.

– Alors qu'est-ce qu'il fait? demanda Brian.

– Je ne sais pas, répondit Jane. Il était... différent ces derniers temps. Il ne fait que penser à Dieu. Il agit parfois comme s'il ne m'entendait pas. Mais je ne l'ai jamais vu dans cet état.

– Brian, dit Rosabeth, vous et cet imbécile qui s'est mis à crier aux guêpes de jour, prenez-le et mettez-le avec les Nouveaux Venus. Will pourra le surveiller en attendant que Mircea et Sandra viennent l'examiner. Et que quelqu'un s'occupe de trouver John, ajouta-t-elle tandis que les deux colons emportaient Amber.

– Je croyais que Tom avait dit que ces pommes-figues ne seraient pas à point avant une semaine.

– Elles devaient être mûres, sinon les ours fruitiers ne les auraient pas mangées.

– Allons voir le coin suivant. Celui-là, c'est moi qui l'ai découvert; je *sais* que là les fruits ne sont pas encore mûrs.

Trois ours fruitiers crème et beige détalèrent dans les fourrés à leur approche.

– Eh bien, Jarvis avait tort. Ils ne nous ont pas attaqués.

– Peut-être, mais d'habitude il faut se donner de la peine pour les faire fuir. Ces ours-là ont eu peur de nous.

– Et regarde les pommes-figues qu'ils mangeaient. Elles *ne sont pas* vraiment mûres.

– Et pourtant les ours fruitiers les mangeaient, non?

– Ils n'auraient pas dû.

– Nous signalerons cela à notre retour. Mais du moment que nous sommes là, ramassons ce qu'ils ont laissé.

Mais il ne restait plus beaucoup de fruits sur les arbustes.

Amber sortit de son état second pour se retrouver

étendu sur un lit de feuilles dans la case des Nouveaux Venus. Il se dressa sur son séant.

– Ça va mieux ? lui demanda Will.

Amber remarqua Mircea à ses côtés, lui aussi en train de l'observer.

– Sûr. Qu'est-ce que je fais ici ?

– Vous êtes entré dans une sorte de transe. On n'arrivait pas à vous réveiller. Qu'est-ce qui s'est passé ?

– Je pensais.

– Plutôt profondément ! En tout cas, John m'a demandé de vous dire qu'il veut vous voir ; Sandra vous verra aussi, dès que nous l'aurons trouvée, mais nous n'avons pas encore eu l'occasion de la mettre au courant à votre sujet.

– John est là-bas en train de parler avec Manuel, dit Mircea. Vous voulez que je vous conduise auprès de lui ?

– Je n'ai pas besoin d'aide. Je vais très bien.

– J'en suis certain. Je vous ai ausculté pendant que vous étiez inconscient et je peux vous dire que vous êtes en parfaite santé. Mais si ça ne vous dérange pas, j'aimerais vous accompagner.

– Je ne crois pas que ça me dérange.

« J'étais si près du but, pensa-t-il tandis qu'ils traversaient le camp. Mais je ne suis pas encore prêt. Pas tout à fait. »

Il ignora les regards dont l'enveloppaient les autres colons. Qu'est-ce que Dieu voulait de lui ?

L'orchidée puante obéit à de nouveaux impératifs. Des mouchetures jaunes étaient apparues sur sa fleur ; l'odeur qu'elle exhalait était plus douce, plus subtile, elle tirait moins sur la charogne. Des insectes qui d'ordinaire ne rendaient jamais visite aux orchidées puantes se trouvèrent attirés par elle, se faufilèrent dans son étroite corolle, se frottant contre les nouveaux organes qui s'étaient formés là, eurent la possibilité de s'échapper, indemnes mais maculés de substances reproductrices, pour aller visiter d'autres plantes. De l'orchidée puante à l'arbre à hélices, aux tiges rampantes chargées de fleurs de bronze, à la mousse rouge en fleur : une longue chaîne de plantes fournissait des matériaux génétiques jusque-là soigneusement séparés.

Des graines se formèrent, germèrent, se transformèrent en végétaux qui ne s'étaient pas vus sur Deirdre depuis que le dernier rival de l'Esprit-Forêt avait été détruit. Ours fruitiers, quasi-écureuils, cochons sauvages et souris-monstres mangèrent les végétaux hybrides. La plupart d'entre eux moururent.

Les survivants s'accouplèrent. La plupart des portées étaient mortes quand elles naquirent et la plupart de celles qui ne l'étaient pas n'étaient d'aucune utilité à l'Esprit-Forêt. Elles moururent.

Quelques rejetons, très peu, furent autorisés à vivre.

– Que vous est-il arrivé? demanda John.

– Je pensais, dit Amber. Navré. Que voulez-vous que je fasse à présent?

– A présent? Je veux que vous me disiez un certain nombre de choses. Et je vais vouloir ensuite que vous parliez à Sandra, si nous arrivons à la trouver. A quoi pensiez-vous? A Dieu?

– Oui.

– Ça ne vous ferait rien de me donner quelques précisions?

– J'aimerais mieux pas.

– Vous n'avez pas vraiment le choix, Amber. Et la faculté de sympathiser ne m'est pas totalement étrangère. Mon oncle était prêtre. Mettez-moi à l'épreuve.

– J'avais coutume de parler à Dieu au cours du Latihan, mais... je ne peux pas m'adonner au Latihan ici.

– Je comprends. Et alors...

– Ce nouveau cerveau, sa mémoire est bien meilleure que celle de celui que j'avais avant... J'arrive à me rappeler les fois où je parlais avec Dieu, je...

– C'est tout ce que vous faisiez? demanda Manuel. Rien que vous rappeler?

– Non. Dernièrement... (Devait-il avouer cela? Oui :

il n'avait rien à cacher. A personne.) Dernièrement mes souvenirs se sont mis à... changer.

– Vous savez que les trois quarts de la journée sont passés, dit John. Vous n'étiez pas simplement en train de penser ou de vous souvenir, vous étiez en transe. Comme Manuel ici présent quand son esprit retourne sur Terre.

– Les souvenirs... Mon nouveau cerveau me les fait paraître si réels, comme si tout m'arrivait de nouveau...

– Vous entrez souvent dans ce genre de transe? s'enquit John.

– Quelquefois, reconnut Amber. Mais ça ne dure jamais très longtemps. Et je m'arrange toujours pour faire mon travail.

– Personne n'a jamais dit le contraire. Mais est-ce que ces... transes... s'emparent de vous comme ça? Et est-ce que vous pouvez en sortir quand vous voulez?

– Je n'ai jamais le désir d'en sortir, dit Amber. Elles sont le seul moyen que j'ai de me rapprocher de Dieu à présent.

– N'est-ce pas arrogant de votre part? questionna John. De penser que *vous* pouvez vous rapprocher de Dieu? N'est-ce pas à lui d'en décider?

– Ce n'est pas comme ça, c'est... je ne peux pas l'expliquer. Ce n'est pas comme ça.

– Est-ce que vous pouvez empêcher ces transes de s'emparer de vous? demanda Manuel.

– Je ne sais pas, mais... je ne veux pas les empêcher, elles sont...

– Le pouvez-vous, oui ou non? demanda John.

– Mais je ne... Pourquoi essaierais-je d'y résister? Elles sont...

– Ecoutez, dit Manuel. J'en sais un bout sur les transes. J'entre en transe tous les jours. Et j'ai toujours deux personnes à mes côtés pour veiller à ce que rien ne m'arrive. Sinon ce ne serait pas sûr.

– Supposons que vous soyez dans la forêt en train de cueillir des fruits ou de faire autre chose, dit John. Et que l'après-midi touche à sa fin. Et supposons que vous entriez alors dans une de ces transes. Vous pourriez y être encore à la tombée de la nuit. Ou vous pourriez être pris dans un orage. Dans les deux cas vous êtes mort. Les insectes vous auraient à tous les coups. Vu?

– Oui.

Il savait qu'il n'arriverait jamais à les convaincre que Dieu ne laisserait rien de tel se produire.

– Encore une chose, dit John. Il a beaucoup été question du comportement bizarre de certains animaux ces derniers jours. Et je crains que ce qui vous arrive ne soit qu'un autre aspect du même phénomène.

– Non. Je...

Il s'arrêta, incapable de formuler sa pensée.

– Oui, je sais. *Vous* pensez que vous faites seulement ce que vous avez besoin de faire pour devenir un saint. Et il se peut que vous ayez raison. Mais *moi* je n'en suis pas sûr. C'est pourquoi je veux que vous vous confiiez aux soins de Mircea et de Sandra et que vous fassiez ce qu'ils vous diront. D'accord?

– Soit.

– Je n'ai pas fini. Même si Mircea ne trouve rien qui cloche en vous sur le plan physique...

– Ce qui, vu l'état de l'art médical ici, est fort probable, glissa le Directeur de la Santé.

– Et même si Sandra et Catherine estiment que... appelons ça votre système de croyance... ne fait pas de vous un danger pour la communauté...

– Je n'en suis pas un, protesta Amber. Je ne ferais de mal à personne. Jamais.

– Néanmoins, je ne veux pas que vous quittiez le camp sans ma permission. Et chaque fois que vous sentirez venir une transe, je veux que vous y résistiez. D'accord?

– Non. Je ne peux pas faire ce que vous me demandez là. Je fais mon travail, vous ne pouvez pas dire que je ne fais pas ce que je dois pour aider la colonie, mais ceci est trop important. Dieu me parlait au cours du Latihan, et maintenant Il... Mais si je peux me rapprocher encore... il est impossible que je ne... Non.

– Au moins vous êtes honnête, dit John. Mais je ne

peux pas vous laisser sortir du camp tant que je ne serai pas sûr que vous pouvez vous empêcher d'entrer en transe toutes les fois que vous vous trouverez à un endroit qui risque d'être dangereux. Et tant que je ne serai pas sûr de votre *volonté* d'éviter ces transes quand vous serez en dehors du camp.

– Je ne peux pas m'y soustraire, dit Amber. Je... ne veux pas. Ce serait... pour reprendre votre mot, arrogant...

– Ecoutez, Amber, vous manquez à vos devoirs en entrant en transe au moment où vous devriez travailler. Ne croyez-vous pas? Vous dites que vous faites votre travail mais vous avez perdu presque toute votre journée aujourd'hui, non? Et pas seulement la vôtre mais aussi celle de Rosabeth, celle de Will, celle de Mircea, la mienne et une partie de celle de Sandra dès que nous l'aurons retrouvée. D'accord?

– Je... (Amber s'interrompit pour réfléchir.) Je dois faire mon travail. Et ce n'est pas bien de ma part d'empêcher les autres de faire ce qu'ils sont censés faire. J'essaierai de ne pas trop penser à Dieu durant mon travail mais... je ne peux rien vous promettre, je ne veux vous mentir en rien, je...

– C'est très bien, Amber. Tâchez seulement de faire de votre mieux.

– Qu'est-ce que vous voulez que je fasse à présent?

John réfléchit un instant.

– Pourquoi ne pas aller à la recherche de Jane? Elle a arraché des mauvaises herbes toute la journée et se faisait du souci à votre sujet. Allez lui dire comment tout ça s'est terminé et remplacez-la. Vous lui direz ensuite de venir me trouver. J'enverrai quelqu'un vous chercher dès que nous aurons trouvé Sandra.

Amber s'éloigna.

– Manuel, fais un saut sur Terre et vois ce qu'on peut nous dire de l'état d'Amber, dit John. Si c'est quelque chose du genre de ce qui est arrivé avec les grenouilles-tatous... Je n'ose pas penser à ce qui se passerait si ça nous prenait tous d'entrer en transe comme ça, sans que nous n'y puissions rien.

» Mircea, occupe-toi de Manuel. Je vais à la recherche de Sandra.

Il partit en boitillant.

L'Esprit-Forêt percevait les colons, non seulement comme une sorte de cancer dans son corps écologique, mais comme une cacophonie d'impératifs discordants qu'il ne pouvait intégrer dans aucun des schémas constitutifs de l'essence de son être. Les impératifs s'imposaient à lui, demandant satisfaction, mais il restait impuissant, incapable de les encourager et de les réprimer, de les guider ou de les contrôler. Il tâtonnait pourtant infatigablement à la recherche d'un contact, s'efforçait d'accéder à une pleine conscience des choses par la ressemblance de la présente menace avec celle qu'avaient une fois représentée les rivaux auxquels il avait arraché le contrôle de la totalité de Deirdre. Les impératifs des moindres plantes et des moindres bêtes étaient subordonnés à la toute-puissance du sien.

– La situation est trop compliquée, dit Manuel. Si le seul facteur était la nouvelle capacité cérébrale dont l'a pourvu son transfert, ou si le seul facteur était son exposition passée au Latihan et à ce maudit Inducteur... Mais comme ça, nous ne pouvons être sûrs de rien.

– Et les grenouilles? demanda Catherine. Si tout le monde doit devenir fou et se mettre à attaquer le voisin, on ferait bien de trouver un moyen de faire face à la situation, et vite.

– Il y a une chance que ce qui a affecté les grenouilles soit en train d'affecter Amber, dit Manuel. Mais il se peut que personne d'autre ne soit touché. Peut-être que l'augmentation de sa capacité cérébrale le rend vulnérable là où aucun d'entre nous ne le serait. Ou peut-être est-ce le temps qu'il a passé avec la Confrérie de la Lumière Prismatique qui est responsable.

– Jane semble parfaitement normale, fit observer Sandra. Et Amber ne paraît aucunement dangereux.

– Mais il n'est pas rationnel, dit John. Et nous ne

savons pas *pourquoi* il ne l'est pas, ni ce qui peut lui arriver la prochaine fois. Vous ne voyez pas qu'il prenne un couteau et se mette à poignarder les gens?

– Tu laisses supposer qu'il est fou, dit Sandra. Pire que ça : à t'entendre, on aurait un maniaque homicide sur les bras. Je ne suis pas du tout convaincue qu'il est fou, et s'il l'est, je ne crois pas qu'il soit dangereux.

– Et les grenouilles? intervint Catherine. Nous ne sommes pas sur Terre : l'important n'est pas que ses actions soient inoffensives, mais que *nous ne le comprenions pas*, et ce que nous ne comprenons pas sur un monde étranger peut très bien se révéler dangereux.

– Je vous ai dit que l'Institut ne pouvait rien affirmer, dit Manuel. Mais ils ont une théorie qui pourrait expliquer les faits, même s'ils ne peuvent pas dire jusqu'à quel point elle a des chances d'être vraie.

– Tu aurais pu mentionner cela un peu plus tôt, dit John.

– Je voulais d'abord procéder à l'élimination d'un certain nombre d'objections.

– Je ne suis pas sûre de vouloir « l'élimination » de mes objections, comme vous dites, commenta Catherine.

– Mais tu n'as même pas entendu ce qu'il a à dire! s'exclama Sandra.

– Désolé, Catherine, dit Manuel. Je me suis mal exprimé. J'aurais dû dire que je désirais vous voir formuler vos objections avant de continuer, afin qu'elles servent de points de référence pour juger de mes paroles. Est-ce plus satisfaisant?

– Beaucoup plus.

– Bon. Donc, pour continuer... les psychologues de l'Institut pensent que ce qui arrive à Amber pourrait bien être analogue à ce qui se passe pour une personne placée dans un bac d'annihilation sensorielle.

– Désolée, dit Catherine. Me voilà déjà larguée.

– Moi aussi, dit John.

– Veux-tu leur expliquer, Sandra? demanda Manuel. Tu y arriveras probablement mieux que moi.

– Très bien. Et pour commencer, « annihilation

sensorielle » n'est qu'une expression pour désigner la chose; laquelle est connue aussi sous le nom d'« isolement profond », ce qui sonne de façon beaucoup moins négative.

– Ça ne me dit toujours rien, déclara John.

– Eh bien, un bac d'annihilation sensorielle est rempli d'une solution à la température du corps humain et conçu de telle façon que la personne placée dedans flotte en apesanteur, privée de la vue, de l'ouïe, ne percevant pratiquement rien du monde extérieur. Par conséquent, une grande partie de la capacité cérébrale du sujet, qui serait autrement employée pour le rapport du sujet au monde, est disponible pour d'autres usages, souvent avec des résultats intéressants. On a vu – et on voit – des gens utiliser leur capacité cérébrale additionnelle pour modifier certains aspects de leur personnalité ou apporter un changement radical dans le fonctionnement de leur cerveau.

» Mais dans le cas d'une personne ordinaire placée dans de telles conditions, tout ce qu'il arrive, c'est qu'il ou elle commence à avoir des hallucinations. Parfois ces hallucinations sont bizarres et apparemment dépourvues de sens – c'est ainsi que quelqu'un a vu un jour une interminable procession de ciseaux de toutes sortes – mais parfois le cerveau produit des scènes et des conversations complètes que la personne placée dans le bac est incapable de distinguer de la réalité.

Sandra s'arrêta et jeta un coup d'œil à Manuel, qui continua :

– Dans le cas d'Amber, il se pourrait qu'un phénomène semblable soit en cours. Il s'est retrouvé tout à coup avec cette nouvelle capacité cérébrale qui n'avait pas de fonction assignée, pas de rôle particulier à jouer dans sa personnalité normale, sans personne pour lui apprendre à intégrer harmonieusement ses nouvelles facultés au reste de sa personnalité.

– Ce qui est en partie de ma faute et en partie de celle de l'Institut, ajouta Sandra.

– Oui. Il lui a donc fallu procéder par lui-même à cette intégration, et son besoin d'irréalité – son besoin de percevoir Dieu – a conduit l'intégration de toute cette nouvelle capacité cérébrale à se manifester sous la forme d'une sorte d'holovision intérieure grâce à laquelle il peut regarder des drames religieux et voir Dieu.

– Ce qui ne prouve toujours pas qu'il n'y a rien à craindre de lui, conclut Catherine.

– Pourquoi ne pas avoir empêché cela de lui arriver? demanda férocement Jane. Vous semblez tout connaître de la question; vous auriez dû pouvoir faire *quelque chose* pour éviter ça.

– Sur Terre nous aurions sans doute pu le suivre de plus près, dit Sandra. Et peut-être que quelqu'un se serait aperçu de ce qui se passait et aurait été capable de l'aider. Mais ici? Jane, nous n'avons jamais eu de cas comme Amber. Et... voyez-vous, Jane, il est assez facile d'élaborer des théories pour expliquer les choses après coup, mais il est beaucoup plus difficile de prévoir ce qui va arriver. Et il paraissait aller très bien. *Vous*, vous saviez que non, mais vous aviez trop peur d'en parler, alors... Connaissez-vous l'histoire de l'enfant-loup?

– Non.

– Ça s'est passé aux Indes, je crois qu'il y a très longtemps. Quand cet enfant fut découvert – je ne me rappelle pas quel âge il avait, si c'était un adolescent ou un adulte – il était trop tard pour qu'il puisse apprendre à se comporter comme un être humain normal. Vous comprenez ce que je vous dis? Il avait été élevé par une louve, et quels qu'aient pu être les efforts qu'on a déployés pour l'éduquer, il est pratiquement resté un loup. Eh bien, nous pensions qu'Amber resterait à peu près comme il avait toujours été, qu'il deviendrait juste un peu plus intelligent avec le temps. Mais le fait est que nous ne savions pas exactement ce qu'il allait lui arriver – et aurions-nous su ce que je sais aujourd'hui, on n'aurait peut-être pas été capables de l'aider.

– Mais vous auriez pu faire *quelque chose*!
– Peut-être. Si vous n'aviez pas prétendu que tout allait bien.
– J'avais peur. Et je croyais que... eh bien, qu'il lui fallait seulement du temps pour s'habituer à son existence ici. C'est si beau ici, j'étais persuadée qu'il apprendrait à aimer cet endroit si on lui laissait seulement une chance...
– Vous auriez dû vous douter que quelque chose n'allait pas.
– Je savais qu'il n'était pas... qu'il n'était pas... mais j'avais peur que vous pensiez qu'il était fou. Que vous pensiez qu'il était fou parce qu'il ne pouvait pas pratiquer le Latihan ici, et que vous pensiez que c'était ce qui me guettait moi aussi.
– Il se peut qu'il ne soit pas fou. Il se peut qu'il soit simplement différent.
– Non.
– Ce serait peut-être plus facile pour vous s'il était bel et bien fou, Jane.
– Qu'est-ce que vous voulez dire?
– S'il est malade, il pourra toujours guérir. Mais si ce qui est arrivé tient à ce qu'il a changé...

– Ecoutez, Jane, dit John, il est possible qu'il s'en sorte comme il est possible que non. Catherine pense qu'il pourrait se révéler dangereux. Ce n'est pas mon avis, mais je ne peux pas courir le risque d'avoir tort. A partir de maintenant, nous allons donc le surveiller de près. Ce sera plus facile pour lui s'il ne se doute pas qu'il est surveillé, et le meilleur moyen d'y arriver c'est de vous confier ce soin.
– Je ne veux pas l'espionner, se rebiffa Jane.
– Croyez-vous que ça me fait plaisir d'avoir à vous le demander? Pensez au fait que c'est moi qui vous le demande et non Catherine. Ceci est censé être une utopie, pas un Etat policier; l'idée même de gens en train d'en espionner d'autres et de faire des rapports secrets me donne la nausée. J'ai ça en horreur. Mais je ne vois pas ce que je pourrais faire d'autre, à part l'enfermer, et je ne veux pas avoir recours à ça. Bien

qu'en un sens ce serait la chose la plus honnête à faire.

» Ecoutez, je veux que vous m'informiez de tout ce que ses paroles et ses actions peuvent avoir de bizarre. Je ne veux rien savoir d'autre. Et les seules personnes que je mettrai au courant seront Sandra, afin qu'elle puisse l'aider, et Manuel, afin qu'il puisse demander conseil aux gens de la Terre. Et Catherine – mais seulement si vous me dites quelque chose qui m'incite à penser qu'il devient dangereux. Et je ne crois pas qu'il devienne jamais dangereux. Enfin, je l'espère.

– Nous avons décidé d'accepter votre demande de transfert sur Deirdre, annonça Curtis Adamaski à frère Ashoka.

– Mais avec les problèmes d'adaptation qu'Ambler connaît...

– Je crains de ne pas avoir été informé des détails de ces difficultés – nos psychologues gardent de telles choses confidentielles – mais on m'a assuré que sa conduite se conforme de si près aux modèles établis sur l'hypothèse que la *seule* source de ses problèmes réside dans l'augmentation de sa capacité cérébrale, que les gens chargés de déterminer ce genre de choses n'ont plus aucune inquiétude en ce qui concerne le Latihan. Et, bien sûr, Miss Mallory donne toujours pleine satisfaction.

– Parfait.

– Bon. Voulez-vous que je soumette tout de suite votre profil à la colonie?

– Pas encore. A vrai dire, je n'ai pas encore convaincu la Confrérie de financer mon transfert.

– Eh bien, si vous y arrivez, faites-le-moi savoir, et je mettrai tout le processus en route. En attendant, je vous souhaite une bonne fin de journée, frère Ashoka.

– Bonne fin de journée à vous aussi, Mr Adamaski.

La nuit était là. Les grenouilles-tatous reprirent leur migration sautillante loin du camp; les crapauds-glisseurs étaient déjà partis depuis longtemps. Mais les insectes demeuraient, se disputant les restes de nourriture.

Et les rejetons des animaux qui avaient mangé les plantes hybrides s'étaient accouplés et se préparaient à donner naissance à leurs propres rejetons.

19

Il y avait encore de la pulpe d'écorce au menu : amère, filandreuse, lassante. Les quelques fruits encore bons qui restaient avaient été mis de côté pour les Nouveaux Venus.

Jane était assise avec John. Tom s'installa à côté d'eux.

– Où est Amber? demanda-t-il à Jane.

– Il ne mange pas ce soir. Il m'a dit qu'il n'avait besoin de rien, qu'il s'était déjà nourri pour toute la journée. Il est en train d'achever sa case afin de pouvoir dormir dedans dès ce soir.

– Il se peut que nous soyons tous obligés de réduire notre régime si ça continue comme ça a l'air de vouloir le faire, dit John.

– Encore une action vertueuse, dit Tom.

– Il ne vient pas à l'assemblée de ce soir? demanda John.

– Non. Il travaille à sa case. Il viendrait si le fait de rester à l'écart constituait un manquement à une règle mais, sauf existence d'une telle règle, il ne viendrait pas même s'il n'avait pas à travailler à cette maudite case. Il travaille et travaille sans jamais se plaindre...

– Je sais qu'il travaille, dit John.

– Mais il ne semble pas se soucier le moins du monde de ce qui arrive à la colonie.

– Peut-être trouvera-t-il Dieu, avança Tom. Un peu plus de pulpe, Jane? Je n'arrive pas à finir ma part.

– Non, merci. Je n'ai pas faim.

Amber s'assit en tailleur sur le grossier plancher de sa case enfin terminée. Il avait faim mais il commençait à s'habituer à cette sensation, en arrivant presque à l'apprécier. Tant qu'il resterait assez valide pour remplir ses obligations matérielles, il continuerait à réduire son alimentation. Déjà, il en était à un unique léger repas le matin.

« Tous les fruits et légumes ont disparu, songea-t-il. Tous mangés par les insectes sans que rien ne pousse à la place. Ce doit être un signe : Dieu doit vouloir me communiquer quelque chose par là. Mais quoi ? »

Il était seul dans l'obscurité de sa case, sentant l'air glisser dans sa narine centrale, tourbillonner dans sa poitrine sans rien perdre de son élan pour ressortir finalement par ses narines latérales. Il savait que les Yogis, sur Terre, se concentraient sur leur respiration pour atteindre à la paix intérieure, mais plus il fixait son attention sur sa respiration plus le rythme lui en paraissait profondément insolite.

Pourtant, en dépit de la puanteur étrangère de son corps, en dépit du caractère aberrant de cette circulation de l'air en lui, il savait que le moment approchait où il pourrait saisir ce que Dieu avait prévu pour lui.

Mais pour l'instant cela lui échappait encore, il se trouvait encore incapable d'y voir clair.

« Il faut que j'aie la patience d'attendre que vienne le moment qu'Il a choisi, se dit-il. Il faut que je m'élève au-dessus de ma haine envers ce vil corps. Il faut que je me libère jusqu'à ce que Dieu me juge digne de sa grâce. »

C'était au tour de Robert Cortona de mener les débats. Il monta sur le tertre et leva le bras pour réclamer le silence.

– Installez-vous confortablement, dit-il, car cette assemblée promet d'être longue. Probablement trop longue. Le mieux est que vous vous asseyiez.

» Maintenant, avant de passer aux choses sérieuses – je veux dire par là les problèmes qui nous ont décidés à convoquer cette assemblée – nous avons ici quelqu'un qui sollicite de nous le statut de citoyen à part entière. Emile, faites votre demande.

Un des quelques colons qui étaient restés debout dit d'une voix hésitante :

– Je m'appelle Emile Fontanas. Je suis botaniste et je demande à être accepté dans cette assemblée.

– Vous avez appris à reparler, Emile, et c'est la principale condition requise, dit Robert Cortona. Y en a-t-il parmi vous qui voient une raison quelconque – turpitude morale, ennemis haut placés, maladie particulièrement répugnante – de ne pas accéder à cette demande? (Le président de séance promena son regard sur l'assistance.) Personne? Très bien, Emile, vous êtes désormais des nôtres. Asseyez-vous.

» La deuxième question à l'ordre du jour est celle de la nourriture. Plus aucun fruit ne pousse et les fruits et les légumes que l'on devait ramasser ont été mangés par les insectes. Est-ce que quelqu'un aurait quelque idée de ce qu'il y a derrière tout cela?

– Pourquoi ne pas poser la question à Ray? lança quelqu'un.

– Je l'ai déjà fait – vous aurez son point de vue un peu plus tard. Pour l'instant, je suis à la recherche d'autres opinions.

– J'ai une idée, dit Bill Simmons.

– Levez-vous et racontez-nous ça.

– Je crois que nous sommes partis pour un changement de saison. Voyez ce qui s'est passé jusqu'à présent. D'abord les grenouilles-tatous deviennent mauvaises, puis disparaissent complètement. A cause des pluies plus longues les insectes se sont multipliés, et, juste à temps pour éviter d'être bouffés par eux, les fruits et les légumes cessent de pousser. Ensuite il y a le fait que les animaux semblent tout à coup avoir peur de nous – et le cochon sauvage que j'ai abattu hier attendait des petits. C'est la première bête pleine que nous ayons jamais vue ici. Et la forêt a développé quelque chose comme quatre-vingts stolons la nuit dernière – corrigez-moi si je me trompe, Rosabeth.

– Quatre-vingt-trois. Et on dirait qu'il pousse beaucoup plus de saloperies à l'intérieur du camp qu'on avait l'habitude d'en voir.

– Vous vous souvenez du temps où il nous poussait vingt, vingt-cinq stolons par nuit tout au plus – et jamais aussi gros que les monstres que nous avons maintenant? Tous ces changements en même temps annoncent de façon évidente un changement de saison.

– Quelles mesures suggérez-vous, Bill? demanda Robert Cortona.

– Celles que tout le monde prend à l'approche de l'hiver. Il faut faire des provisions et attendre le printemps. C'est tout ce que nous pouvons faire.

– Est-ce que quelqu'un a un avis différent à exprimer? Que penses-tu de tout ça, Ray?

– Je crois...

– Lève-toi et parle plus fort, Jarvis, cria quelqu'un. On ne t'entend pas d'où on est.

L'Ecologiste et Coordonnateur à la Recherche se leva; il paraissait fatigué.

– Je ne crois pas qu'il s'agisse d'un phénomène saisonnier, dit-il. Ou même cyclique. La théorie d'un cycle ne tient pas. Pourquoi les grenouilles-tatous disparaîtraient-elles maintenant, au moment même où elles ont plus d'insectes que jamais à manger? Et elles ne se sont pas toutes métamorphosées en crapauds-glisseurs non plus – Bob Elgin me dit que les crapauds-glisseurs ont disparu eux aussi. Et Tom me dit que les globes-pièges n'attrapent plus d'insectes. Maintenant il y a ce cochon sauvage près de mettre bas que Bill Simmons a tué hier – et Mike a abattu lui aussi deux quasi-écureuils qui attendaient des petits : quelle sorte de cycle ferait coïncider la fécondité des animaux avec le moment précis où il n'y a pas assez de nourriture pour toutes ces bêtes et où le danger que représentent les insectes est pire qu'à l'ordinaire? Et pourquoi la forêt développerait-elle tant de nouveaux stolons au moment même où les fruits et les légumes sont tous en train de périr? Cela n'a pas de sens.

Il se rassit.

– Comment interprétez-vous ce qui arrive alors?

demanda Bill Simmons. Peut-être que ce que nous avons vu n'est que le commencement du changement, peut-être que lorsque l'hiver – ou je ne sais quoi – sera effectivement là, nous serons en mesure de voir de bonnes raisons à tout ce qui arrive en ce moment.

– Peut-être, mais j'en doute.

– Robert...

– Tu as quelque chose à ajouter, Lyn?

– Je pense. Vous savez tous que rien ne veut pousser pour moi si je me livre à des transplantations ou à quoi que ce soit qui interfère avec la libre prolifération de la végétation? Bon. Eh bien, j'en suis pratiquement arrivée à la conclusion que l'écologie de toute cette planète est réglée d'une certaine façon. Tout se tient. *Tout.* Sinon comment chaque plante saurait *exactement* où elle est censée pousser?

– Où veux-tu en venir? demanda Robert Cortona.

– A ceci. Je crois que toute l'écologie est contre nous. Ce monde n'a jamais coopéré avec nous – vous *savez* tous à quel point les plantes et les animaux nous ignorent – et maintenant je crois que Deirdre nous fait la guerre.

– Comment les femelles pleines s'intègrent-elles là-dedans? demanda John Abercromie.

– Pour remplacer les animaux que nous avons tués à la chasse peut-être. Je ne sais pas. Mais je suis affirmative en ce qui concerne le caractère non saisonnier du changement auquel nous avons affaire.

– On dirait, à t'entendre, que tu crois à l'existence d'une sorte d'intelligence qui dresserait tout contre nous, dit Sandra. C'est comme ça que tu vois les choses?

– Sept mages tibétains en haut d'une montagne qui nous expédieraient leurs pensées maléfiques, ironisa Bill Simmons.

– Taisez-vous, Bill, dit Ray Jarvis. Penses-tu vraiment qu'il existe une intelligence qui dresserait les choses contre nous, Lyn?

– Non. Pas exactement. Je crois simplement qu'ici l'écologie est unifiée d'une façon ou d'une autre et qu'elle réagit contre nous comme une unité.

– C'est une possibilité, admit Jarvis. Rosabeth?

– C'est une possibilité, mais c'est assez improbable.

– Qu'est-ce que tu crois bon de faire s'il ne s'agit pas d'une sorte de changement saisonnier? demanda Robert Cortona au Coordonnateur à la Recherche.

– Je ne sais pas. Emmagasiner une bonne provision de pulpe d'écorce peut-être. C'est la seule réserve de nourriture qui nous reste, et il se pourrait que ce soit la prochaine chose à disparaître. Mais tu ferais mieux de demander d'autres avis.

– Faire des provisions de viande, suggéra Grace Benson.

– Il n'y a jamais eu assez de viande pour nous nourrir tous, dit Ned.

– Donc ne perdons pas de temps à aller à la chasse, dit le président de séance. En tout cas, que ce soit Bill ou Lyn qui ait raison, il me semble qu'on aurait intérêt à amasser autant de pulpe d'écorce que possible. Tout le monde est d'accord? Bon.

» Maintenant, est-ce que quelqu'un a d'autres idées à avancer sur ce qu'il y a derrière tout ça? Non? Alors qu'en est-il des idées sur ce que nous devrions faire? Manuel?

Manuel Candamo se leva.

– Je parle ici en ma qualité de Directeur du Recrutement, dit-il. Je ne suis pas un scientifique; je ne sais pas ce qui est à l'origine de ce phénomène; je ne sais pas combien de temps ça va durer. Mais ce que je sais, c'est que d'ici que ce soit terminé nous allons en baver. Il se peut que nous ayons du mal à nous nourrir – aussi n'avons-nous certainement pas besoin de nouvelles bouches à nourrir. Et si nous devons lutter pour survivre – vraiment lutter – nous ne pourrons détacher personne pour prendre soin des Nouveaux Venus. C'est pourquoi je propose que vous m'autorisiez à dire aux gens de l'Institut que nous ne voulons plus de nouveaux colons – en tout cas plus de nouveaux colons n'ayant pas des talents spéciaux dont nous aurions un besoin urgent – jusqu'à la fin de la crise.

Il se rassit.

– Cela me paraît raisonnable, dit Robert Cortona. Est-ce que quelqu'un a quelque chose à ajouter avant que nous mettions cette proposition aux voix?

– Est-ce que ça signifie que c'est la fin et que la colonie est condamnée? s'inquiéta Grace Benson.

– Non! Peut-être sommes-nous condamnés si Lyn a raison, mais même si nous n'avons affaire qu'à une version de l'hiver, nous aurons de bien meilleures chances de survivre si nous ne nous encombrons pas d'un tas de gens entièrement dépendants de nous.

– S'il s'agit d'une sorte d'hiver et s'il doit durer longtemps, il se peut que nous ayons besoin de gens pourvus de connaissances spéciales que nous n'avons pas, dit Will.

– Tu veux dire des Esquimaux, des Sibériens, des gens comme ça?

– Oui.

– C'est fort possible – si du moins l'hiver est ici synonyme de froid. S'il se traduit par une période de sécheresse, il nous vaudrait mieux des Australiens. Disons donc que le vote portera sur le fait de savoir si nous voulons ou non stopper l'immigration de tous les gens qui ne peuvent pas nous faire bénéficier de leur aptitude *particulière* à survivre. Levez la main si... Qu'est-ce qu'il y a, Josephus?

– Je crois que nous avons besoin d'un maximum de généralistes. Ray et Rosabeth sont de bons écologistes, c'est certain, mais peut-être qu'un autre écologiste serait susceptible de distinguer un schéma qui leur a échappé. Nous ne savons pas ce qui ne va pas, mais peut-être que quelqu'un ayant une vue plus large des choses serait en mesure de trouver une explication en dix minutes.

– Voilà une chose à laquelle je peux répondre, dit Delia Slater. Je transmets toutes les informations scientifiques à la Terre, et ils mettent à partir de là tous les généralistes *et* les spécialistes que vous voulez sur le problème.

– Je serais plutôt de l'avis de Josephus, dit Ray Jarvis. Quelqu'un de nouveau pourrait bien remarquer quelque chose que personne d'entre nous n'a repéré. Les informations sont ici, pas sur Terre, et personne là-bas ne va tirer quelque chose des informations que nous ne donnerons pas. Quelle que soit leur compétence. Et quelle que soit l'habileté de Bill à traduire des éléments visuels en chiffres : un millier d'images parfaites de mauvaises données ne sont d'aucun secours.

– Par conséquent, tu penses qu'on devrait continuer d'accepter des Nouveaux? demanda Robert Cortona.

– Uniquement dans le cas où ils posséderaient les compétences dont nous avons besoin. Je crois que tu as raison pour ce qui est de ne pas s'encombrer de trop de gens complètement dépendants de nous. Mais je crois que Josephus a raison lui aussi : c'est d'hommes de science que nous risquons d'avoir le plus besoin, pas de spécialistes de la survie en milieu naturel.

– Très bien, dit Robert Cortona. Formulons la chose de façon assez vague pour qu'elle puisse couvrir les deux possibilités : pas de Nouveaux Venus en dehors des gens dont la colonie jugerait les compétences absolument vitales pour sa survie. Et maintenant, levez la main si vous voulez une interruption de l'immigration... Vingt-quatre, vingt-six. Très bien, cela nous fait vingt-neuf voix contre l'interruption de l'immigration. Combien de voix *pour*? Je ne prendrai pas la peine d'en faire le compte à moins que quelqu'un n'y tienne absolument.

» Manuel, ça ne te dérangerait pas de te propulser sur Terre pour les mettre au courant de notre décision?

– Pas du tout. Maintenant?

– Autant attendre la fin de la réunion. Catherine, vous aviez quelque chose à dire?

– Oui. C'est au sujet d'Amber. Vous l'avez tous vu entrer dans cette transe mystique il y a trois jours. Certains d'entre nous lui ont parlé quand il est revenu à lui, et il dit que c'est quelque chose qui lui arrive tout le temps. John et Sandra se sont entretenus avec lui et ni l'un ni l'autre ne pensent qu'il est susceptible de présenter un danger pour qui que ce soit; je n'en suis pas aussi sûre qu'eux mais je veux bien les croire sur parole pour l'instant.

– Où voulez-vous en venir? demanda John.

– A ceci : John a demandé à Amber de rester au camp pour son bien – ça pourrait être dangereux pour lui d'entrer en transe en pleine brousse; il risquerait de ne pas se réveiller avant d'être assailli par les insectes – mais John n'est pas vraiment en position de lui donner de tels ordres. Moi non plus, d'ailleurs : mon rôle se borne à veiller à ce que les consignes de la communauté soient suivies. J'aimerais donc que la chose soit soumise à un vote.

– Vous aimeriez un vote sur le fait de savoir si la communauté doit ou non obliger Amber à rester au camp? demanda Robert Cortona. Qu'est-ce qu'Amber a à déclarer là-dessus?

– Il n'est pas là, dit Tom. Il travaille à sa case.

– Que quelqu'un aille le chercher. Il a le droit de dire quelque chose pour sa défense.

– Il ne voudra pas venir, dit Jane. Pas à une assemblée comme ça. Mais il respectera votre décision quelle qu'elle soit.

Même Jane vota en faveur du maintien d'Amber dans les limites du camp.

– Vous étiez une adepte de cette religion vous aussi, non? demanda Rosabeth une fois l'assemblée levée.

– Vous voulez parler de la Confrérie de la Lumière Prismatique?

– Oui.

– Effectivement.

– Est-ce qu'il vous est arrivé... euh, d'avoir des idées comme celles d'Amber?

– Non. Amber avait de la Confrérie une vision très différente de la mienne. Il avait besoin d'avoir foi en quelque chose beaucoup plus que moi.

Amber se nettoya avec du sable et entra dans sa case. Il laça le rabat. Il n'y avait pas de lit de feuilles pour le recevoir, seulement le rude plancher de bois, mais la case était sûre. Il était en sécurité à l'intérieur.

En sécurité. Il roula ces mots dans son esprit. Il y avait quelque chose en eux qui ne sonnait pas juste.

20

Jane acheva de broyer la pulpe d'écorce en une pâte absorbable par ses protégés. Elle porta le plat dans la case des Nouveaux Venus.

– Désolée, Ellen, Jim, s'excusa-t-elle en introduisant une cuillerée de l'amère mixture dans la bouche d'Ellen. Je sais que c'est infect. (De l'autre côté de la case, Will nourrissait Virgil.) Je sais que ce n'est pas aussi bon que les compotes de fruits auxquelles vous étiez habitués. Et c'est dur de se faire aux aliments secs quand on n'a pas de salive. Essaie d'obtenir un mouvement plus circulaire de tes mâchoires, Ellen. Comme si tu broyais ta nourriture au lieu de la mastiquer.

– Comment va Amber? demanda Will.

– Je ne sais pas. Il dort tout seul dans sa case et ne me parle plus.

Elle se mit à nourrir Jim.

– Il devient atrocement maigre, observa Will.

– Je sais.

– J'ai essayé de lui parler hier. Je lui ai dit qu'il devrait manger davantage, mais il n'a pas voulu m'écouter, bien qu'il soit resté très poli.

– Il n'écoute plus vraiment les gens, dit Jane.

Quand elle eut fini de nourrir Jim, elle encouragea ses deux protégés à ramper hors de la case dans le soleil du matin. Ceux-ci se mirent à gazouiller joyeusement entre eux tandis que Virgil jouait avec une petite voiture de bois fabriquée par John Dolland.

« Pourquoi Amber n'est-il plus comme avant? se demanda Jane. Un peu comme un enfant. Pas désarmé ni incapable ou quoi que ce soit de ce genre mais plus... Il était si heureux. Comme Ellen et Jim. »

C'était une joie de s'occuper des Nouveaux Venus, de les aider à découvrir le monde autour d'eux. Elle était heureuse. Ça ne semblait pas juste qu'elle fût si heureuse au moment même où Amber était en train de devenir fou et où la colonie était sur le point de sombrer, mais elle l'était.

Dans une tanière près de la colonie, une créature descendant d'un quasi-écureuil donna naissance à une portée de trente-neuf petits. Douze étaient mort-nés; neuf autres étaient infirmes, difformes ou anormaux de quelque autre façon : ceux-là furent dévorés par leur mère. Elle laissa les dix-huit autres se nourrir des couches de tissu excédentaire qui subsistaient sous la peau détendue de son ventre.

Dans une autre tanière un rejeton naquit d'une créature de son espèce qui, quoique constituant une réponse inappropriée à l'impératif qui l'avait fait venir au monde, n'en était pas moins viable et n'appartenait à aucun schéma que l'Esprit-Forêt avait appris à bloquer. L'unique progéniture fut autorisée à vivre.

Judy Conterreal, ancienne Assistante à la Santé nouvellement élue Eclaireuse de la Colonie, et Lyn Garcia, Agricultrice, étaient prêtes à partir. Leurs sacs à dos contenaient assez de pulpe d'écorce pour les nourrir durant les trois à cinq jours qu'elles comptaient passer en expédition; s'il leur en fallait davantage, elles pourraient toujours en obtenir assez facilement. De solides couteaux de bronze étaient passés dans leurs ceintures et Judy, qui était la meilleure tireuse, avait un arc et vingt flèches à pointes d'or pour la chasse.

– Vous êtes sûres de vouloir partir? demanda Manuel Candamo. Nous pouvons difficilement nous permettre de vous perdre l'une comme l'autre.

– Moi si, vous le pouvez, dit Lyn. Je n'ai pas réussi à faire pousser une seule plante en deux ans. Et si nous allons vraiment vers l'hiver, je serai moins utile que jamais.

– Mircea et Krishna n'ont pas besoin de moi, dit Judy. Et au cas où ils auraient besoin d'aide, Sandra pourra toujours me remplacer. Et puis, c'est une perspective qui m'enchante que cette expédition.

– Et si *j'ai* raison, dit Lyn, et que ce qui nous paraît un hiver n'est qu'une réponse locale à l'influence perturbatrice de la colonie, il est vital que nous en ayons le cœur net.

– Pourquoi? demanda Manuel. Est-ce que ce ne serait pas la même chose où que nous allions?

– Peut-être... à moins qu'il y ait eu quelque faute de commise que nous pourrions apprendre à éviter à l'avenir. Mais même si tout ça doit se reproduire ailleurs... ça a pris plus de trois ans cette fois, n'oublie pas.

– Ce n'est pas assez long, dit Manuel.

– Non? intervint Judy. Et pourquoi ça? Un mode de vie semi-nomade... ça pourrait être une bonne chose. Une société où les femmes n'auraient pas le problème de s'occuper des enfants... ça pourrait être une bonne chose. Je crois que j'aimerais essayer ça.

Quelques colons continuaient de partir à la recherche de fleurs de métal, mais la plupart des autres Deirdriens avaient été arrachés à leurs tâches habituelles pour dépouiller de leur écorce et de leur pulpe les arbres qui entouraient immédiatement le camp. Etant donné que toute pénétration de l'écorce protectrice d'un arbre durant le jour ouvrait régulièrement la voie à une fatale invasion des parties vitales de l'arbre durant la nuit, il n'était question de rien d'autre que de mettre les arbres à nu et de les laisser mourir.

Au camp, Jane aidait à gratter la pulpe de l'enveloppe extérieure. Celle-ci était mise au rebut; la pulpe était entreposée dans de nouvelles cases construites à cet effet. Le besoin de nourriture avait été jugé plus urgent que celui de matériaux de base pour l'habillement et la construction.

Amber abattit sa hache de bronze sur le dur stolon

de bois. Les machettes ne convenaient plus pour trancher les pousses de plus en plus grosses : Emile Fontanas disait que les arbres semblaient incorporer du métal dans leurs racines. Quelle que fût la cause du phénomène, toujours est-il que les stolons ne cessaient de gagner en grosseur et en dureté.

Bien que la hache dont se servait Amber fût neuve, elle commençait à s'émousser : il allait bientôt devoir la ramener à aiguiser à Josephus.

« Pas trop tôt, se dit-il. Pas avant qu'elle n'aille vraiment pas bien. » Bien qu'il se sentît fatigué, en proie à une faiblesse comme il n'en avait jamais éprouvée, il savait que cela ne lui donnait pas le droit de manquer à ses responsabilités.

« Peut-être devrais-je manger davantage, pensa-t-il. Si je ne suis pas assez fort pour faire mon travail... » Mais sa faiblesse lui paraissait curieusement agréable, comme s'il se fût agi d'un signe de son triomphe imminent sur son corps étranger.

– Comment ça se passe, Amber? lui demanda un colon qui se servait d'une machette pour trancher les pousses plus petites.

– Pas mal. Ma hache commence à être un peu émoussée.

– Pourquoi tu ne la portes pas chez le Forgeron? Je te relaierai le temps que tu seras parti.

– Non, merci. Je peux encore en faire bon usage.

– Mais si, je t'assure, insista le colon – comment s'appelait-il déjà... Ted? – J'aimerais prendre ta place quelques instants.

– Très bien. Je te dirai ça le moment venu.

Ted hocha la tête et s'éloigna. « Nous sommes trop fiers ici, songea Amber. Je suis trop fier de ma taille et de ma force. Jane est fière de la façon dont elle a réussi à trouver sa place ici. Et nous tous... nous étions si fiers de conquérir ce monde, de le façonner à notre image. Et les autres sont fiers de le voir se défendre, voilà qui fera d'eux des héros s'ils l'emportent. On ne devrait pas être ici. Tout ce qui nous entoure est en train de mourir et nous continuons d'agir comme nous le ferions si nous étions encore sur Terre.

» Est-ce là notre péché? s'interrogea-t-il. Essayer de nous imposer sur un monde qui ne veut pas de nous? (Il abaissa les yeux sur sa hache.) La jungle ne fait qu'essayer de reprendre ce que nous lui avons volé. Je ne peux continuer à la combattre. Je vais aller dire à Rosabeth que je ne peux plus travailler pour elle. »

– Où vas-tu, Amber? demanda Ted.

– Il faut que j'aille parler à Rosabeth et à John. Tiens, tu peux prendre ma hache.

– Quelque chose qui ne va pas?

– Non.

« Est-ce là mon péché? se demanda-t-il. De penser que j'ai raison et eux tort? De penser que je suis différent, meilleur? De penser que je sais? »

Dans une tanière près de la colonie, une créature unique dont les grands-parents avaient été des quasi-écureuils se mit à dévorer les créatures avec lesquelles elle partageait son gîte. L'Esprit-Forêt essaya de mettre un frein à un tel comportement, mais sans succès : l'unique ignora ses ordres.

Mais l'unique n'était pas la seule créature de son espèce; il y en avait des douzaines d'autres avec elle qui, agissant de concert, la tuèrent facilement.

Jane regardait Ellen creuser maladroitement le rouge sol meuble.

– Thaa? demanda Ellen. Thaa... urrumph?

Elle déterra un caillou rond verdâtre, joua un peu avec, puis le jeta au loin.

Jane lui sourit.

A la fin de l'après-midi du troisième jour, Judy s'exclama :

– Regarde!

Et elle tendit le doigt en direction d'un arbuste tout jaune de pommes-figues.

Les fruits leur parurent délicieux après l'amère pulpe d'écorce. Elles mangèrent leur content, se reposèrent et continuèrent leur chemin. Elles tombèrent bientôt sur un massif de baies vertes. Dessous, en train de dormir, elles découvrirent une grenouille-tatou.

– La forêt est redevenue normale, dit Judy. Tu avais raison.

– Elle paraît normale, mais j'aimerais regarder tout ça d'un peu plus près. Et même si tout est normal ici, ça ne suffit pas à prouver que j'ai raison. Il peut toujours y avoir une autre explication.

– En tout cas, ça prouve que Bill Simmons avait tort.

– Oui.

– C'est suffisant pour moi. Faisons un peu d'exploration.

Il n'y avait pas un buisson qui ne croulait de fruits; des tiges chargées de melons couraient partout; des fanes de pommes de terre jaillissaient du sol en mauves bouquets. Elles découvrirent une grappe de globes-pièges en train de digérer des insectes.

– Superbe, commenta Lyn. Je n'ai pas souvenance d'avoir *jamais* vu une végétation aussi luxuriante près de la colonie.

– Moi non plus, reconnut Judy. Débarrassons-nous de la pulpe.

– Bonne idée. Est-ce que ce ne serait pas formidable de ne plus jamais avoir besoin de manger cette saloperie?

Elles remplirent leurs sacs à dos de fruits, joignant une grenouille-tatou endormie à leur chargement à titre de preuve supplémentaire, puis elles reprirent le chemin de la colonie.

– La vie nomade n'est pas si mauvaise, non? lança Judy.

– C'est mieux que la pulpe d'écorce, reconnut Lyn.

Amber se pencha et retira les fines spirales d'argent des cendres encore chaudes.

– Amber.

C'était la voix de Jane.

Il se redressa sans manifester la moindre surprise et lui sourit.

– Comment vas-tu, Jane? demanda-t-il.

– Très bien. Je suppose. Je veux dire que je suis

heureuse ici, mais... Tu ne m'adresses plus la parole, Amber! Tu ne me dis plus rien! Nous devions être si heureux ici, tous les deux ensemble – tu te souviens? Tous les deux, Amber! Pourquoi tu es parti comme ça et... Je ne t'ai pas abandonné, Amber, je t'aime toujours mais toi... Pourquoi?

Il lui effleura le visage du bout des doigts et lui sourit.

– Je ne t'ai pas abandonnée, Jane. Je suis désolé si c'est l'impression que tu as. Je ne veux pas te faire du mal; il se trouve seulement que j'ai besoin d'être seul pendant quelque temps. Et toi... tu as maintenant des amis ici. Tu as trouvé ta place dans la vie. Mais moi... j'avais le Latihan et j'en ai fait le sacrifice, Jane. Et à présent il faut que je trouve un autre moyen de revenir vers Dieu. Une fois que j'aurai retrouvé mon chemin, une fois qu'Il m'aura repris, alors je pourrai te montrer combien tu m'es chère. Mais pour le moment, il faut que je me coupe de tout, de tout à part Dieu. Même de toi, Jane : de tout. Il faut que je me dépouille de tous mes péchés, de toutes mes envies, de tout, sauf de mon amour de Dieu.

– Tu ne parlais jamais avec Dieu durant le Latihan, Amber. Tu ne faisais que te parler à toi-même. Tu ne peux pas te détourner complètement de moi pour une... tu ne faisais que te parler à toi-même!

– Je suis désolé que tu voies les choses ainsi, Jane. Mais je sais que tu as tort : je parlais avec Dieu durant le Latihan, et Le retrouver est la seule chose qui puisse redonner un sens à ma vie. La seule chose.

Judy et Lyn étaient presque arrivées au camp quand elles aperçurent une multitude de bêtes rougeâtres qui grouillaient comme autant d'asticots velus sur la carcasse d'un cochon sauvage.

– Judy, murmura Lyn. Tu vois ces choses?

– Oui.

– C'est quelque chose de nouveau. Il faut que nous en rapportions des spécimens à Bob et à Jarvis. Tu crois que tu peux en descendre un?

– Je vais essayer.

Judy ajusta une flèche, la décocha dans la masse serrée de corps roux. La flèche transperça un animal; les autres détalèrent de tous côtés sans lui laisser le temps de réarmer son arc.

– Un coup de chance, commenta-t-elle.

Lyn retira précautionneusement la flèche du corps de l'animal et souleva le cadavre. La chose avait environ deux fois la longueur de sa main, un corps mince et musclé, des mâchoires garnies de dents vertes affûtées comme des rasoirs.

– Lâche ça! dit brusquement Judy.

Lyn laissa tomber la dépouille.

– Pourquoi? demanda-t-elle.

– Regarde ces griffes. Elles sont creuses, comme des crochets de serpent à sonnette. Ces trucs doivent être venimeux.

– Dans ce cas, c'est une bonne chose que nous soyons tombées dessus, dit Lyn. (Elle fourra l'animal dans son sac.) Si ces bestioles se mettent à apparaître partout où nous construisons un camp, je suis pour l'adoption de la vie nomade.

– J'ai peur qu'il ne soit trop tard pour ça, dit Judy à voix basse. Regarde.

Autour d'elles, le cercle des prédateurs se resserrait en silence, dans un pétillement d'yeux jaunes.

Assis en tailleur dans l'obscurité de sa case, Amber s'abandonna à sa vision :

« Les colons, leurs faces vertes tordues par la rage, d'horribles rictus découvrant leurs dents bleu-noir, s'acharnaient sur la forêt à grands coups de leurs haches d'argent, arrachant les plantes sans défense, bondissant sur les animaux qu'ils mettaient aussitôt en pièces, les déchirant à pleines dents. Jane essayait de les arrêter. Alors ils s'attaquaient à elle, la coupaient en morceaux avec une hache d'argent aux terribles reflets et jetaient la chair sanguinolente qui avait été la sœur d'Amber dans le feu où flambaient les corps de tous les êtres qu'ils avaient massacrés. Une odeur de chair carbonisée flottait dans l'atmosphère, grasse et excitante.

» Les colons joignaient leurs mains ruisselantes de sang, dansaient autour du bûcher dans le sens inverse des aiguilles d'une montre, nus, chantant et vociférant. Lentement le mal qui était en eux commençait à sourdre de leurs pores, les recouvrant d'une immonde sève luisante. La couche gagnait en épaisseur. Voilà que leurs mouvements se faisaient plus lents, toujours plus lents à mesure que le mal qui les recouvrait perdait son éclat, ternissait, se solidifiait, les emprisonnant.

» Un puissant bourdonnement emplissait l'atmosphère : un nuage iridescent de magnifiques insectes aux ailes délicates. Les insectes se posaient sur les colons immobilisés et dévoraient la sombre gangue de mal qui les emprisonnait, libérant les êtres à l'intérieur.

» Libres, les magnifiques silhouettes entamaient une danse majestueuse. Partout où leurs pieds se posaient de nouvelles plantes et de nouveaux animaux jaillissaient à la vie. »

Amber secoua la tête, essayant de trouver un sens à sa vision. Ce n'était pas une vision comme en procurait le Latihan, pas une révélation directe, mais il savait que Dieu avait contribué à la façonner et qu'elle contenait un message à son intention auquel il ne pouvait se soustraire.

Les insectes. Les insectes n'étaient pas ses ennemis. Ils le purifieraient. Il n'avait pas à rester à l'abri de sa case, recroquevillé par la peur; il devait être dehors, à l'air libre, s'en remettant à Dieu pour ce qui était de sa sauvegarde.

Mais il avait peur. Terriblement peur.

21

Josephus Cypers était en train de chasser le cochon sauvage. En tant que Forgeron, il s'était lui-même donné pour tâche de chercher de nouvelles fleurs de métal et il était *effectivement* en quête des fleurs resplendissantes, mais tant qu'il n'en rencontrait point sur sa route il était libre de consacrer son temps à ce qui lui plaisait le plus : la chasse. S'il trouvait du métal, il lui faudrait abandonner l'idée d'abattre un cochon, mais si c'était le cochon qui se présentait le premier... Eh bien, il était sûr que personne ne verrait d'objection à ce qu'il rapporte de la viande fraîche.

Un léger mouvement attira son regard et il vit le cochon femelle, son corps gris lourd d'une portée prometteuse. « Autant de viande en plus, songea-t-il en ajustant une flèche à son arc, et peut-être que nos scientifiques pourront apprendre des choses utiles, mais ça va être coton à transporter. »

Le cochon sauvage trotta derrière un arbre. Son arc bandé, Josephus attendit en silence que réapparaisse la bête...

Une douleur fulgurante lui saisit le mollet droit. Il se retourna, écarquilla les yeux : un petit animal roux, un peu comme un furet mais ne ressemblant à rien de ce qu'il avait pu voir sur Deirdre, détalait à toute allure.

« Cette saloperie m'a mordu », se dit-il. Avec une adresse née d'une longue pratique, il fit décrire une petite courbe à son arc, visa, abattit la bête en pleine course.

« Je suis le meilleur tireur de la colonie », pensa-t-il juste avant d'être gagné par le vertige et de s'écrouler.

Les prédateurs se ruèrent sur son corps.

– Lyn et Judy ne sont pas encore revenues. Cela fait six jours, dit Ray Jarvis.

– Josephus manque aussi à l'appel, dit Catherine. Il était parti chercher des fleurs de métal.

– Il peut encore revenir ce soir, dit John Abercromie. Et si quelque chose l'en empêche, il a autant de chance que n'importe qui de survivre à la nuit.

– Plus, corrigea Catherine. Il a déjà passé des nuits tout seul dans la forêt – mais jamais sans m'informer de ses intentions auparavant. S'il n'est pas de retour demain matin, je pars à sa recherche.

– Nous enverrons une expédition de secours.

– Alors j'en serai.

– Non, il n'en est pas question. Vous resterez ici – si du moins il ne revient pas.

– Vous n'avez pas le droit de m'en empêcher.

– Non, mais je peux me le faire donner. S'il le faut, je demanderai à ce qu'une assemblée soit convoquée ce soir. Ecoutez, Catherine, tout ce qui est assez dangereux pour mettre Josephus en difficulté pourrait bien être dangereux pour quiconque partira à sa recherche. Et s'il a disparu...

– S'il est mort.

– S'il est mort, vous êtes la seule d'entre nous à posséder les talents et les connaissances nécessaires pour continuer à faire une grande partie de ce qu'il faisait pour la colonie. S'il est mort, vous êtes irremplaçable.

– Alors tu penses que Lyn et Judy sont tombées sur quelque chose de dangereux? demanda Jarvis.

– Je ne sais pas, Ray. C'est possible, mais il se peut aussi qu'elles aient décidé de passer quelques jours de plus en exploration.

L'expédition de secours qui partit le lendemain à la recherche de Josephus ne trouva rien. Mais pas un des colons qui s'aventurèrent seuls dans la forêt ce jour-là ne reparut.

– Nous avons perdu treize personnes, annonça John. Quinze si Judy et Lyn ne tardent pas simplement à revenir.

– Ce qui a combien de chances d'être la bonne explication, à votre avis? demanda Jo Anne.

– Aucune, répondit John. Et c'est une des raisons pour lesquelles je laisse maintenant la parole à Catherine. En l'absence de Josephus, elle est ce qui se rapproche le plus d'un Département de la Défense. Et je pense que c'est ce dont nous avons le plus immédiatement besoin. Si vous voulez bien venir ici, Catherine...

Il descendit du tertre.

– Il y a manifestement dans la forêt quelque chose qui s'en prend à nous, commença Catherine. Qui nous élimine un par un...

– Que faites-vous de Judy et Lyn?

– Ou deux par deux, si vous voulez. Mais le fait est que quelle que soit la nature de cette chose, ça agit à la façon de... eh bien, disons un loup ou un tigre. Rien à voir avec quelque nouveau phénomène naturel, comme des sables mouvants. Et ce je ne sais quoi est trop fort pour deux personnes ensemble, quelles qu'elles soient, maintenant que Judy et Josephus ont disparu. Par conséquent, à partir de maintenant, je ne veux voir personne quitter le camp autrement que par groupes d'au moins trois personnes. Et cela signifie trois personnes *armées*.

– Mais qu'est-ce que c'est que cette chose? demanda Mary. Des insectes?

– Je ne sais pas, répondit Catherine. Bill le Chasseur de Papillons fait partie des personnes manquantes, nous ne pouvons donc pas *lui* poser la question, mais ça ne m'a pas l'air d'être des insectes. Plutôt un genre d'animal. Ou l'un d'entre nous.

– Vous rigolez, ou quoi? lança Bill Simmons. Je ne trouve pas ça très drôle.

– Ça ne voulait pas l'être, dit Catherine.

– Si tu sous-entends par là que l'un d'entre nous est un maniaque homicide, tu te trompes, dit Sandra. Personne de tel n'aurait pu passer à travers les procédures de sélection. Et je pense que tu fais plus de mal que de bien en en mentionnant seulement la possibilité.

– Et Amber? demanda Grace Benson.

– Impossible, dit Sandra.

– Sandra a raison, déclara Catherine. Il est resté sous surveillance ici au camp toute la journée d'hier. Il est l'une des quelques personnes dont je sais qu'elles ne peuvent être responsables. Mais quand bien même il ne saurait être tenu pour personnellement responsable de ce qui s'est passé...

– A quel autre genre de responsabilité tu penses?

demanda Sandra. Considérerais-tu qu'il est moralement responsable ?

– Non. Tout ce que j'essaie de vous faire comprendre, c'est qu'il est la preuve vivante que nous ne pouvons pas faire confiance aux procédures de sélection comme nous aimerions être en mesure de le faire.

– Amber... était une expérience, dit Jane. Vous savez tous cela. Personne n'a prétendu savoir dès le départ que... comment les choses tourneraient pour lui.

– Jane, dit Catherine, personne n'accuse Amber de quoi que ce soit. Mais vous disiez qu'il constituait une expérience : par conséquent, qu'est-ce qui nous assure que certains d'entre nous ne sont pas aussi des « expériences » dont l'Institut ne s'est pas soucié de nous parler ?

– Je le saurais, dit Sandra. Et ce n'est pas le cas.

– Tu as probablement raison, dit Catherine. Ecoutez, j'essaie seulement de m'assurer que nous envisageons bien *toutes* les possibilités. Je ne crois pas que *quiconque* ici présent soit susceptible d'avoir fait ce qui a pu être fait, mais je ne veux parier sur *rien*. Absolument rien.

Un groupe de vingt-sept colons commandé par Krishna était parti ramasser de la pulpe d'écorce dans la forêt. Deux groupes de moindre importance, l'un composé de cinq colons commandés par Jo Anne, l'autre comprenant Tom, Mischa et John Dolland, quittèrent aussi le camp. Le groupe de Jo Anne cherchait des fleurs de métal; celui de Tom était en quête de racines et de branches pouvant convenir à la fabrication d'épieux et de flèches.

L'Esprit-Forêt possédait trop peu de prédateurs pour scinder ses forces. Il ignora le groupe préposé à la collecte de la pulpe d'écorce, décida de ne pas attaquer le groupe de Jo Anne.

Trois prédateurs seulement furent perdus dans le massacre de Tom, Mischa et John Dolland, moins qu'auraient pu en prédire les modèles hérités des combats de l'Esprit-Forêt contre ses rivaux depuis longtemps disparus.

★

– Dan m'a dit qu'il y avait un massif de fleurs de bronze qui poussait par ici, dit Ted. Il devait en rapporter un maximum.

– Là-bas, dit Sally. Ces reflets brillants. Ce n'est pas ça ?

Elle tendit un doigt dans leur direction.

Ils trouvèrent les os proprement nettoyés au pied de l'arbre autour duquel s'enroulait la tige des fleurs de bronze. Les os étaient bleus.

– Dan ? risqua Ted.

– Je pense, répondit Mircea.

– Mais ce ne sont pas des os humains ! s'exclama Sally.

Elle avait été très proche de Dan.

– Aucun de nous n'est plus humain, Sally, dit Ted. Ce sont là les os de Dan.

– Quelque chose l'a mangé, dit Jo Anne.

– Des insectes ? proposa Alexis.

– Regardez ! lança Jo Anne en tendant le doigt.

A quelques mètres du squelette de Dan gisait un autre squelette. Beaucoup plus petit. Des lambeaux de fourrure rousse adhéraient encore à ses pattes arrière, mais le reste du corps se réduisait à un assemblage d'os verts.

– Je ne sais pas ce que c'est, mais ça a le dos brisé, dit Bob Elgin. Peut-être que c'est l'œuvre de Dan.

– En tout cas, c'est trop petit pour l'avoir tué lui, dit Sally.

– Regardez-moi ces dents, dit Jo Anne. Peut-être qu'il y avait toute une bande de ces bestioles, comme les piranhas ou les fourmis carnivores... Dan a tué celle-ci avant de se faire avoir par les autres, et elles l'ont mangée elle comme elles l'ont mangé lui.

– Pourquoi auraient-elles laissé les pattes ? demanda Ted.

– Regarde les griffes, dit Bob Elgin. Ne les touche

pas, contente-toi de regarder. Elles sont creuses, tu vois? Probable que les pattes contiennent des poches à venin.

– Il faut ramener ça au camp, dit Ted.

– On ferait bien de l'envelopper dans quelque chose avant de se mêler de le transporter, suggéra Alexis. S'il y a encore du venin sur ces griffes, ce n'est pas le moment que quelqu'un se fasse égratigner.

– Ce sont d'étranges animaux, déclara Ray Jarvis à l'assemblée. Tout ce que nous avons rencontré jusque-là sur Deirdre – ours fruitiers, quasi-écureuils, cochons sauvages, souris-monstres, nous-mêmes – tout a des os bleus. Ces choses en ont des verts.

– Ce qui signifie quoi? demanda John.

– Je n'en sais rien. Personne d'entre nous n'en sait rien. Sauf que ça signifie que ces choses sont *différentes*. Peut-être découvrirons-nous ce que signifie cette différence si nous en capturons une vivante.

– En tout cas, les griffes ne sont pas très longues. Si nous portons tous des cuissardes faites de trois ou quatre couches de fibre d'écorce quand nous sommes dans la brousse, on devrait être à peu près en sécurité. Et les pantalons de peau de grenouille de Bill devraient bien le protéger, mais il n'a eu le temps d'en confectionner qu'une paire avant que les grenouilles disparaissent.

– Et si elles sautent? demanda Catherine. Ou nous tombent dessus du haut des arbres?

– Ma foi, à en juger par la conformation des pattes, ces choses n'ont pas l'air d'être bâties pour sauter, dit Robert Elgin. Quant à nous dégringoler dessus du haut des arbres... c'est possible aussi, bien sûr, mais les griffes n'ont pas l'air d'être celles d'animaux grimpeurs. C'est pourquoi je pense que nous serons en sécurité avec de bonnes bottes.

– Et pour ce qui est de les empêcher de nous attaquer ici? voulut savoir Karl Archard.

– Il n'y a rien de prévu, mais jusque-là ces animaux nous ont évités quand nous sommes en groupes de plus de trois personnes, dit le Zoologiste.

– Mais ça ne prouve pas qu'ils vont continuer à laisser le camp tranquille, dit Catherine. Jusqu'à hier ils ne s'attaquaient qu'aux individus seuls; aujourd'hui ils ont eu Tom, Mischa et John Dolland – et tous trois étaient armés. Je trouve absolument suicidaire de se fier à la simple supposition qu'ils vont continuer à éviter le camp. Ce qui signifie que nous devons mettre sur pied un moyen de nous protéger d'eux s'ils décident d'attaquer le camp. Je laisserai Ted vous donner les détails.

Ted se leva et fit face à l'assistance.

– La plupart des idées qui paraissaient les meilleures du point de vue de la défense n'étaient pas réalisables avec les matériaux dont nous disposons ici. Essayez de construire un fort sans bonnes pierres et sans rien pour remplir les douves! Aussi, ce à quoi Catherine et moi avons finalement abouti, c'est une palissade de pieux épointés tournés vers l'extérieur. De cette façon, ces choses ne pourront pas l'escalader, et si Bob a tort et qu'elles peuvent sauter il y a une chance qu'elles s'empalent dessus. Mais nous ne savons pas quel âge avait la bestiole que nous avons trouvée : peut-être n'était-ce qu'un bébé. C'est pourquoi nous ferions bien de construire une palissade aussi haute que possible.

– Qu'est-ce qui vous rend si sûr qu'elles ne peuvent pas grimper, Bob? demanda quelqu'un.

– Ces choses – je les appellerai des belettes-serpents, mais si quelqu'un a un meilleur nom à leur donner, libre à lui d'en faire la proposition – ne possèdent pas des griffes d'animaux grimpeurs. Ces griffes ne sont bonnes qu'à injecter du venin.

– Et si elles ont, euh, des coussinets à ventouses? demanda Krishna.

– Alors nous sommes dans de sales draps. Mais je ne crois pas que ce soit le cas; des coussinets à ventouses ne seraient pas très efficaces pour autre chose qu'un tout petit animal. Personnellement, je pense que la palissade de Ted les tiendra à l'écart durant le jour et je doute que nos bestioles s'exposent aux insectes durant la nuit.

– Le camp est trop grand, dit Sally.

– Juste. Nous devons abandonner les cases périphériques. Tous ceux qui y vivent devront aller habiter avec des gens plus centralement situés, dit John. D'autre part, il nous faut du bois.

Pendant que les belettes-serpents continuaient à se multiplier, la progéniture des ours fruitiers qui avaient mangé les fruits mutagéniques commençait à donner naissance à ses propres petits. La troisième génération offrait peu de ressemblance avec ses parents ou ses grands-parents, mais c'était ainsi que les choses avaient été prévues; les petits naissaient par portées de trois et leur mise bas était invariablement fatale à la mère.

Ceux qui ne répondaient pas exactement à l'impératif qui les avait appelés à la vie furent jugulés et moururent, mais la majorité survécut : ils constituaient une espèce plus stable que les belettes-serpents.

Les cadavres furent dévorés; les animaux vivants se développèrent. Bientôt ils seraient en état de se reproduire.

– Il va falloir que tu abandonnes ta case, Amber, dit Jane. Ted va devoir quitter la sienne lui aussi, mais il emménage dans l'ancienne case de Tom et il dit qu'il veut bien la partager avec toi.

– Et toi?

– J'abandonne ma case, moi aussi.

– Et tu ne vas pas suivre Ted?

– Non. J'emménage dans la Case des Nouveaux Venus. Will est costaud et on a besoin de lui pour la construction de la palissade. Je vais donc le remplacer en tant qu'Infirmière en Chef.

– Je n'ai pas besoin de partir dès ce soir?

– Non. Demain, quand on commencera à travailler à la palissade.

– Je crois que ça va être bien de prendre soin des Nouveaux Venus. Pour toi, je veux dire.

– Je le crois aussi.

– Tu as peur, Jane?
– Oui. Bien sûr. Pas toi?
– Je n'en suis pas certain.
– Alors tu es stupide.
Elle tourna les talons et le planta là.
Laissé à lui-même, Amber laça soigneusement le rabat de sa case. « Est-ce qu'ils sont en train de mourir à cause de moi? s'interrogea-t-il. Est-ce une façon pour Dieu de me montrer son impatience? »
Mais il n'était pas encore prêt. Il n'était pas lâche, mais il n'était pas encore prêt.
« Demain soir, se dit-il. Je ferai jeûne toute la journée de demain et je me livrerai au Latihan demain soir. »

22

Le matin venu, les colons se répartirent par groupes de vingt et commencèrent à abattre les arbres qu'ils avaient au préalable dépouillés de leur écorce, à les fendre et à traîner le bois jusqu'au camp en vue de la construction de la palissade.
David Heaton, qui faisait pour la première fois office d'Assassin à la Hache cette dizaine et se montrait très consciencieux dans l'exercice de ses responsabilités (à moins, bien sûr, que sa conscience professionnelle ne fût qu'une façade dissimulant un sadisme inné – comme le soutenaient Ned, Sally et Bill Simmons contre Sandra et Manuel), avait protesté contre l'annulation de sa Séance d'Ereintement-Vomissement et avait demandé que la question fût soumise à un vote. Il avait été mis en minorité : Laurent Eliade avait fait valoir qu'il était impossible à des Utopiens morts de bâtir n'importe quelle sorte d'Utopie, et avait réussi à convaincre l'assemblée que le meilleur espoir qu'avaient les colons de rester des Utopiens vivants était de construire la palissade aussi vite que possible.

C'est pourquoi même David Heaton, qui avait rétorqué que la position de Laurent n'était qu'une nouvelle variante de l'argument selon lequel la fin justifiait les moyens, avait enveloppé ses jambes de bandes d'écorce bien raide et, d'une démarche dandinante, s'était enfoncé gauchement dans la forêt pour y faire une part de travail. Bill Simmons était relativement à l'aise dans ses pantalons en peau de grenouille, mais Jane et tous les autres s'aperçurent rapidement que la fibre d'écorce brute leur irritait cruellement la peau; le dandinement maladroit, ridicule, qu'ils étaient obligés d'adopter pour se mouvoir eut rapidement raison de la capacité de tolérance de la plupart des gens en ce qui concernait toute irritation supplémentaire. Résultat : beaucoup de personnes généralement calmes se surprenaient à hurler après un nombre égal de personnes tout aussi inaccoutumées à se faire incendier de la sorte. Jane, plus expérimentée que la plupart de ses compagnons dans l'art d'en user avec les personnes hyper-irritables, réussit à éviter l'hostilité de la majorité des colons, mais elle fut l'objet de suffisamment de critiques gratuites pour en éprouver du chagrin.

Le travail progressait lentement mais régulièrement. Ted et Catherine étaient partout, supervisant le déroulement des opérations et mettant la main à la pâte si nécessaire. La palissade commença à prendre forme.

Les belettes-serpents continuaient à se multiplier. La seconde variété de prédateurs était parvenue à maturité et commençait à se reproduire. Ils étaient beaucoup plus gros que les belettes-serpents, pourvus d'une légère carapace et équipés de crocs et de griffes contre lesquels la fibre d'écorce n'aurait été d'aucun secours.

Et le moment approchait où les cochons sauvages commenceraient à donner le jour à leur propre bizarre progéniture.

Amber avait reçu pour tâche de travailler au creusement des tranchées où devaient être plantés les pieux formant la palissade. Dans son état naturel le sol deirdrien était plutôt meuble et les trous étaient faciles à creuser, même avec la pelle de bois improvisée qu'on lui avait donnée, mais précisément parce que le sol était meuble les pieux devaient être enterrés assez profondément pour tenir en place : le bord de la tranchée qu'était en train de creuser Amber lui arrivait à la hauteur de la poitrine, et il était grand pour un colon de Deirdre.

A quelque distance de lui, Alexis et tout un tas d'autres colons mettaient déjà les pieux en place et rebouchaient les trous, piétinant la terre pour la tasser. C'était un travail rapide à exécuter, et ils passaient une bonne partie de leur temps soit à flâner en attendant de nouveaux pieux soit à attendre qu'Amber et ses compagnons terrassiers eussent fini de leur creuser des trous où planter leurs pieux.

Des hommes armés d'arcs, de couteaux et de haches faisaient cercle autour d'eux, paraissant s'ennuyer mais néanmoins nerveux.

Le travail était difficile et chacun de ses muscles faisait mal à Amber – et c'étaient les mauvais muscles, pas ceux qu'un homme aurait possédés. Bien que ses semaines de jeûne n'eussent pas entraîné chez lui la maigreur frappante qu'un semblable régime eût provoqué dans un corps de Terrien, il défaillait presque de faim. Il se forçait cependant à travailler encore et encore, ne prenant aucun repos, même quand tout le monde autour de lui s'accordait une pause. Il essaya de travailler pendant la durée du déjeuner, mais les gardes voulaient manger et refusèrent de le laisser travailler tout seul et sans protection – et, présumait-il, sans surveillance. Il s'installa donc avec les autres sur la Place jusqu'à ce qu'ils eussent fini de manger. Puis il reprit son travail.

Jane était désormais seule avec les Nouveaux Venus. Will fendait des rondins.

– Je suis désolée, dit-elle à ses protégés tout en enfournant dans leur bouche les cuillerées de bouillie amère, mais vous ne pourrez pas quitter la case aujourd'hui.

– Pqwa? demanda Mike.

Il n'allait plus tarder à parler.

– Pourquoi?

Il fit oui de la tête et rectifia le tir :

– Pourquoi?

– Il y a des animaux dangereux qui rôdent dehors, des choses comme des rats venimaux. Ce sont des bêtes nouvelles. Personne n'en avait encore vu des comme ça. Il faut que vous restiez à l'intérieur en attendant qu'on ait fini de construire la palissade pour les tenir en respect. Ensuite vous pourrez retourner dehors.

Mike prit un air ennuyé, mais bien qu'Ellen, Jim et Virgil eussent écouté attentivement ce qu'elle disait, ils se remirent à gargouiller entre eux dès qu'elle eut fini. Ils avaient compris ses paroles, mais la menace pesant sur la colonie qu'elle venait de décrire était quelque chose de trop abstrait pour capter leur intérêt, une chose bien moins intéressante que les sons qu'ils pouvaient produire avec leur nouvel appareil vocal ou les grimaces qu'ils pouvaient se faire.

Delia Slater était un homme précieux pour la colonie, trop précieux pour être expédié dans la forêt ou même dans les environs du camp. Où qu'il se rendît désormais, il se trouvait accompagné de deux gardes du corps un peu gênés. Mais naturellement, il devait travailler, tout le monde devait travailler, même les gardes. Tous trois étaient donc à la forge en train de marteler des ustensiles de cuisine pour les transformer en couteaux, pointes de flèches et lames de haches.

Les colons prirent leur repas du soir en silence, puis retournèrent travailler à la lumière du crépuscule. Mais seule une petite partie du périmètre du camp était barricadée quand le coup de gong de Jo Anne donna le signal de la retraite.

★

– Mais sûrement des nouvelles de leur mère..., dit frère Ashoka. Ce n'est pas un long message : dites-leur juste que tout va très bien pour elle au Camp du Sahara et qu'elle s'est vu attribuer un poste de confiance.

– Non. Je suis désolé, mais nous n'acceptons plus aucun message personnel pour qui que ce soit sur Deirdre. Si vous voulez nous laisser une cassette enregistrée, nous la mettrons de côté jusqu'au moment où nous pourrons la donner à Manuel Candamo, mais il est absolument impossible que vous lui parliez maintenant.

Amber était étendu sur le lit de feuilles qui avait été celui de Tom, faisant semblant de dormir. Il attendit encore un long moment une fois qu'il fut sûr que Ted était endormi, puis il se leva précautionneusement. Bien qu'il tâchât de faire aussi peu de bruit que possible en quittant sa couche, les feuilles sèches bruissèrent et craquèrent, mais Ted resta plongé dans le sommeil.

Amber délaça le rabat en quelques gestes rapides et expérimentés. Il marqua un temps, rassemblant son courage, puis se glissa dehors et remit le rabat en place : lui, et lui seul avait choisi de s'en remettre à la miséricorde de Dieu pour ce qui était de le protéger contre la nuit.

Lui, et lui seul, avait été choisi.

La nuit fourmillait de crissements d'ailes. Amber se força à n'en tenir aucun compte, s'assit sur le sol devant la case et attendit. Il déclencherait le Latihan en lui au lever du jour.

Ted fut réveillé par un hurlement. Il lui avait semblé reconnaître la voix d'Amber.

– Amber? appela-t-il à titre d'essai. (Pas de réponse.) Amber? répéta-t-il plus fort.

Il tendit la main vers la couche d'Amber et la

palpa. Vide. Le cri venait de l'extérieur de la case.

Ou avait-il paru venir de l'extérieur de la case? Non. Il hésita un instant, l'esprit grouillant d'ailes et de mandibules, puis délaça le rabat. Dans la pâle lueur des deux petits satellites de Deirdre, il aperçut Amber étendu devant la case, nu et immobile. Mort? Mais s'il ne l'était pas... Ted plongea à travers la porte, lança un bras en avant, tira le corps lourd et rigide d'Amber sur la plate-forme, puis le traîna à l'abri de la case. Il tint le rabat fermé tandis qu'il le relaçait bien serré, puis accorda toute son attention à Amber.

– Amber? appela-t-il une nouvelle fois.

Il lui palpa la poitrine. Les deux cœurs battaient, encore que ce fût lentement. Vivant, donc.

« Paralysé, conclut Ted. Une pseudo-guêpe. Au moins ce n'était pas quelque chose qui aurait pu tout de suite faire de lui sa pâture. » Il promena ses doigts le long du corps et des membres d'Amber. Il y avait une boursouflure qui enflait rapidement à l'intérieur de sa cuisse droite.

« Rien qu'une poche à œufs, donc, diagnostiqua Ted. Il était soulagé : Mircea saurait l'extraire le matin venu et Amber serait sur pied dans quelques semaines.

« Je me demande ce qu'il pense? Etendu là, paralysé mais pleinement conscient... »

– Ça va, Amber, dit-il à voix haute. Tu n'as qu'une poche à œufs en toi; Mircea ou Krishna t'enlèveront ça demain matin et tu seras tiré d'affaire.

« Il aurait pu se faire tuer là, dehors? Pourquoi? Qu'est-ce qu'il fabriquait? »

– Tu sais, Amber, dit-il, tu as failli te faire tuer dehors. Et j'aurais pu me faire tuer moi aussi quand je suis allé te chercher. Je n'ai pas la moindre idée de ce qui t'a décidé à faire cette escapade, et je ne suis pas sûr que ça m'intéresse vraiment de le savoir pour l'instant, mais j'aimerais que tu songes à ceci : tu as failli faire tuer deux personnes.

« Est-ce qu'il peut seulement m'entendre? se demanda-t-il. John dit qu'il est pleinement lucide la plupart du temps mais il y a des moment où il décroche... L'imbécile! Il aurait pu nous faire tuer tous les deux. »

Il se souvint de sa bagarre avec le laçage du rabat : Amber avait dû prendre le temps de le refermer derrière lui alors même qu'il était sans protection. Afin de ne pas mettre la vie de Ted en danger. Peut-être était-ce ce qu'il était en train de faire quand la guêpe l'avait eu.

– Désolé, Amber, dit-il, en installant au mieux qu'il le pouvait la forme raide sur son lit de feuilles. Je sais que tu as essayé de refermer la porte derrière toi. Mircea te débarrassera de la poche à œufs demain matin et tu iras bien. Parfaitement bien.

Etendu dans l'obscurité régnante, Amber se demanda comment il percevrait le lever du jour quand celui-ci viendrait. Cette paralysie ne le faisait pas souffrir, en dépit du bref supplice qu'il avait enduré quand la guêpe avait enfoncé son ovipositeur en lui. Une douce et rafraîchissante lassitude le séparait de l'aberration de son corps étranger aussi sûrement que les eaux du lac séparaient Drummond Island du reste de la terre.

« Quand on ouvrira le rabat et que je verrai la lumière, décida-t-il. C'est alors que je déclencherai mon Latihan. »

23

Le coup de gong du matin. Ted réveillé en sursaut, arrachant le laçage, rejetant le rabat de côté et se précipitant vers la case de Mircea tandis qu'Amber...

Dès que le lumière se déversa à l'intérieur, il déclencha son Latihan : un éblouissement d'étranges sensations, une explosion cacaphonique, des rivières de fraîcheur cuivrée et de chaleur soyeuse, tout arrivant ensemble, se répandant en un infini contrepoint, devenant la Présence du Seigneur.

L'Esprit-Forêt sentit le changement. Il se fraya un chemin à travers la membrane devenue soudain perméable, se retrouva en train de dériver, perplexe, dans d'étranges labyrinthes, sentant et percevant sur des modes qu'il ne pouvait assimiler à aucun de ses schémas. La pensée abstraite, le langage articulé, la conceptualisation étaient choses entièrement nouvelles pour lui : l'incompréhensible grandeur de l'esprit d'Amber le terrifia.

Il tenta de trouver un refuge dans l'immuable réglementation de ses impératifs personnels, trouva la chose impossible : les structures dont il avait besoin ne pouvaient être forgées à partir des impératifs de l'être étranger. Il ne lui restait donc d'autre choix que de se dépêcher de rentrer en lui-même.

Mais non sans avoir essayé d'imposer ne serait-ce qu'une contrainte au cours de sa retraite. Souvent, au temps où il s'était battu pour la suprématie avec ses frères désormais disparus, il avait envahi et été envahi, et en de nombreuses occasions il s'était assuré la victoire par la subversion d'un seul impératif dans une structure par ailleurs résistante. Et il avait fini par régner en maître : il n'y avait qu'un Esprit-Forêt.

Mais l'ennemi était cette fois si étranger que l'Esprit-Forêt ne sut pas si sa tentative de contrainte avait été un succès, si incompréhensible que l'Esprit-Forêt était incapable de faire la différence entre l'individu particulier qu'il avait contacté et ceux qu'il avait négligés. Le schéma qui gouvernait ses stratégies exigeait qu'il préservât la vie de l'ennemi dans lequel, telle une graine, il avait déposé sa contrainte; aussi l'attaque menée contre la colonie cessa-t-elle.

Le jour d'en haut et les rabats des fenêtres étaient ouverts et la case était inondée de lumière. Mircea contemplait le corps d'Amber, allongé nu sur la grossière table de bois. Derrière lui, Jane était en train de passer le scalpel de fleur d'argent à la flamme d'un petit feu. Elle s'était offerte pour l'assister en l'absence de Krishna, occupée ailleurs, et de Judy.

– Nous allons commencer dans quelques minutes, Amber, dit Mircea. Dès que les scalpels seront stérilisés. Tu ne sentiras rien quand j'opérerai – John peut témoigner du fait que le venin des guêpes élimine toute douleur – mais deux ou trois jours après l'extraction de la poche à œufs, l'effet du venin va disparaître et ta jambe te fera un mal de chien. Ce que tu n'auras pas volé pour ta stupidité, permets-moi de te dire.

» Mais ce sera moins grave pour toi que pour John; tu n'as qu'une poche à œufs plantée en toi et elle est juste sous la surface de la peau. Tu survivras. Tu as de la chance, tu sais? Une chance monstre : tu as dû être attaqué par une très jeune guêpe. Presque un bébé guêpe. Tu marcheras dans une semaine ou deux. Jane, est-ce que les scalpels sont prêts?

– Oui.

– Passe-moi le premier, celui avec un manche noir.

Amber ne sentit rien quand Mircea pratiqua la première incision. Son esprit était encore tout rempli du souvenir de l'incompréhensible symphonie de Dieu, de la musique de la Divine Présence dont il n'avait pu tirer pour lui qu'une simple mélodie.

Il ne savait pas où il était censé aller, mais peu importait. La musique qu'il portait en lui guiderait ses pas.

Dieu l'avait repris. Dieu avait libéré ses épaules du lourd fardeau du jugement et lui avait donné à la place beauté et certitude.

★

Jane regarda Mircea pratiquer la première incision, écarter la peau verte pour révéler le tissu musculaire d'un jaune grisâtre. Elle épongea la plaie avec des compresses absorbantes, mais il n'y avait presque pas de sang.

« Est-ce vraiment comme ça que nous sommes à l'intérieur? pensa-t-elle. Secs, comme des insectes? » D'une manière ou d'une autre elle s'était attendue à trouver sous la peau verte une morphologie semblable à celle à laquelle l'avaient habituée les images des livres d'anatomie humaine.

Mircea fit une entaille plus profonde, écartant davantage le tissu musculaire pour mettre au jour une petite boule dure d'un brun pourpre, brillante, ayant à peu près le diamètre d'une phalange : la poche à œufs. Jane se sentit prise de nausée.

– Plus profond que je ne le pensais, dit Mircea.

Avec d'infinies précautions, il détacha la poche à œufs du tissu environnant, l'extirpa doucement de la jambe d'Amber et la jeta dans le feu. Elle se racornit et éclata, laissant fuser un épais liquide brun, puis la coque prit feu et brûla avec une flamme verdâtre. Une âcre odeur emplit la case.

– Un jour on pourra utiliser le venin des œufs comme anesthésique, prédit Mircea tout en suturant la plaie avec un brin de fibre d'écorce. Si nous pouvons récupérer assez de poches à œufs, nous pourrons en faire des feux quand nous le voudrons; l'odeur semble éloigner les insectes.

L'opération était terminée.

– Vous avez fait du bon travail, Jane, dit Mircea. Ça fait drôle, la première fois qu'on voit qu'on est aussi différent intérieurement qu'extérieurement. Quant à Amber, il n'a pas à s'inquiéter. Pas pour cette fois.

– Tu as entendu? demanda Jane en se penchant sur Amber et en le baisant au front. Tu vas aller très bien.

Amber fut transporté dans la case où Jane s'occupait des Nouveaux Venus. Durant deux jours sa paralysie et son analgésie demeurèrent totales; le troisième jour, sa jambe commença à le faire souffrir et il eut faim.

– Tu veux que je te donne quelque chose à manger? lui demanda Jane quand elle s'aperçut qu'il essayait de parler.

Difficilement, il fit oui de la tête.

– Ce n'est pas aussi bon que la dernière fois que nous étions ici ensemble, dit-elle en introduisant une cuillerée de purée de pulpe d'écorce dans sa bouche.

(Il arriva à en avaler un petit peu.) Mais ces animaux ne nous ont pris personne depuis la nuit où tu t'es fait mal. Et la palissade est presque terminée.

« Dieu n'est plus en colère », pensa Amber. Pour la première fois, il se sentit en paix, à l'aise dans son corps de Deirdrien.

★

Trois jours plus tard, il était capable de s'asseoir. Mircea vint rendre visite à Amber au cours de l'après-midi, comme il en avait coutume depuis l'opération. Il examina la plaie et changea le pansement.

– Ça se cicatrise bien, dit-il. Comment te sens-tu?

– Fatigué, murmura Amber.

C'était le premier mot qu'il prononçait depuis que la guêpe l'avait piqué.

– Je t'enlèverai tes points de suture demain. Les plaies se cicatrisent vite ici, si on compare avec la Terre; encore deux ou trois jours et tu seras sur pied et capable de marcher si tu fais attention.

– Est-ce que tu n'as pas trop de mal à parler pour me dire quelques mots? demanda Jane le matin suivant.

Mircea devait arriver un peu plus tard.

– Non, murmura Amber. Je suis très fatigué, mais je me sens...

– Tu te sens comment, Amber?

– Heureux.

– C'est bien, mais... pourquoi as-tu fait ça? Pourquoi es-tu sorti comme ça? Tu aurais pu te faire tuer. Tu as *failli* te faire tuer. Si Ted ne t'avait pas tiré à l'intérieur ou si un autre genre d'insecte t'avait eu...

– Je sais. (Il marqua un temps, puis reprit :) Je voulais montrer à Dieu que je me fiais entièrement à lui.

– Pourquoi?

– Il est venu à moi, Jane. Dieu est venu à moi.

– Tu ne risqueras pas ta vie une nouvelle fois, Amber? Promets-moi que non. Amber?

Mais Amber était endormi.

« Le voilà de nouveau comme un enfant, pensa Jane. Doux et confiant. »

Elle l'aimait plus que jamais. Mais il était fou et il lui faudrait raconter à Sandra ce qu'il lui avait dit. Pour son bien. Pour sa sauvegarde.

– Il est sorti durant la nuit de la case où il logeait et s'est fait attaquer par une pseudo-guêpe, dit Manuel Candamo à frère Ashoka.

– Qu'est-ce qu'il était allé faire dehors?

– Essayer d'entrer en communion avec Dieu. Mircea l'a débarrassé de la poche à œufs qu'il avait dans le corps et il survivra, mais s'il persiste dans cette attitude auto-destructrice... Jane a dit à Sandra qu'il lui avait raconté que Dieu était venu à lui pendant qu'il était paralysé, mais qu'est-ce que cela veut dire exactement... J'espère que ça signifie qu'il va revenir à la normale, car du train dont vont les choses nous ne pouvons pas nous permettre de gaspiller des gens pour le protéger de lui-même.

– Qu'est-ce que vous allez faire de lui? S'il persiste?

– Je ne sais pas et je crois bien que personne d'autre ne le sait. Jane va continuer à le surveiller, mais s'il a décidé de se détruire, je doute qu'à la longue on puisse faire quoi que ce soit pour l'en empêcher.

– Il a confiance en moi. Pas seulement en tant qu'ami, mais aussi en tant que conseiller religieux. Si vous m'acceptez...

– Il se pourrait que vous puissiez l'aider là où personne d'autre ne le peut. D'accord. Mais le consensus est toujours de n'admettre personne ne possédant pas les talents spéciaux dont nous avons besoin pour faire face à la menace qui pèse sur toute la colonie. Or, ces talents, je le crains, vous ne les avez pas.

24

L'image du Christ couronné d'épines hantait Amber durant son sommeil et ses veilles. Amber n'était pas chrétien – Dieu était une présence qu'il sentait en lui et dont la correspondance ou le manque de correspondance avec les dieux et les croyances des autres ne l'avait jamais concerné – mais la couronne d'épines ne voulait pas quitter son esprit.

Et bien qu'il en ignorât la signification, il savait qu'elle n'était signe ni de mortification ni d'humiliation.

Durant sa convalescence la palissade avait été achevée : un mur à hauteur de poitrine de pieux épointés, tournés vers l'extérieur. Bien qu'on n'eût aperçut aucune belette-serpent depuis le jour où elles avaient probablement liquidé Tom, Micha et John Dolland, des gardes continuaient de faire des rondes à l'intérieur du périmètre. Toutefois, des groupes armés partaient de nouveau faire des provisions et les colons avaient moins peur.

Mais pour Amber, la palissade et les gardes étaient des pièges, pas des défenses. Ses transes de la veille de nuit dont il avait refusé de discuter avec qui que ce soit, excepté Jane, avaient été trop bizarres pour ses compagnons; ils le croyaient fou et dangereux; personne ne voulait se charger de le surveiller dans la forêt. On ne l'aurait jamais accepté pour une expédition de ramassage de pulpe, et c'était le seul moyen qu'il voyait de passer les gardes de la porte.

Si les insectes n'avaient pas été les maîtres de la nuit, il aurait été simple d'empiler quelques plaques d'écorce et de sauter par-dessus la palissade en direction de la liberté, mais à présent qu'il dansait au son de la musique de Dieu il savait que son devoir était de rester vivant pour aller jusqu'au bout de la danse. Et s'il essayait de sauter par-dessus la clôture en plein jour, il serai vu et arrêté.

« La couronne d'épines. »

Il logeait toujours dans la case des Nouveaux Venus, où Jane et Will s'occupaient de leurs trois derniers protégés, Mike ayant appris à parler et ayant été accepté comme membre à part entière de la communauté.

Mais la communauté n'acceptait plus Amber. Il prenait à présent ses trois repas par jour sur la Place; il continuait à faire le travail qui lui était assigné; il avait même assisté à une Séance d'Ereintement-Vomissements. Mais le fait qu'en cette circonstance personne ne se fût soucié de l'attaquer, lui-même n'ayant de son côté aucune critique à formuler, lui avait fait sentir mieux que toute autre chose qu'il était un intrus. Toléré, aimé même, mais tenu à l'écart.

La situation paraissait sans espoir, mais il jouait le jeu de la participation et plaçait sa confiance en Dieu. Il y avait eu un temps où il aurait trouvé une telle comédie insupportable, impossible, mais désormais... la souffrance était toujours là, mais c'était une souffrance superficielle, au-dessous de laquelle il demeurait serein et joyeux. Malgré tout, il n'arrivait toujours pas à se résoudre à forger du métal en pointes d'épieux et de flèches : il ne voulait pas laisser – il lui était impossible de laisser – ces singeries profaner ses principes. Il était donc employé à gratter et à pilonner l'écorce, à nettoyer après les repas et, d'une façon générale, à effectuer les besognes subalternes que personne dans le camp ne tenait particulièrement à faire.

« La couronne d'épines... » A mesure que les jours passaient sans incidents d'aucune sorte et que ses forces lui revenaient, sa fièvre commença à le reprendre.

« Dieu m'a donné Sa musique afin que je puisse faire de moi-même une danse à Sa gloire, et pourtant je ne danse pas, pensait-il. Et si je Le refuse, d'autres risquent de souffrir de nouveau pour mes péchés. »

La dizaine s'écoula.

L'Esprit-Forêt attendait. Sa patience était infinie, mais les schémas à l'intérieur desquels il se mouvait réclamaient une réponse de l'ennemi dans lequel il avait tenté d'implanter une contrainte. Si la réponse ne venait pas dans le temps qu'il fallait à une orchidée puante pour germer, l'Esprit-Forêt renouvellerait son attaque contre la colonie.

★

– Pourquoi n'as-tu pas mentionné ces fleurs d'argent plus tôt ? demanda Delia.

– Je l'ai fait, dit Amber. J'en ai parlé à Josephus. Mais elles n'étaient pas tellement grosses à ce moment-là – Amber écarta les mains pour indiquer leur grosseur – et nous n'avions pas un besoin urgent de métal. Ça ne l'a donc pas intéressé. Et puis elles étaient assez loin. Mais maintenant, on a besoin de plus de métal.

– Exact, dit Delia.

– Et moi, tout ce à quoi je pensais, c'était retrouver Dieu. Alors ces fleurs me sont sorties de l'esprit. Mais quand j'ai eu retrouvé ma foi et que j'ai été capable de penser à d'autres choses, je me suis rappelé à quel point on avait besoin de métal...

– Tu ne nous approuves pas de fabriquer des armes, non ?

– Je... je ne veux pas m'en servir moi-même, c'est quelque chose qui n'est pas fait pour moi, mais peut-être que pour vous... je ne sais pas... En tout cas vous pouvez vous servir de couteaux et de haches d'une autre façon, pour récolter de la pulpe d'écorce par exemple.

– C'est une idée qui vient de te venir ?

– Oui. J'ai été... occupé, mais maintenant que j'ai l'esprit plus clair...

– Et tu ne peux pas nous dire comment on peut les trouver sans ton aide ?

– Non, elles sont pour ainsi dire cachées, mais... je peux vous y conduire. Elles sont dans la même direction que ces grosses fleurs de cuivre que j'ai trouvées un jour, mais beaucoup plus loin. Il devrait rester quelques petites fleurs de cuivre qu'on pourrait cueillir au passage, mais j'ai pensé que les fleurs d'argent valaient davantage la peine.

– Et c'est la seule raison pour laquelle tu me racontes tout ça maintenant ?

– Eh bien... j'en ai assez de gratter de la pulpe.

Delia réfléchit un instant.

– Entendu. Je vais voir ça avec Sandra et si ça marche pour elle, je m'occupe de te faire accompagner une petite expédition. Je ne peux pas y aller moi-même; on me garde toujours ici pour qu'il ne m'arrive rien. Tu porteras un couteau ?

– Oui. Mais pas en tant qu'arme.

Amber plongea dans le fourré écarlate, roula sur lui-même, se tortilla à travers les branches d'un buisson-fouet. Un instant plus tard, il était debout et courait à toutes jambes.

Les bruits de poursuite moururent bientôt derrière lui. Il continua à courir, juste par précaution, mais il savait qu'il était libre.

La forêt était magnifique.

Quel chemin devait-il prendre ? La colonie se trouvait sur sa droite, les colons qu'il avait accompagnés quelque part derrière lui. (Ils seraient contents des fleurs qu'il avait trouvées pour eux, secrètement satisfaits d'être débarrassés de lui. Il n'y aurait que Jane à qui il manquerait.)

« Je suis désolé, Jane, pensa-t-il, mais il fallait que je fasse ça. J'essaierai de revenir pour toi. Promis. »

Mais déjà, de telles pensées commençaient à lui paraître étranges, liées à un monde intellectuel et moral qu'il avait laissé derrière lui. Il était désormais un instrument de la volonté de Dieu, une voix dans la divine musique. Libre.

Il suivit le chemin qui offrait le moins de résistance, se dirigeant tantôt à droite, tantôt à gauche, tantôt droit devant lui. Tant qu'il continuait d'avancer, Dieu guiderait ses pas.

Il était heureux. Il essaya de siffler les mélodies qui flottaient dans sa tête, mais ses lèvres deirdriennes ne voulaient pas se froncer de la bonne façon.

Son échec l'amusa. Il n'avait pas besoin de faire de la musique; il était devenu musique. Le monde qui l'entourait n'était que musique.

– Je suis navrée, Jane, dit Catherine. Il a filé comme ça. On ne s'attendait pas à ce qu'il essaie de s'échapper. Il avait manifestement préparé son coup; on l'a perdu dans les fourrés. Un idiot a voulu lui tirer dessus...

– Qui? demanda Jane.

– Ça n'a pas d'importance. Je l'ai arrêté à temps. Après tout, Amber n'était pas un criminel ni rien que ce soit de la sorte.

– Jamais il ne me laisserait, dit Jane.

– Jane, intervint John Abercromie. Je crois qu'il est fou à présent. Il ne te reste plus qu'à accepter cette idée. Toute cette nouvelle potentialité cérébrale... il n'a pas pu l'assumer. Ça l'a rendu fou.

– Il reviendra, dit Jane.

– Il a un couteau et il sait comment se faire une place dans un arbre, dit Catherine. Et ça fait quelque temps que nous n'avons pas vu de belettes-serpents. Alors peut-être qu'il s'en sortira, qu'il survivra et nous reviendra. Je le souhaite pour toi. Mais je ne compterais pas trop là-dessus.

Les animaux furent soudain là, un de chaque côté, un en face de lui, un autre derrière. Ils étaient plus gros que tous ceux qu'avait jamais vus Amber sur Deirdre; ils faisaient au moins quatre fois sa taille, et d'épaisses plaques d'un cuir gris recouvraient leur corps. Ce qui ne les empêchait pas d'avoir l'air rapides et agiles.

« Comme des chats, pensa Amber. Ou des jaguars cuirassés. L'impression de vaste puissance parfaitement contrôlée, la grâce pleine de souplesse. »

Leurs pattes étaient terminées par des griffes vertes recourbées; quand la bête située à gauche d'Amber bâilla, il put voir que sa gueule était garnie de crocs verts dentelés. Mais Amber crut apercevoir une lueur d'amitié dans leurs yeux jaunes profondément enfoncés; ces animaux ne lui voulaient pas de mal et, sa première frayeur passée, il les accepta comme guides.

Il n'avait parcouru qu'une courte distance en leur compagnie quand cinq cochons sauvages s'avancèrent lentement à leur rencontre et tombèrent morts. Les bêtes grises commencèrent à dévorer chacune un cochon. Après un moment d'hésitation, Amber prit son couteau à sa ceinture et découpa des tranches de viande dans le corps du cochon que lui avaient laissé les bêtes grises. Il n'avait pas de quoi faire un feu et aucun goût particulier pour la viande crue – même celle du cochon sauvage, dont la saveur se situait entre celle de la pêche, des amandes et de quelque chose comme le calmar grillé – mais si c'était la volonté de Dieu, il mangerait de la viande crue et grâces lui soient rendues!

Quand il eut mangé son content, une des bêtes grises dévora le reste de la carcasse.

La nuit vint. Amber se creusa une place dans un arbre, en gratta la pulpe et la porta assez loin de l'arbre de façon à ce que les insectes qu'elle pouvait éventuellement attirer ne soient pas tentés de l'être par lui. Il se serra dans l'espace étroit entre l'écorce et le bois, remit en place la plaque qu'il avait découpée pour entrer et se prépara à passer une nuit d'un sommeil peu confortable.

Au matin il reprit son voyage. Les bêtes grises ouvraient la marche; il se contentait de les suivre. A la fin de l'après-midi du jour suivant, il se rendit compte qu'on revoyait des fruits sur les arbres, des melons sur le sol. Il ramassa un melon, le dépouilla de son écorce et le mangea tout en marchant. A partir de là, quatre cochons sauvages seulement apparurent quand les bêtes grises avaient besoin de se nourrir.

Amber mangeait des fruits et de la pulpe d'écorce.

A la colonie la vie retrouvait un semblant de normalité. Jo Anne Rittner remplaça John Abercromie au poste de Planificateur. Felipe Eulojio, qui avait remplacé John Dolland à celui d'Instrumentaliste, se révéla bien meilleur à ce travail que John l'avait jamais été et réussit à fabriquer des lentilles à partir d'yeux d'insectes. David Bate, le nouveau Chasseur de Papillons, parvint à trouver un moyen de capturer les insectes dont Felipe avait besoin. Un vote de la colonie démit Judy Damon de la fonction d'Assassin à la Hache après sa première Séance d'Ereintement-Vomissements.

De l'avis de la majorité des colons, on traversait l'équivalent deirdrien de l'hiver. La plupart d'entre eux croyaient fermement que les belettes-serpents n'étaient que des animaux migrateurs qui avaient traversé leur territoire et s'étaient rendus ailleurs. Bien qu'il leur parût probable que les belettes-serpents referaient un jour ou l'autre leur apparition, peut-être à l'orée du prochain hiver, et bien que chacun fût persuadé avec Catherine que c'était une bonne idée de continuer à faire preuve de la plus grande vigilance, il y avait de moins en moins de gens pour croire que la colonie était menacée d'extinction.

La colonie attendait le printemps. Jane attendait Amber, mais avec un peu moins d'espoir chaque jour et finalement plus du tout.

25

Les jours passaient dans le silence, la clarté. Les bêtes cuirassées de plaques grises se déplaçaient à une allure confortable, ne paraissant ni le guider ni le suivre, mais seulement l'accompagner. Les fruits poussaient en abondance le long du chemin; le paysage se déroulait en une succession de basses collines et de petites cuvettes; et tout était magnifique. La nuit, des crapauds-glisseurs grimpaient aux arbres sous l'écorce desquels il se mettait à l'abri.

Une fois, la pluie tomba. Les bêtes grises grimpèrent

sur des arbres à leur convenance et des crapauds-glisseurs recouvrirent complètement celui dans lequel Amber avait pris place pour dormir. Sa confiance en Dieu était totale; aucune crainte ne l'assaillit tandis qu'il sommeillait dans son réduit obscur.

Le bourdonnement des insectes après la pluie n'était pas plus fort qu'il l'eût été durant une nuit ordinaire.

– Des insectes sont entrés dans une des cases entrepôts au cours de la dernière pluie, annonça Ted à Jo Anne. Toute la pulpe qui était à l'intérieur grouille de larves.

– Nous allons faire flamber cette case, décida Jo Anne.

Mais d'énormes insectes jaillirent de la bâtisse en flammes et tuèrent sept colons, dont Will et Delia.

Jane se vit attribuer l'entière responsabilité des Nouveaux Venus. Will avait été sur Terre un spécialiste en thérapie du langage. Jane se mit à apprendre ce qu'elle pouvait pour aider ses protégés à se servir de leur nouvel appareil vocal, maintenant que Will n'était plus là pour les guider.

Il lui manquait beaucoup, peut-être plus qu'Amber.

Amber se laissait porter par le dessein de Dieu. Il n'essayait plus d'atteindre Dieu par le biais de son esprit et de son imagination; ce n'était pas la peine : ses moindres pensées, ses moindres mouvements faisaient désormais partie intégrante des transcendantes musiques de la Divinité. Il se voyait comme un instrument, un danseur, une voix à travers lesquels Dieu Se manifestait.

Un Latihan attendait Amber – c'était une certitude flagrante, incontestable – mais il eût été déplacé d'en faire la tentative avant que son voyage ne fût arrivé à sa fin. Sa danse de pèlerin à travers la forêt sans limites – ses muscles qui n'étaient plus choses étrangères, qu'il sentait se mouvoir avec la force dont Dieu l'avait pourvu, les écarlates et les cramoisis, les vermillons et les violets, les gris, les or, argent et bronze tout autour de lui, la saveur sucrée des baies bleues au centre des fleurs de métal, l'éclat fixe du soleil blanc au-dessus de lui – tout était devenu sacré à ses yeux, et il s'en faisait une fête.

★

Bill Simmons conduisit la petite expédition devant les squelettes. Des centaines de cochons sauvages, ours fruitiers, quasi-écureuils et souris-monstres, leurs os bleus s'élevant en tas dans la clairière.

– Ils ne sont pas morts comme ça, dit-il. Pas tous ensemble à la fois. Quelque chose les a mangés.

– Et j'ai bien peur que ce quelque chose ne soit ni des insectes ni des belettes-serpents, dit Emile en examinant quelques fragments d'os. Regardez la façon dont ces os ont été broyés et mis en pièces. Pas une belette-serpent ne pourrait faire ça. Ça demande quelque chose de vraiment gros, avec de puissantes mâchoires.

– Quoi? demanda Ted.

– Quelque animal que nous n'avons pas encore vu. Je ne sais pas de quoi ça a l'air, mais je suis sûr que c'est gros, que ça vit dans la forêt et que c'est dangereux.

– Tu es sûr qu'ils n'avaient rien d'humain... je veux dire... tu sais ce que je veux dire. Tu es sûr qu'il n'y avait pas d'os à nous, là-bas? demanda Jane.

– Tu penses à Amber?

– Oui.

– Moi aussi j'y ai pensé. J'ai bien regardé, mais je n'ai pas vu d'ossements qui avaient l'air, euh, humains. Mais certains d'entre eux avaient été broyés; il se pourrait que je ne les aie pas reconnus. Je compte retourner là-bas un peu plus tard aujourd'hui; Catherine veut que nous ramassions tous les os que nous pourrons pour en faire des outils, maintenant que le métal commence à se faire rare. Je peux donc jeter encore un coup d'œil. Mais si tu veux venir voir par toi-même...

– Il faut que je reste ici pour m'occuper de Virgil et Naomi, dit Jane.

– Ils progressent assez vite, dit Ted. Je crois qu'ils pourront se passer de toi pendant un après-midi si tu trouves quelqu'un pour te remplacer.

– Sandra pourrait faire ça.

– Si ça marche, fais-toi montrer un squelette de Deirdrien par Mircea avant de partir. Histoire de t'assurer que tu sais ce que tu cherches.

Mais il n'y avait dans le tas d'ossements aucun os que Jane put identifier comme étant celui d'un colon.

Les jours passaient. Amber mangeait des fruits; les bêtes grises mangeaient des cochons sauvages. Elles n'étaient pas totalement adultes quand elles avaient commencé à l'accompagner, s'aperçut Amber, car elles grossissaient et développaient des arêtes de plaques dorsales acérées. Elles lui rappelaient de plus en plus certaines images de dinosaures cuirassés qu'il avait vues dans les livres, sur Terre, tout en continuant à se mouvoir avec la grâce véloce de chats en chasse.

Chaque fois que le ciel citron se figeait, Amber grimpait sur un arbre et se creusait tranquillement un refuge sous l'écorce. Quand venait la pluie, il attendait qu'elle s'arrête, fort de la certitude que Dieu le protégeait.

La pluie martelait le toit et les murs, gargouillait paresseusement au-dessous du plancher de bois. Jane aurait juré entendre les larves grouiller dans l'épais liquide.

– Ne vous inquiétez pas, dit-elle à ses protégés, en leur dispensant des caresses de réconfort dans l'obscurité avec l'espoir qu'ils n'apercevraient rien de la détresse qui perçait dans sa voix.

« Je déteste ce monde, pensa-t-elle. Il était si beau au premier abord, je croyais que j'allais être tellement heureuse, mais ce n'était que des mensonges. Des mensonges. Il a rendu fou Amber, puis il l'a tué et voilà qu'il est en train de nous tuer tous. »

Et pourtant elle ne pouvait imaginer Amber mort. « Il est sûrement mort, se dit-elle. C'est fini; je peux cesser de m'inquiéter à son sujet. Il est mort, mort, alors pourquoi continuer à me bercer de l'illusion que si j'attends encore un peu il reviendra tout plein de force, sain d'esprit et heureux? Pourquoi?

» Ce serait si facile. Fini l'angoisse, fini l'attente... il n'y a qu'à délacer le rabat et à sortir. Tout serait terminé en quelques instants.

» Les insectes se précipitant par la porte ouverte pour dévorer Virgil et Naomi.

Elle se força à penser à autre chose. Le Latihan. Amber aimait passionnément le Latihan. Elle pouvait en accomplir les gestes pour lui, s'y livrer en souvenir de lui. Même si rien ne devait arriver ici, elle pouvait toujours faire le vide dans son esprit, faire comme s'ils étaient ensemble en train de procéder à un Rituel des Questions. Si Amber était toujours vivant, il serait heureux de la voir essayer de faire un Latihan pour lui...

Une question en mémoire d'Amber, mais elle n'arrivait pas à chasser de son esprit la pensée des larves sous la case. La question prit forme; elle s'y livra tout entière.

« Pourquoi ce monde est-il en train de tous nous tuer? » demanda-t-elle. Et elle déclencha le Latihan.

L'Esprit-Forêt sentit l'esprit s'ouvrir à lui et frappa, décidé à ensemencer cet ennemi avec la même contrainte qu'il avait implantée dans l'autre. Mais cet esprit était différent : il pompait l'Esprit-Forêt, tirait de lui images, sensations, souvenirs – puis il se referma de sa propre initiative.

Le schéma avait changé : l'Esprit-Forêt n'avait plus d'autre choix que d'attaquer le camp dès que la pluie aurait cessé et que les insectes seraient partis.

★

Quand elle n'entendit plus le bruissement d'ailes, Jane délaça le rabat et se précipita vers la case de

Catherine. Celle-ci finissait juste de lacer son propre rabat derrière elle quand Jane arriva.

– Catherine! hoqueta-t-elle. Je suis entrée en contact avec quelque chose d'horrible. Ça possède des choses cachées dans les arbres à l'extérieur du camp, des belettes-serpents et des choses cuirassées et des choses qui ne sont pas encore à maturité mais... des choses énormes! (Elle marqua un temps, à court de mots.) Des choses énormes, répéta-t-elle. Elles vont attaquer le camp.

– Comment tu as appris cela? demanda Catherine.

– J'ai fait un Latihan et... (Elle s'interrompit devant l'incrédulité qui se lisait dans les yeux de Catherine.) Et je suis entrée en contact avec un esprit étranger. Mais tu crois que je suis folle comme Amber!

– Je ne sais pas encore, mais je crois que c'est possible. Je vais t'amener voir Sandra et...

Un grand coup de gong à l'entrée du camp. Catherine filant au pas de course. Jane oubliée.

Des bêtes grises se lançaient à l'assaut des murs de toutes les directions, mais les flèches à pointes de métal des colons eurent facilement raison des plaques de cuir. Des centaines moururent en essayant de traverser l'espace libre entre la forêt et le camp.

Mais un plus grand nombre encore réussit à franchir le terrain découvert avant que les archers n'aient eu le temps de prendre position sur les plates-formes que Catherine avait fait construire à l'intérieur du mur secondaire qui avait été mis en place.

La plupart des bêtes qui essayèrent de sauter par-dessus la palissade échouèrent dans leur tentative; elles n'étaient pas bâties pour sauter. Certaines s'empalèrent sur les pieux du mur extérieur, d'autres se retrouvèrent prises entre les deux murs; quelques-unes, très peu, sautèrent assez loin pour s'empaler sur les pieux du mur intérieur.

Les colons tuèrent ces dernières à coups de hache, d'épieu, de flèche et de couteau.

Une bête passa les deux murs, atterrit sans encombre à l'intérieur du camp. Elle tua sept personnes avant que Bill Simmons ne l'atteignît d'une flèche à la tête; elle lui déchira la jambe quand, certain qu'il l'avait tuée, Bill essaya de récupérer sa flèche. Laurent Eliade dut l'achever à coups de hache.

Toutes les bêtes n'essayèrent pas de sauter par-dessus la palissade; certaines tentèrent de la forcer. Une seule réussit à se frayer un chemin à travers les deux murs, extérieur et intérieur, mais elle fut abattue avant même qu'elle ait pu faire des victimes.

Néanmoins treize colons trouvèrent la mort en essayant de combler la brèche qu'elle avait faite et, avant que celle-ci fût obstruée, des centaines de belettes-serpents s'étaient engouffrées dedans.

Aucun autre prédateur gris ne réussit à franchir la palissade. L'Esprit-Forêt se rendit compte de l'inefficacité de cette tactique et rappela les survivants.

Les archers qui défendaient les murs étaient perchés sur des plates-formes surélevées; les belettes-serpents ne purent les atteindre. Mais elles tuèrent cinquante-trois autres colons avant d'être elles-mêmes massacrées.

Virgil, Naomi et Sandra étaient au nombre des morts.

– Qu'en est-il exactement de ces choses que tu as vues, Jane? demanda Catherine. Les colosses.

– Ils ne bougent pas, ils ne sont pas encore à maturité.

– Dans combien de temps le seront-ils? demanda Bill Simmons.

– Je ne sais pas.

– De quelle grosseur sont-ils pour l'instant? questionna John Abercromie.

– Je ne sais pas. C'était... gros, c'est tout ce que je peux dire. Mais quand ils auront atteint leur taille normale, notre palissade ne leur résistera pas.

– Tu en es sûre? demanda Catherine.

– Oui.

– Comment tu peux en être sûre?

– Je ne... j'en suis sûre, c'est tout.

– On peut tenir tête aux bêtes grises tant qu'on a

des flèches, dit Bills Simmons. (Il paraissait heureux, comme s'il avait enfin trouvé sa vraie place dans la vie.) Elles se sont débrouillées contre nous comme elles l'ont fait parce qu'elles nous ont pris par surprise. Mais maintenant, on est prêts à les recevoir. Et on a de la pulpe d'écorce pour des années.

– Et si elles sont là pour des années? demanda Mircea. Nos flèches ne dureront pas éternellement, comme tu en as fait la remarque peut-être sans le faire exprès. Ni la pulpe d'écorce. Ni nous.

– Et tant qu'elles sont là, on ne peut pas quitter le camp pour faire de nouvelles provisions de bois, dit Ted. Donc on ne peut pas renforcer la palissade.

– Ce qui signifie, dit John, que tout ce que nous pouvons faire, c'est d'attendre que les colosses de Jane se montrent.

– Ce qui sera notre fin à tous, dit Manuel. Nous sommes réduits à l'impuissance, à moins que nous ne puissions apprendre quelque chose qui nous permettrait de contrer cette chose avec laquelle Jane est entrée en contact.

– Je ne peux pas, dit Jane. Je... vous ne pouvez pas me forcer.

– Jane, si tu ne fais pas ça, nous serons probablement tous morts dans quelque temps.

– J'aimerais mieux être morte. Je ne peux pas m'en empêcher, je ne peux pas affronter ça de nouveau. Je ne veux pas. C'était... ça essayait de prendre contrôle de moi.

Elle les regarda, vit qu'ils ne la comprenaient pas.

– Vous ne saisissez pas? explosa-t-elle. Ça... (Elle marqua un temps, cherchant un autre moyen de leur expliquer ce qu'elle savait sans y parvenir.) Ça essayait de me voler mon âme, dit-elle.

Amber cueillit un fruit jaune pâle à un arbuste. Une tache noire s'étendit sur tout le fruit à partir de la queue, mais Amber avait depuis longtemps cessé d'assimiler ces taches à de la pourriture.

26

– Je savais que j'étais à l'intérieur de millions et de millions de plantes et d'animaux différents, dit Jane à l'assemblée que John avait tenu à convoquer. Mais j'étais en train de me livrer à un Rituel des Questions – je m'étais concentrée sur la question : « Pourquoi ce monde est-il en train de tous nous tuer? » – et ma question m'a dirigée à travers tous ces corps vers la chose qui les contrôlait. Elle ne m'attendait pas et elle n'a pas pu garder caché ce qu'elle savait, mais tout ce que j'ai pu comprendre, c'était comment elle essayait de nous tuer. Cette chose, c'était comme si elle connaissait tout sans pouvoir penser à rien, ou... je ne sais pas. Mais une fois que j'ai eu la réponse à ma question, j'étais ressortie de son esprit avant qu'elle puisse me prendre au piège. Ça a été automatique, vous voyez, ma question avait reçu sa réponse, le Latihan était terminé et la chose n'était pas préparée à mon intrusion, mais si j'essaie encore une fois, je sais que ça prendra contrôle de moi ou que ça me rendra folle comme ça a rendu fou Amber.

– Mais tu dois être différente, dit Ted. Ça ne t'a pas rendue folle.

– Je me livrais à un Rituel des Questions. Amber cherchait Dieu.

– Peut-être que le venin de la guêpe a quelque chose à y voir, dit Krishna. Si ça a paralysé la volonté d'Amber ou que ça l'a rendu plus impressionnable ou je ne sais quoi.

– Mais si tu posais encore une fois une question... commença Manuel.

– Non! Cette fois, ça m'attendra.

– Combien va-t-il falloir de temps pour que les monstres dont tu nous as parlé soient assez gros pour être dangereux? demanda Ray Jarvis.

– Je ne sais pas. La chose pensait qu'ils seraient prêts bientôt, mais elle ne pense pas comme nous. Elle ne pense pas vraiment, d'ailleurs... je ne sais pas.

Quand ils auront la taille qu'ils doivent avoir ils dépasseront les arbres, mais je ne sais pas de combien, ni quand, ou... je ne sais pas.

– Donc « bientôt » pourrait signifier des mois? demanda Alexis.

– Ou des années. Ou des jours. N'arrivez-vous pas à comprendre? J'étais à l'intérieur des *arbres,* je pouvais les sentir grandir – et les arbres et les belettes-serpents ne sont qu'une seule et même chose, et cette chose est mauvaise. Mauvaise. Vous ne pouvez pas m'obliger à la laisser s'introduire de nouveau dans mon esprit.

– Même si on le pouvait, on ne t'y forcerait pas, dit Krishna.

– Mais nous avons besoin de toutes les informations que nous pouvons recueillir, dit Jo Anne. Nous en avons désespérément besoin, si nous voulons survivre, Jane.

– Non.

– Il faut améliorer nos défenses, dit Ted. Si nous renforçons la palissade de l'intérieur avec un mur de terre, elle devrait tenir le coup contre les belettes-serpents et les machins cuirassés.

– Mais pas contre les colosses, hein, Jane? demanda Jo Anne.

– Non.

– J'ai une idée qui pourrait marcher, déclara Catherine. Des arbalètes. On peut tuer un éléphant avec un carreau d'arbalète assez gros. Je ne sais pas comment ça se fabrique, mais Manuel peut nous avoir des plans sur Terre assez facilement.

– Tu veux que j'y fasse un saut tout de suite? demanda Manuel.

– Attends la fin de la réunion, dit John Abercromie.

– Est-ce que nous avons des matériaux? s'enquit Felipe. Pour faire des arbalètes, je veux dire?

– Je pense, dit Catherine. On ne peut pas en être sûrs avant d'avoir une meilleure idée de la façon dont ça se fait.

– Mais ça nous laisse toujours coincés ici jusqu'à

épuisement de notre réserve de pulpe, dit Jo Anne. Et si cette chose contrôle tout comme le soutient Jane, ce n'est pas avec des arbalètes que nous en viendrons à bout.

– Je ne veux pas... commença Jane.

– Moi je veux bien, dit Manuel. Je prends le risque d'entrer moi-même en contact avec elle.

– Vous ne pouvez pas pratiquer le Latihan et je ne peux pas faire votre apprentissage, dit Jane. Il faut une machine pour ça.

– Je peux faire la navette avec la Terre et apprendre là-bas.

– Non, dit John. On ne peut pas t'exposer. Tu es notre dernier Correspondant.

– Il a raison, dit Catherine. On peut avoir besoin de toi à n'importe quel moment, comme avec les arbalètes. On ne peut pas se permettre de te perdre.

– Je ne deviendrai pas fou. J'ai déjà deux corps : s'il y a quelqu'un qui peut faire face à ce genre de choses, c'est bien moi.

– Et si personne ne le peut? demanda Catherine. Si Jane a raison?

– On ne nous abandonnerait pas comme ça, dit Bill Simmons. On nous enverrait un nouveau Correspondant. Ils seraient obligés.

– Mais peut-être pas avant qu'il soit trop tard, répliqua Jo Anne. Je suis d'accord avec John et Catherine.

– Et puis, ajouta Laurent, si ça prend contrôle de toi et que ça t'expédie dans ton autre corps... On ne peut pas se permettre ce risque.

– Ni avec toi ni avec n'importe quel autre Correspondant, dit Catherine. Si tu veux, je vais mettre ça aux voix.

– Alors prenons quelqu'un qui n'est pas un Correspondant, quelqu'un de la Terre, mais qui saurait *déjà* pratiquer le Latihan en arrivant ici, proposa Manuel. Il y a un homme du nom de frère Ashoka qui connaît bien Jane et qui essaie depuis longtemps de se faire transférer ici. C'est un prêtre ou autre appellation qu'on leur donne à la Confrérie de la Lumière Prismatique. Il devrait pouvoir pratiquer le Latihan sans problème.

– Qu'est-ce que tu penses de lui, Jane? demanda Jo Anne.

– C'est un homme très bon. Il est... il sait prendre le taureau par les cornes.

– Est-ce qu'il est équilibré? demanda Catherine. Ou est-ce qu'il est susceptible de devenir fou comme Amber?

– Il est très équilibré. Il n'a jamais cru que le Latihan était la voix de Dieu. Et il est intelligent. Mais personne n'a la moindre chance contre cette chose.

– Mettons cette proposition aux voix, dit Laurent. Que tous ceux qui sont favorables à ce que Manuel dise à frère Ashoka pourquoi nous avons besoin de lui et demande son transfert ici... Oui, Ted?

– Je crois qu'on a besoin de plus de gens sachant pratiquer le Latihan. C'est vraiment trop risqué de dépendre d'un seul homme.

– Excellente idée. Très bien, que tous ceux qui sont favorables à ce que l'on demande à frère Ashoka de venir ici et à l'Institut de nous trouver plus de gens sachant pratiquer le Latihan lèvent la main.

La proposition fut acceptée à une large majorité.

Les colosses ne retourneraient jamais plus aux arbres. Bien avant le prochain orage, ils seraient trop gros pour n'importe quel arbre, et leur peau noir et vert vernissée était déjà assez dure pour les protéger des larves. Ils se nourrissaient de pulpe d'écorce, pas de viande : ils mangeaient trop pour s'accommoder de tout autre régime.

Et ils grossissaient. Déjà ils étaient bien plus puissants que les deux bêtes grises qui avaient pénétré dans le camp, déjà leur peau était bien trop dure pour pouvoir être percée par une flèche. Mais l'Esprit-Forêt attendait de voir comment l'ennemi qu'il tenait sous son contrôle pourrait s'intégrer dans sa structure.

Cela faisait quelque temps que le sol s'élevait régulièrement; les collines se faisaient plus hautes et plus escarpées, les cuvettes plus rares. Ils suivaient un chemin bien délimité sous les arbres. De chaque côté, la forêt était si dense qu'Amber aurait été incapable de voir quoi que ce soit qu'il pût atteindre sans entrer lui-même dans la broussaille.

A travers les trouées occasionnelles du feuillage cramoisi et écarlate qui s'étendait au-dessus de lui, Amber entrevoyait la vaste mesa vers laquelle menait le chemin, ses murs à pic s'élevant d'une traite jusqu'à la brusque coupure de leur essor, comme si la plus grande montagne imaginable avait été cisaillée à une certaine distance de sa base et privée de sa partie supérieure.

Il fallut presque un jour entier pour en atteindre le sommet. Deux bêtes précédaient Amber; deux le suivaient. Quand il donnait des signes de fatigue elles s'arrêtaient le temps qu'il prît un peu de repos. Au-dessous de lui la forêt était devenue une mer rouge qui s'étendait d'un horizon à l'autre.

Chaque fois qu'il faisait halte, le ciel était d'un jaune plus riche, plus profond. Lorsqu'il fut parvenu en haut, il n'était plus jaune mais doré, et Amber sut d'instinct qu'il se trouvait désormais au-dessus de la pluie.

« Il n'y a probablement pas d'insectes ici, pensa-t-il. Je dois être à plus de quinze cents mètres d'altitude. »

Le pourtour de la mesa ne présentait que du rocher à nu aussi dépourvu de vie que la partie à pic, mais à environ trois cents longueurs de corps du bord, c'était une véritable débauche végétale qui commençait à se déchaîner : arbres fruitiers, tiges porteuses de melons, fanes de tubercules, plantes comestibles. Il y avait des animaux partout – des bêtes grises comme celles qui l'avaient escorté depuis la colonie, de petits animaux à fourrure rousse, des quasi-écureuils, des cochons sauvages et des souris-monstres.

Au loin quelque chose d'énorme accrochait la lumière, brillant de mille feux.

Le chemin menait vers le miroitement. Ils le suivirent du même pas tranquille qu'ils avaient conservé jusque-là. Amber cueillit une pomme-figue à un arbrisseau et la mangea tout en marchant.

Le rayonnement s'accentua, se fit plus métallique, s'élargit jusqu'à devenir un immense mur de métal poli, devint...

Un mur d'arbres enchevêtrés, les troncs entrelacés visibles comme des os sous la chair métallique des fleurs de bronze, de cuivre et d'or qui poussaient en enchevauchure comme les écailles de quelque poisson géant. Il n'y avait qu'une ouverture dans le mur, un passage voûté formé de deux arbres qui se rejoignaient loin au-dessus du sol. Le chemin passait par là.

De chaque côté du passage voûté, deux bêtes noir et vert d'environ cinquante fois la taille d'Amber sommeillaient. Elles ne firent pas un mouvement lorsqu'Amber et son escorte s'avancèrent à l'intérieur.

– Est-ce que vous pouvez nous construire ça, Felipe? demanda Catherine.

– Facilement, mais ça prendra du temps. *Et* du bois.

– Combien de temps?

– Une dizaine.

– C'est le mieux que vous puissiez faire?

– Oui.

– Alors on va aller vous chercher du bois.

– Qu'est-ce qu'a répondu ce frère Ashoka quand tu lui as demandé de venir ici? demanda Sally.

– Il a dit que lorsqu'il avait appris que Jane avait pu entrer en contact avec une intelligence étrangère grâce au Latihan, ça lui avait donné envie de tenter lui-même l'expérience.

– Cette réaction ne me paraît pas très saine, dit Sally.

– C'est ce que nous voulons, non? dit Manuel. Je veux dire que si ta définition de la santé mentale est de ne pas vouloir entrer en contact avec une intelligence étrangère à nous, non? Hein, dis-moi?

– Excuse-moi, dit Sally. Je retire mon objection.

– D'ailleurs, dit Manuel, j'aime bien ce type.

– Est-ce que tu en as trouvé d'autres? demanda Ted.

– Nous avons encore trois volontaires, mais il va falloir les initier au Latihan et ça va prendre des mois. Frère Ashoka est donc notre seul espoir pour l'instant.

Les bêtes escortèrent Amber le long d'un grand couloir sombre taillé dans le roc. Le couloir aboutissait à une petite caverne. Une des parois n'était qu'une masse de torsades argentées et cuivrées de racines ou de vrilles très fines entrelacées de filaments blancs comme des fils d'araignée incandescents.

Les bêtes se retirèrent. Amber resta seul devant le mur rutilant, frappé par l'odeur étrange, à la fois douce et épicée, de l'endroit. Joyeusement, il déclencha le Latihan.

Sans cesser de sourire, il s'effondra. Un cordon végétal doré se détacha du mur rayonnant et serpenta sur le sol en direction de son corps inconscient. La pousse s'enroula deux fois autour de sa tête et plongea de minuscules radicelles dans son crâne puis dans son cerveau.

Et l'Esprit-Forêt commença à apprendre.

27

– Ils se préparent à lui faire faire le saut, annonça Manuel Candamo. Il sera là d'un moment à l'autre.

– Le voilà! cria quelqu'un. A l'extérieur de la palissade!

– Tout le monde dehors en vitesse! hurla Catherine.

Les colons formèrent un triple cercle, épieux, couteaux, haches et flèches en position, autour de la portion de sol où une petite palpitation lumineuse était en train de devenir un nuage de brume, la brume un brouillard vert de plus en plus épais et le brouillard un homme.

– Transportez-le à l'intérieur avant qu'il ne soit recatapulté, dit Catherine.

On l'emmena au-delà des portes, mais il disparut avant d'être parvenu à la case des Nouveaux Venus.

– Tout va très bien, dit Ted à Jane, qui attendait à la case. Il est à l'intérieur des murs. On te l'amènera dès qu'il réapparaîtra.

– Pas de problèmes? demanda le technicien.

– Aucun. Ils m'ont transporté à l'intérieur de leur enceinte. Dans combien de temps je serai de retour parmi eux?

– Quelques minutes. Quelle impression ça fait de ne plus être un humain?

Frère Ashoka sourit.

– Une bonne impression. Excitante. C'est la première expérience vraiment nouv...

Le technicien tendit la main vers le téléphone.

Amber et l'Esprit-Forêt ne constituaient plus des entités distinctes mais ils n'avaient rien perdu d'eux-mêmes.

Amber se réveilla en pleine gloire. Il voyait de la splendeur avec des millions d'yeux, sentait la terre par des milliards de racines; il ne faisait qu'un avec toutes les plantes et tous les animaux de ce monde, et il ne faisait qu'un avec Dieu.

Quant à l'Esprit-Forêt, il apprenait à se servir du cerveau d'Amber avec toutes ses ressources inexploitées, avec sa potentialité magnifique, étrangère, de penser en mots et en concepts, d'abstraire, d'imaginer et de rêver.

Bien qu'ils ne fissent qu'un, ils restaient deux. Ils pouvaient converser :

« Tu es Dieu et je ne fais plus qu'un avec Toi. »

« Oui. Je suis Dieu. Pourtant, avant que tu ne deviennes partie de Moi, je n'étais pas Dieu; je ne M'étais pas créé Moi-même. Et je reste Moi-Même qu'autant que je t'ai comme foyer de ma Divinité. Et bien que le Toi-Qui-Es-En-Moi soit immortel, ton humanité ne l'est pas. Quand ton corps mortel mourra, Nous retournerons à ce que j'étais avant que je ne Me crée Dieu. »

La réponse qui n'en était pas une à la question qui n'en était pas une, question et réponse faisant partie d'un jeu mené pour le seul plaisir de jouer.

« Jane. Elle aussi peut connaître l'Union. »

« Elle me craint. »

« Elle m'aime. Elle ne peut pas craindre un Toi-Qui-Es-Moi. »

Conversation gratuite, sans nécessité, sans autre but que la joie qu'ils éprouvaient à converser : ils ne faisaient qu'un et chacun connaissait tout ce qui était connu de l'autre.

« Jane aussi est mortelle, mais de même que je commande à la forêt autour du camp d'où Toi-Qui-Es-Moi es venu pour n'être plus stérile mais pour porter encore des fruits, de même Celle-Qui-Deviendra-Nous portera nos enfants à Nous-Qui-Ne-Faisons-Qu'un, car je suis la vie en ce monde et sans ma participation aucune créature ne peut procréer. »

« Je retournerai au camp pour elle. »

Un grand prédateur gris attendait Amber à l'extérieur du tunnel, une jeune bête dont l'échine n'avait pas encore développé les arêtes de plaques dorsales de la maturité. Amber grimpa sur son dos, sentant à la fois la peau cuirassée de l'animal contre l'extérieur de ses jambes et la pression de ses jambes contre les plaques de cuir de son échine. Les Deux-Qui-Ne-Faisaient-Qu'Un entamèrent le voyage de retour vers la colonie.

Sur le dos de la bête reposait une pousse dorée identique à celle qui s'enroulait autour de la tête d'Amber.

★

– Ça fait des mois qu'on attend et nous n'avons toujours pas vu un signe de ces colosses contre lesquels Jane nous a mis en garde, dit Grace Benson.

– Et les fruits poussent comme jamais, renchérit

Mary. L'hiver est fini; je ne vois pas pourquoi on continue de nous garder enfermés de la sorte.

– Pour votre protection, dit Bill Simmons.

– Allons! dit Mary. Je crois que Sally a raison. Jane est folle.

– C'est ce que j'ai tout de suite pensé quand elle m'a parlé de cet « esprit étranger » avec lequel elle disait être entrée en contact, mais je n'ai rien dit, déclara Mrs Benson.

– Vous auriez dû, dit Mary. Je regrettte de ne pas l'avoir fait.

– Et voilà maintenant qu'on en a un autre, dit Grace Benson. Ce frère Ashoka.

– Quel est son prénom? demanda Mary. Personne ne peut s'appeler vraiment frère Ashoka.

– C'est pourtant comme ça, dit Bill Simmons. Manuel dit qu'il a renoncé à son nom d'origine quand il est devenu guide – je crois que c'est ainsi qu'ils s'appellent, comme des gosses qui joueraient aux Indiens dans un camp de vacances – dans cette Confrérie.

– On ne peut pas s'occuper de deux illuminés maintenant que le printemps est là, dit Mary avec un air de fausse indulgence.

Amber aimait fermer les yeux et sentir les fruits pousser autour de la colonie, les bourgeons pointer et mûrir. Mais Dieu – et qu'était Amber à présent sinon Dieu? – avait ordonné qu'il ne pousse plus de fleurs de métal là où les colons pourraient les trouver, car Il savait qu'ils ne s'en serviraient que pour forger encore des armes. Plus tard, quand ils auraient entendu la parole de Dieu, ils pourraient de nouveau avoir du métal.

Frère Ashoka marchait comme il faut, bien qu'il fût encore incapable d'articuler autre chose que quelques mots compréhensibles. Sa surveillance remplissait dans la vie de Jane une place laissée vacante depuis qu'Amber l'avait quittée, mais la joie qu'elle éprouvait à s'occuper de son ancien mentor était tempérée par la pensée qu'il serait bientôt assez adulte pour tenter un Latihan.

Et alors, elle le savait, l'esprit-araignée le prendrait dans sa toile, prendrait le contrôle de lui, ferait de lui une poupée sans âme.

– Promettez-moi que vous n'essaierez pas de faire le Latihan, suppliait-elle. Hochez simplement la tête si c'est promis.

Mais bien qu'il l'écoutât toujours poliment, sa tête restait presque immobile.

★

Le colosse vert et noir attendait Amber. D'environ vingt fois sa taille, il était beaucoup plus petit que les béhémots qui gardaient la brèche dans les arbres là-haut, sur le plateau, mais son cuir vernissé était magnifique et sa forte odeur enivrante.

Amber jeta sur son épaule le morceau de liane dorée qu'il transportait avec lui et grimpa sur un grand arbre. La bête vert et noir approcha sa grande tête carrée de l'arbre et fit reposer son menton sur le sol. Amber se laissa tomber d'une branche sur le sommet de son crâne.

Son crâne à lui aussi. Il déposa soigneusement la pousse dorée à côté de lui, là où elle pouvait s'accrocher à la tête de la bête.

Tout doucement, afin de ne pas déloger son passager, la Bête-Qui-Se-Chevauchait-Elle-Même releva la tête et entama sa lente progression vers la colonie.

Jane entendit retentir le gong. Elle mit la tête dehors pour voir ce qui se passait. Les colons hurlaient, saisissant des armes, courant de toutes parts. Elle se précipita hors de la case, regarda autour d'elle. Leva les yeux.

Et vit : une douzaine de monstres verts et noirs comme des tyrannosaures flamboyants, si grands qu'ils se déplaçaient à travers la forêt comme des enfants pataugeant dans une flaque d'eau. Approchant du camp.

– Frère Ashoka! cria-t-elle. Venez voir la chose à laquelle vous alliez donner votre âme! Dépêchez-vous, ou vous n'aurez pas le temps de bien voir avant que ça nous tue!

Il n'y eut pas de réponse de l'intérieur. Elle marqua un temps, écoutant les coups de gong et les cris, regardant les monstres se frayer un chemin à travers la forêt dans un silence surnaturel, puis retourna dans la case.

Frère Ashoka était assis contre le mur du fond, ses yeux jaunes fixant le vide.

« Il est en plein Latihan », réalisa-t-elle. Elle pouvait en sentir les pulsations, le clapotis, comme des vagues chaudes, contre ses pensées...

« Non. » Elle s'en isola, refusa de le laisser s'insinuer dans sa conscience.

« Voila pourquoi cette chose nous attaque. Parce qu'il est en train de se livrer au Latihan. » Elle ne ressentait aucune colère, seulement une certaine amertume à la pensée que lui aussi l'avait abandonnée.

Un lent sourire naissait, s'épanouissait sur le visage de frère Ashoka. « Un zombie ou simplement la folie? » se demanda-t-elle. Mais la différence n'était pas grande : dans les deux cas, il lui faudrait affronter la mort toute seule.

– Jane, dit péniblement frère Ashoka. Jane, viens avec moi.

Il se dressa sur ses pieds.

– Pourquoi? Pourquoi aller où que ce soit?

– Amber. Il est de retour.

« La folie », décida Jane. Mais à ce point toutes les actions se valaient; elle le suivit donc jusqu'aux portes du camp.

– Laissons-les approcher encore un peu avant de commencer à tirer, dit Catherine. Nous n'arriverons jamais à les tuer tous s'ils foncent tous à la fois, mais si nous pouvons en tuer quelques-uns et effrayer les autres jusqu'à ce que... John! Vois-tu quelque chose sur la tête du premier?

– Un homme, dit John. Il y a un homme à califourchon dessus.

– C'est Amber, dit Ted. Et il porte une couronne d'or comme s'il était le roi de ces monstres ou je ne sais quoi.

– Tu es sûr que c'est Amber? demanda Catherine.

– Oui, répondit Ted. Et...

Il tendit le doigt.

Une horde d'animaux plus petits – d'abord des quasi-écureuils, des ours fruitiers, des cochons sauvages et des souris-monstres, puis les prédateurs cuirassés de plaques grises et les belettes-serpents – se répandait hors de la forêt. Chaque créature portait l'offrande d'un fruit dans sa gueule. Elles ignorèrent les flèches que quelques colons tirèrent sur elles et déposèrent leurs offrandes en pleine vue des défenseurs. Puis elles regagnèrent la forêt.

– C'est une offre de paix, dit Catherine. Je ne veux voir personne tirer.

– Mais... objecta Bill Simmons.

– Il se peut que ce soit une ruse, mais si ce que nous combattons a ce qu'il faut d'intelligence pour ce genre de ruse, *plus* les mastodontes, nous n'avons pas une chance.

– Donc nous acceptons de confiance l'offre de paix? demanda John.

– Nous n'avons pas le choix.

Amber leur fit signe de la main du haut de sa fantastique monture.

– Comment il a pu faire ça? demanda Ted.

– Qu'est-ce qu'il a fait? questionna John à son tour.

Le colosse monté par Amber abaissa sa tête jusqu'au sol devant la porte et ferma les yeux. Derrière lui, les autres bêtes se couchèrent comme pour dormir. Amber se saisit de la pousse dorée et sauta à terre.

Il s'arrêta devant la porte, souriant et détendu, attendant. Bientôt la porte s'ouvrit.

John et Catherine se tenaient en face de lui. Ils avaient les mains vides, derrière eux se dressaient Bill

Simmons et un certain nombre d'autres archers, tous prêts à tirer. A leur droite se tenaient Jane et frère Ashoka.

– Hello, dit Amber.

Et la douceur même de la voix, le caractère parfaitement ordinaire, inchangé, de ses inflexions terrifia Jane. Elle se sentit prise de frissons.

– Hello, Amber, dit calmement John. On dirait que vous êtes plus ou moins lié avec ces bêtes...

– Je partage leur union en Dieu, reconnut Amber.

– Alors c'était « Dieu » qui était responsable des tentatives visant à détruire la colonie? demanda Catherine. Et vous êtes son émissaire?

– Oui, acquiesça Amber. Mais je ne viens pas pour vous demander votre capitulation, mais pour vous apporter l'offre de Dieu : vous pouvez tous vivre ici en paix pour le restant de vos jours, dans le paradis que Dieu vous créera. Tout ce que Dieu vous demande, c'est qu'aucun humain ne soit transféré ici à moins de pouvoir, comme frère Ashoka, pratiquer le Latihan et d'être prêt à entrer en communion totale avec Dieu.

– Qu'est-ce qui nous dit que nous pouvons nous fier à vous? demanda Catherine.

– Ce n'est pas nécessaire; je ne vous demande rien. Je suis ici pour Jane, pour lui offrir de partager mon union avec Dieu.

– Dieu? (La voix de Jane trembla, se brisant presque en un sifflement.) Cette chose n'est pas Dieu. Elle t'a volé ton âme, tu n'es plus mon frère, tu es juste... tu es *mort* et cette chose est à l'intérieur de ton corps à essayer de se faire passer pour toi.

– Jane. Tu te trompes.

Frère Ashoka contrôlait désormais pleinement sa voix. « Ça l'a eu lui aussi », pensa Jane, mais quelque chose lui fit écouter la suite de ses paroles.

– C'est bien là Amber. Et ces bêtes, elles aussi sont Amber. Et encore chaque arbre de la forêt. Et moi aussi. Tout ce monde est Amber à présent. Et Dieu? Peut-être, en un sens. Parce que chaque chose est Amber et qu'Amber croit en Dieu. A cause d'Amber, elles sont devenues Dieu. Mais si elles étaient Amber et frère Ashoka et Jane et beaucoup, beaucoup d'autres, savoir ce qu'elles deviendraient ? Accepte ce qu'il t'offre.

– Que faut-il que j'accepte ?

Amber lui tendit la pousse dorée.

R.L

Editions J'ai Lu, 31, rue de Tournon, 75006 Paris

diffusion
France et étranger : Flammarion, Paris
Suisse : Office du Livre, Fribourg
Canada : Flammarion Ltée, Montréal

Achevé d'imprimer sur les presses de l'imprimerie Brodard et Taupin
7, Bd Romain-Rolland, Montrouge. Usine de La Flèche,
le 12 août 1981
1748-5 Dépôt Légal 3e trimestre 1981. ISBN : 2 - 277 - 21221 - 0
Imprimé en France